智異山 チリサン

泉隠寺 チョヌンサ

燕谷寺 ヨンゴクサ

華厳寺 ファオムサ

双渓寺 サンゲサ

花開 ファゲ

平沙里 ピョンサリ

河東湖 ハドンホ

坪村里 ピョンチョルリ

求礼 クレ

蟾津江 ソムジンガン

鳳頭山 ボンドゥサン

道士里 トサリ

白雲山 ペグンサン

河東 ハドン

チョッピ山

河東邑城 ハドンウプソン

仏岩山 ブラムサン

金熬山 クモサン

光陽 クァンヤン

JN064033

朴景利

パク・キョンニ

完全版

土地

17巻

（全20巻）

金正出＝監修

清水知佐子＝訳

CUON

토지

完全版 土地 17巻 ◉ 目次

第五部　第一篇　魂《こん》魄《ばく》の帰郷

第五部　第二篇　運命的なもの

【凡例】

◉訳注について

短いものは本文中に〈 〉で示し、＊をつけた語の訳注は巻末にまとめた。

◉訳語について

原書では農民や使用人などの会話は方言で書かれているが、日本の特定地方の方言で訳すと、その地方のイメージが強く浮き出てしまうことから避けた。訳文は標準語に近いものとし、時代背景、登場人物の年齢や職業などに即して、原文のニュアンスを伝えられるようにした。

原書には、現在はあまり使われない「東学党」などの歴史用語や、不適切とされる表現もあるが、描かれている時代および原文の雰囲気を損ねないために、あえて活かした部分がある。

◉登場人物の人名表記について

人名は原書で漢字表記されているものは、基本的にその表記を踏襲した。また、朴景利が自ら日本語訳を試みた第一巻前半の手書き原稿が残されており、この原稿から採用した漢字表記もある。なお、漢字表記が日本語の一般名詞と重なり読者に混乱を招くものはカタカナ表記とし、翻訳者が漢字を当てたものも一部ある。

◉女性の呼称について

農家の女性の多くは子供の名前に「ネ（네）〈母〉」をつけた「○○の母」という呼び方をされている。子供のいない女性などは、実家のある地名に「宅《テク》」をつけて呼ばれる。たとえば「江清宅《カンチョンテク》」は、江清から嫁いできた女性である。「宅」は「誰それの妻」を意味する場合もあり、「金書房宅《キムソバンテク》」は「金書房」と呼ばれる男性の妻であることを表す。また、朝鮮では女性の姓は結婚後も変わらない。

第五部　第一篇

魂魄《こんぱく》の帰郷

六章　解体

還国《ファングク》が裁判所の前を通り過ぎようとすると、編み笠をかぶり縄でつながれた四、五人の囚人が獣のように二人の看守に追われて出てきた。それはいつ見ても痛ましい光景だ。囚人と看守が去ると今度はそこに、竹笠をかぶり、杖というにはあまりにも長い棒を持った日本の僧侶が鉦《かね》をたたきながら現れた。

「南無妙法蓮華経、南無妙法蓮華経、南無妙法蓮華経」

日蓮宗の題目を唱えながら、人気《ひとけ》の少ない道を日本の僧侶が通り過ぎる。それもまた気分のいい光景ではなかった。還国自身は仏教徒ではなかったけれど、子供の頃から寺に親しんでおり、しかも、父の描いた観音菩薩の仏画を見てまるで心が洗われたようにすがすがしい気分だったのに、晋州《チンジュ》で、それも囚人たちが通り過ぎた裁判所の前で珍しく日本の僧侶に会ってしまい、気分が悪かった。僧侶の持っている長い棒が一瞬なぎなたに見え、弁慶のように暴れ出すような気がした。弁慶は日本で崇拝されている人物の一人で、鎌倉時代の有名な武将、源義経の部下だ。性格が荒っぽく大勢の人を殺害した僧侶でもあり、武器として主になぎなたを使っていた。そんな僧侶の姿からも脅威を感じるが、日蓮によって創始された日蓮宗も決して朝鮮人にとってはありがたいものではない。それは法華経に依拠したもので、他宗に対して攻撃的で戦闘的だった日蓮は国難来襲を叫んで立正安国論*を主張し、後には、国粋主義の象徴として征韓論者や軍国主義者によって祭り上げられるようになったからだ。とはいえ、軍国主義が完全に日本を掌握した今、日蓮宗には神道ほどの影響力はないけれど。

せっかくの気分を台無しにされた還国が訪ねていったのは、張延鶴《チャンヨンハク》が経営する南江《ナムガン》旅館だ。還国が旅館に入ろうとした時、中から突然現れたのは意外にも李舜徹《イスンチョル》だった。

「お、還国じゃないか！」

すっかり太った、ジャンパー姿の舜徹が叫ぶように言った。

「いやあ、敵には一本橋で出会うと言うが、そのとおりだな」

「久しぶりだな。ここには何の用だ」

還国もうれしそうに、舜徹の手を力強く握る。二人は幼なじみだ。

「取引先の客がソウル*から来てるんで挨拶を兼ねてちょっと寄ったんだが、とにかく会えてうれしいよ。このまま別れるわけにはいかないな」

「そうだな」

「何の用か知らないが、時間はかかりそうか？」

「いや、すぐに済む。近くまで来たんで張さんに会っていこうと思って」

「じゃあ、俺はここで待ってるから挨拶してこいよ」

「ああ」

還国は急いで中に入ると、舜徹がたばこを一本吸い終える前に出てきた。二人は肩を並べて通りに出る。

「太ったな」

還国が言うと、舜徹が答える。

「年を取ったんだ」

「そんなこと言うなよ。まあ、商売するには、老けて見えた方が貫禄があっていいんだろうが」

「そんなところだ」

「お父さんが亡くなったそうじゃないか」

「ああ、去年のことだ」

「立派な方だったのに」

「立派な人だと認めてもらえたのは、みんなお前の父さんのおかげだ。金はだいぶ失ったけど」

「何を言うんだ」

「どうしてだよ。嘘じゃないだろ。だけど、強盗に入られて感謝するのも変だし、強盗した側の家族が被害者を立派だと言うのも、どうかしてるな」

「めったなことを言うんじゃない」

そう言いながらも還国は内心びくっとする。

「冗談だよ。お前、奥さんの実家がすごいって聞いたぞ」

「そんな恥ずかしい話はやめとこう。お前の家と似たようなもんさ」

「まあ、大変なのはうち以上だろうけど。あいつらに調子を合わせてたら、まいっちまう」

「高等文官試験はどうしてやめたんだ」

「三年連続で落ちたし、これ以上やっても無駄だよ。最近は事業だけで手いっぱいだ。父さんがいないからな。高等文官試験に受かるのは子供の頃の夢だったが、受かったところで、朝鮮人なんてまともに仕事をさせてもらえるもんか。窓際に追いやられるぐらいならまだましな方だって言うし。民族の反逆者になって得られるものなんて微々たるもんさ」

二人は舜徹のなじみの料理屋に入った。晋州の有力者であり資産家として知られる舜徹が案内された部屋は上品で落ち着いていた。

料理の膳が運ばれ、妓生《キーセン》〈芸妓〉も二人入ってきた。

「おい、お前たち。出ていってくれ。お前たちがいると、この堅物はそわそわして酒も飲めない」

舜徹は容赦なく妓生たちを追い出す。

還国のためというより、ゆっくり話したいことがあるみたいだ。

「酒はちょっと強くなったか」

舜徹は酒をつぎながら聞く。

「少しはな」

「お前に酒を教えたのは俺だっただろ？」

「そうだ」

静かに酒を飲む。

「還国」

「ああ」

「この先どうなると思う」

かなり慎重に切り出す。

「何が」

「戦争だ」

「お前はどう思う」

「俺は、末期に差しかかったんじゃないかと思う。少し前に日本は仏領インドシナに進駐しただろう？　日本は蒋介石の援助ルートを遮断するつもりなんだろうが、意外に前線が拡大されて日本が惨敗するんじゃないかな」

「そうなるには時間がかかるだろうし、僕は、アメリカが参戦してくると思う。そうなれば、日本が負けるのは時間の問題なんだが」

「日本だってアメリカの参戦を想定したうえで進駐したはずだ」

「もちろんさ。だが、アメリカの参戦は未知数だ。参戦の確率が九十パーセントだとしても、日本は十パーセントに希望をかけるしかない。すぐに戦争を始めなければならないってわけだ。蒋介石の援助ルートを遮断するのもそうだが、戦争物資の枯渇こそ切羽詰まっているという証拠だ」

「いずれにしても、日本の勝算がないことだけは確かだろ？」

「僕には断言できないよ。お前と似たようなことを考えているとしか言えない」

「ほんとに最近は、百貨店も何もかもやめたいよ。あいつののさばりようときたらひどいもんだ。そうだ、お前も知ってるだろう、金斗万《キムドゥマン》。あの時、うちと一緒に強盗に遭った、酒問屋をやってる奴だ」

「知ってるさ」

「あいつの息子の起成《ギソン》のことも知ってるか」

「東京で会ったことがある」

「大学なんて名ばかりのつまらない学校に通いながら留学だとか何とか言ってむかつくほど威張っていたが、今何をしてると思う。警防団の団長だ。きっと裏金を渡したに違いない」

「偉くなったもんだな」

「警察署の雑用をやってるだけなのに、晋州の街をのさばり歩いて随分弱い者いじめをしてるらしい。昔は、俺の前では何も言えなかったくせに。汚い世の中だ」

「柔道の有段者なんだから、気に食わなければ投げ飛ばしてやれ」

「俺は冗談を言ってるんじゃない。あの臨時政府の独立資金強奪事件があってから、あいつんちがうちを目の敵にして、面倒で仕方ないんだ」

「同じ被害者なのに」

「うちが臨時政府と内通して強奪劇をたくらんだって言いたいのさ。自分たちはとんだ災難だって言いふらしやがって。実際、そんなうわさが広まったら困るからな。とにかく、家が燃えても南京虫が死ねばすっきりすると言うが、うちの家が全部燃えても構わないから、斗万のうちの奴が死んじまえばいいのにって思うよ」

「実は、うちもあの家とは敵同士だ。頭が痛いのは僕も同じさ。それに、起成だけじゃない。平沙里《ピョンサリ》みたいな小さな村でも、面《ミョン》〈村に当たる行政区分〉事務所の書記〈事務員〉が何かにつけて反国家だ、反政府だと文句を言って、情けないったらないよ」

　感情が高ぶると酒も進む。東京の一流大学の法学部を出た舜徹にとって、起成みたいなごろつきに偉そうにされるのは耐えがたいことだろう。単なる名誉職だとはいえ、ひとたびそれを手にしてしまえば勢力地図をひっくり返すことができるという現実。持てる者も持たざる者も、盲《めし》いた大蛇のように絡まって親日に熱を上げている。

「あの光州《クァンジュ》学生事件*の時、晋州の中学で首謀者として捕まって服役までした後輩がいるんだが、たぶん、允国《ユングク》は知っているはずだ。洪秀寛《ホンスグァン》といって」

「洪秀寛？　知ってるさ。允国の先輩で、とても親しい」

「そいつがうちで働いている。書記としてな」

「え？　お前のところで働いてるのか？」

「ああ」

「初耳だが、とにかくありがたいことだ。あの頃、僕たちは強奪事件のせいで手も足も出せなかったから」

「俺があいつを刑務所から出してやったんだが、忘れた頃に警察がやってくるんだ。起成の奴も偵察に来ては脅迫して。たちの悪い奴だ」

舜徹の言葉は、どこか歯切れが悪い。複雑な心情を抱えて激高しているようで、本当にしたい話は整理されておらず、言いにくそうに感じられた。二人は独立資金強奪事件の後、ほとんど会えなかった。いや、お互いに避けるしかなかった。舜徹は繊細でも感覚的でもないけれど、裕福な家で伸び伸びと育ったおかげで割に度量が大きく、順調に大学まで卒業して高等文官試験にも挑戦したほど頭脳明晰だった。しかも、柔道で鍛えられた体はすらりとしていながらもがっちりしていて、親分肌で男気があった。しかし、使命感に燃える方ではなく、大学時代に社会主義思想が日本で一世を風靡《ふうび》した時にはその方面の本を読みふけっていたものの、社会意識は希薄だった。ともかく、還国に会った瞬間から舜徹は興奮していた。これまでの事情を考えれば、友情のせいだけではなかっただろう。

独立資金強奪事件があってから、還国の家と舜徹の家を見る世間の目は二つに分かれた。一方は、舜徹の父、道永《ドヨン》を被害者、吉祥《キルサン》を加害者とする見方だ。吉祥は嫌疑をかけられて一時、捜査対象になっていたからだ。もう一方は道永を協力者、吉祥を首謀者と見ていた。それは、晋州の人々が道永を立派な人だと思うきっかけになったが、代わりに当局から形容しがたい苦痛を受けるはめになった。そして、同じく金を強奪された斗万は自分も協力者だと疑われるのではないかと戦々恐々とし、歯がゆい思いをしながら両家に対して深い怨みを抱くようになったのだ。

「起成があああだからといって何がどうなるわけでもないだろうし、気にすることはない。過ぎたことは全部忘れて酒でも飲もう」

還国がついでくれた酒を手に取りながら舜徹は、

「気にしないでおこうと思うが、うまくいかないんだ」

嘆くように言う。

「お前らしくもない。みんな起成の劣等感のせいじゃないのか。僕は学校が違うから疎遠だったけど、お前は中学の同級生なのに起成を馬鹿にしてた。彼の父親もそうだろう。うちに強い憎悪の念を抱いているのも、元をただせば劣等感のせいだ。確かに、平等の原則からいえば、うちにも問題があったけどな」

還国は、話が深まるのを望んでいないかのように笑いながらそう言ったが、斗万の祖父母が崔参判《チェチャムパン》家の奴婢だったということは黙っていた。

「孔子みたいなことを言うんだな」

「孔子は平等主義者ではなかった」

「そうだったかな」

「もちろん僕も平等主義を実践できなかったし、優柔不断で、何もできないでいるが」

「問題は他人にではなく、俺自身にあるんだ」

「……？」

「起成が気に障るのも、実はほかの理由があるんだよ。あいつが警防団の団長じゃなくてもっと偉くなったとしても、過去に馬鹿にされた腹いせにいやがらせをしても、俺が気にすることは何もない。どこからどう見てもあいつは俺の相手じゃないからな。あんなごろつき、やろうと思えば追い払うこともできる」

それは嘘ではない。晋州での舜徹の地位は確固たるものだ。学歴に財力、事業家としての基盤、どれもしっかりしていた。しかも、舜徹には日本人の知り合いが多かった。学生時代の友人に事業の関係者、それに柔道の道場に通っていた時に付き合っていた各界の人たち。大抵、上層部の人たちは互いにつながっているから、起成を黙らせるぐらいは難しくなかった。内向的な父の道永と違い、舜徹は大らかで人付き合いもいい。特に、強者を崇拝する日本人たちは、舜徹の男気を非常に好んでいる。

「あいつに会うと神経が逆立つ理由は、まさにあの事件のせいなんだが、いかんせん俺は真実を知らない」

「その点は僕も同じだよ」

還国はやや緊張した声で言った。直感的に察するところはあったが、還国もまた真相を知らず、吉祥から何も聞いていなかった。

「俺は何も、真実を問いただそうって言うんじゃないんだ。過ぎたことをあれこれ言うつもりもないし」

「語弊があるな。誰に向かって問いただすって言うんだ」

還国の口調は鋭かった。

「ああ、言い方が悪かったな。事があまりにも複雑なせいで錯覚することがある。これはあくまで俺の事情だ。俺なりの悩みなんだが、単刀直入に言うと、亡くなった父さんに問題があったんだよ」

そう言うと舜徹は、たばこをくわえて火をつけた。

「家族に見せていた父さんの態度が問題だった。どうして父さんは家族との間に壁を作って一人沈黙を守っていたのか、それが解けない謎として残っているんだ。俺にすら一切口をつぐんでいた父さんの真意を俺は今も知らない。それはいったい何を意味していたのか、何を暗示していたのか、誰のために沈黙していたのか。還国、お前も考えてみてくれ。警察で違うと言ったんなら、家族にも当然違うと言うべきだろ？　どうして父さんはあれほど固く口を閉ざしたんだろう」

舜徹は当時を思い出したのか、顔をゆがめた。たばこの火をもみ消して話を続ける。

「俺は二つ想像してみた。一つは協力、彼らの言葉を借りるなら芝居だ。父さんは沈黙によって、それが芝居であったことを認めたのではないかな。あるいは、たとえ強奪されたとはいえ、朝鮮民族として独立資金を供出するのは当然のことだからとやかく言う必要はないという意味だったのか。だけど、おかしいと思わないか。その程度の話なら、母さんや俺に言ったって構わないだろう？　強奪されたが、あんな形ででも金を渡せば朝鮮民族としての面目が立つ。そんなふうに言うこともできたはずだ」

「……」

「もし、協力したのが真実なら、それは我が家のすべてをかけて危険を冒したことになる。そうだとしたら、父さんはいったいどんな人だったのか。沈黙は、それ以上の協力要請を遮断するためだったのか。家族を守るためだったのか。俺に考えさせるためだったのか。今もその謎は、まるで俺を惑わすようにぐるぐると同じことを考えさせる。父さんはいったいどんな人だったんだろう」

還国も次第に李道永という人物が気になり始める。

「お父さんに聞いたことはなかったのか」

「お前は？　お前の父さんが疑いをかけられた時、聞いたか」

「いや」

「俺は一度聞いたことがある」

「それで」

「答えてくれなかった。まるで石になったみたいに固まってしまって。あんなに厳しい顔を見たのは初めてだった」

二人は同時にため息をつく。

「あの当時、協力だの芝居だの、そんな言葉が出てくるたびに心臓が縮む思いだった。父さんが捕まって連れていかれる悪夢も何度も見たよ。俺がこんなことを言うのは今日が初めてだが、父さんが生きていたら、きっと言えなかっただろうな。あの時の恐ろしさは今も消えない。それなのに、恐れながらも好奇心を持つ子供みたいに、俺の恐れの中にはいつも興奮があり、自負心があるんだ。かと思えば、両手で確かにすくった水が指の間からすべて抜け出てしまったみたいに何も残っていないのを感じる。不安になるんだよ。父さんのことがわからない時、おかしなことに俺自身についてもわからなくなる。漠然としているというのは不安なものだ。この気持ちはお前にはわからないだろうな」

「わかるさ」

「起成の顔を見ると神経が逆立つのは……彼らと同じように俺たちも被害者なのか、それとも加害者なのかって混乱するんだ。訳もなく当惑して、居場所を失ったみたいに目の前が真っ暗になる。あいつはいつも俺の不安の種で、そんな時の俺ときたら、汽車の中で席がなくてうろたえている婆さんみたいなんだ。本当に気分が悪い」

還国は舜徹の杯に酒をついでやる。

「飲め」

「うん」

舜徹は杯を空け、還国に渡して酒をつぐ。

「馬鹿みたいに笑って生きよう。広大《クァンデ》*にならなきゃ生きてられない」

「いつまで？」

舜徹は還国の目をじっと見つめながら言った。

「さあ……。遠くないと信じないとな。遠くないはずだ」

「まるで虚空を歩いている気分だ。ある日本人が言ってた。これじゃあ生きてるとは言えないってな。かなりいい奴なんだが、召集を受けて前線に行ったよ。締め付けられてるのはあいつらも同じだ。いつ召集令状が飛んでくるかわからない強迫観念に駆られている。表向きは天皇陛下のために死ぬと言っているが、自分の人生が断たれる絶望は隠せない。日の丸がはためく中、たすきを掛けた奴らの女房や両親が仮面みたいな顔で通りに立ち、道行く人に千人針を頼む姿もわびしいもんだ。相当戦死もしただろうし」

千人針というのは、白い布に千人の女が赤い糸で一針ずつ縫って結び目を作る日本の風習で、それを腹に巻いていれば銃弾が避けていき、戦死を免れることができると信じられている。召集された人の家族が道行く人に一針ずつ縫ってもらうよう頼むのは、晋州の通りでもよく見られる光景だった。

「軍国主義の悪霊のせいで多くの人々が死んでいき、一つ間違えれば国家の存立すら危うくなる状況なのに、どうしてあんな馬鹿げたことをやっているのか。とにかく、日本刀が問題だ」

「自業自得だよ。反戦思想が通用する余地がこれっぽっちもないのが日本じゃないか」

そう言う還国に舜徹が答える。

「戦争が起これば、どの国も事情は似たようなもんさ」

「戦争が起こる前の話をしてるんだ。反戦思想を糾弾し、干からびて死なせたのは軍部よりも国民の方だ。彼らが自ら進んでやったことではないか」

「それは、政府が誘導したからだ。一等国民だの世界の強国だのって、世界が広いことも知らずに島国の中で生きてきた国民に甘い夢を見させ、神国という幻想に浸らせながら追い詰めるなんて。そもそも大衆っていうのは弱いものだからな」

「お前の言うとおり、軍国主義の悪霊に従って死の道もいとわず一心不乱に進むあの声に耳を傾けてみろ。どうだ、怖いだろう？　それが愚者の行進だということに気づいていない日本人はもっと怖い。アフリカではアリの大群が通り過ぎた後には何も残らないというが、まるでそのアリの群れのように日本人たちは一致団結して隊列から離脱しない。朝鮮の識者の中にも彼らの団結を日本人の長所として挙げる人が何人かいる。しかし、その一致団結が破壊へと突進する時、恐ろしい結果をもたらすことは考えていないようだ。破壊というのは新しい秩序をつくる過程でもあるが、ヒューマニズムの欠如した新しい秩序は虚構であり、虚構から始まる破壊は他人だけでなく自分自身も崩壊させる。今日の日本を見ていると明らかだ。そして、それは日本が敗北する日に証明されるだろう。日本では、いかなる時も革命は起きないはずだ。たとえ自滅することはあっても。それは何を意味するのか。新しさがないということであり、新しさがないということは生命がないということ、創造できないということだ。彼らは臆面もなく、戦いは創造の父であり、文化の母であると言ったじゃないか」

いつもの還国に似合わず辛辣《しんらつ》だった。

「俺は、その意見に反対だ。民族性をとやかく言うのは反対だよ。体制に従って変節するしかないのは人間の普遍性じゃないか」

「民族性をとやかく言ったんじゃない。彼らの歴史のことを言ってるんだ。人間の普遍性には変化するものと変化しないものがあるが、日本の歴史は変わるべきものが変わらず、変わってはならないものが変わってしまった。民族性の話ではない。飼いならされてしまった状態を言っているだけで、彼らもまた被害者だと言ってるんだ」

「変わるべきものが変わらず、変わってはならないものが変わってしまったって、それは何だ」

「浦島太郎の玉手箱みたいに中身が空っぽの神道、あるいは、神国思想と現人神という称号のついた万世一系の皇室は変わるべきなのに変わることなく、変わるべきでない真理と真実、そして事実は彼らの事情によって変わり続けている。結局それらは同じことで、変わろうが変わるまいが虚構だということだ」

「ふむ……」

「彼らは浦島太郎の玉手箱を開けるべきだ。そして、真実を直視しなければならない。たとえ白髪になったとしても。そうやって初めて生まれ変わり、新しくなれるのに、日本は決して空っぽの箱を開けようとしないだろう」

「ふむ、わからないことはないが、日本はこれまで存在し続けていて、今も存在している。現実というのはどのみち、都合よく取り繕われるものじゃないか。国家統治の形態はさまざまで、現実はあまりにも理想とかけ離れている」

舜徹は自分でもよくわからなくなってきたのか、自信なげに言った。還国の理想論に反論する適当な言葉がないのもそうだが、還国の論理が現実的にどれだけ効果があるのかも疑問だった。

「現実は停止した時間ではない。抽象的なものや現象的なものに比べれば、物質は目に見えるし、確かであることは事実だ。だが、見えないものや確実でないものに対して、目の前にあるものは一つの点に過ぎない。時間は絶えず流れていくが、現実の時間は一瞬に過ぎないんだ。一つの点や瞬間をつかんでいくら堅固な城を建てたところで何になる？　創造は、見えないものや不確実なものを探求し、過去と未来が続く現実の中でだけ可能なんだ。創造は生命だ。創造のない所には破壊しかなく、人は獣に転落する」

「芸術家のお前が志向する道とほかの大多数の人たちが志向する道が必ずしも一致するとは限らない。大多数の人たちはとりわけ現実的な生き物で、幸せな人生の基準を物質の量に置いている。それは生存本能として当然のことだ。正しく生き、信念に従って大事を成し遂げるために献身する、そんな人生を幸せだと認識している人はごくわずかだろう。それは厳然たる事実で、政治とはそんな大多数を相手にする制度ではないか。どれだけその大多数を苦しめるか、どれだけ楽にさせるかの違いがあるだけで、現人神を信奉しようが孔子を崇めようが、イエスやブッダに仕えようが変わらない。どうせ政治というのは、神であれ聖人であれ、それを道具にするものではないかということだ。さあ、酒を飲め」

　酒を一気に飲んだ還国は膝に視線を落とす。日暮れのようなわびしさと一種の憤りみたいなものが彼の両肩にのしかかっていた。

「法学部を出た俺と芸術の道に進んだお前との見解の差だろうが、お前は当然そうあるべきで、俺みたいに事業をしていると、好むと好まざるとにかかわらず現実にしがみつくしかないのさ。俺たちが一致する点といえば、いや、俺たちだけじゃなく、すべての朝鮮人に一致するのは何といっても居場所がないということであって、俺たちが直面している共通の現実は」

　舜徹は言いかけてやめる。還国の表情はいつになく憂鬱だ。

「元気を出せ、還国！」

「……」

「こんな話はもうやめよう。最近、お前は絵を描いているのか？」

「今は漂流してる」

「漂流だと？」

「どこに向かって進むべきかわからないという意味だ。誰かに会うたびに、なぜ僕は絵を描いているのかと自問させられる」

「今もか」

「ああ、無意味に思えてな。無用の長物みたいに」

「そんなこと考えるなよ。少数っていうのは選ばれし存在だ。大多数に対する葛藤や理解不足はあって当然だ。俺の言ったことがお前を失望させたみたいだな。すまない」

「ち、違うんだ」

「俺がお前だったら、学校を辞めて絵に専念する。お前はもう進むべき道が決まってるじゃないか。周囲の声なんか気にしないで絵を描けよ」

「学校を辞めたからって自由になるわけではないさ。もう何もかも投げ出してしまいたくなる時がある。金持ちの息子は、酒と女とばくちに溺れて放蕩している方がずっと正直なようにも思えるし」

「まあ、そんなことを考える時期だな」

「絵は自信がない。道を間違えたんじゃないかと思うよ」

「そんなこと言うな！」

舜徹は声を張り上げた。

「お前が違う道を選んでたら、今よりもずっと後悔していたはずだ」

「才能も足りないし、命を燃やすような一途な情熱もない。絵というのは、アトリエの中で繰り返される修練の積み重ねだけで出来上がるものではないことを今さらながらひしひしと感じてる」

還国は、父の仏画を見て受けた衝撃からまだ立ち直れずにいた。観音像から受けた感動、自身の絵の世界に対する懐疑と絶望感、原木を斧で切って建てた建物みたいに数多くの人生の山を越えてどっしり立っているようなカンセ、志甘《ジガム》、海道士《へ》の姿から自分の小ささを感じるようになったこと、そして、ソウルで起こったある事件に対する葛藤もまだ整理できずにいた。

「逃げ道が一つだけあるにはあるが」

表情を少し緩めて還国は苦々しく笑った。

「それは何だ」

「自然の中に埋もれることだ」

「まさか、頭を剃るっていうのか？」

「そういう意味じゃなくて、純粋な生命として生きてみたいんだ。それに絵も描きたい」

「できないことはないだろう。猟師になろうが木こりになろうが、絵さえ描ければいいんだから」

「それが簡単じゃないからお前に話してるんだ。允国だったらとっくに実行に移してるだろう……。こう見えても僕を必要としている人は多い。絡みつく因縁を断ち切ってしまうのは……」

「そうだな……お前は芸術家よりも聖職者の方が合ってたかもしれない」

「画家になるよりもっと大変だよ。そんなのあり得ない」

「考えてみたことはあるのか」

「空想はしてみたさ」

「とにかく、つらいな。それで、允国は元気なのか」

「大学に通ってる」

「何か思い出すことはないか」

「ああ、妹さんは元気か」

「何とかやってる。あいつもあの事件のせいで諦めはしたが……。まあ、允国は気にも留めてなかっただろうけど」

舜徹の妹が允国に片思いしていたのは両家でも知られていることで、舜徹はそのことを言っているのだ。

二人が料理屋を出ると、外は薄暗い月夜でまだ宵の口だった。還国と舜徹は固い握手を交わして別れた。

還国は、翌朝早くソウルに発つことを考えながら歩いていた。酔いが回った。料理屋で酒を飲んでいる間は何ともなかったのに、歩けば歩くほどつま先から力が抜けていくのを感じる。真っすぐ家に帰りたくなかった。宵の口の通りは、商店からもれてくる明かりの渦の中で人も周りの風景も美しく見えた。少し浮かれていて幸せそうにも見えた。還国は家に帰る途中、南江*の方に足を向けた。神社へとつながる石段を避け、横道を抜けて川原に下りる。そこに座って少し頭を冷やしてから家に帰るつもりだった。月光に照らされた川面が揺らめいていた。実際は聞こえなかったけれど、川の向こうの竹やぶから竹の葉を揺らして通り過ぎていく風の音が聞こえる気がする。矗石《チョクソン》楼《ヌ》*の太い柱が陰になって黒ずんで見え、その裏の神社を取り囲む雑木林も黒く見える。山と夜空の境界線がくっきりと表れていた。

還国はたばこをくわえて火をつける。たばこは、教師の仕事を始めてから少しずつ吸うようになった。考えてみれば、姜《カン》恵《ヘ》淑《スク》に初めて会ったのは慌ただしい病院の中だった。東京の神田にある外科専門の個人

病院だった。眼鏡の奥から上目遣いで還国を見つめていた医師の目は気難しそうだった。秀奉《スボン》が、

「へ、恵淑さん」

と呼んでいた女。彼女はうろたえていた。女というよりも少女のようで、子供みたいにおびえてずっと震えていた。

「俺の友達で栄光《ヨングァン》の友達でもある崔還国。そして、こちらは姜恵淑さん」

秀奉が紹介した時、恵淑は黙ってうつむいていた。栄光が、東京の建設現場で一緒だった日本人たちにひどく殴られて死線をさまよっていた時のことで、還国はあの時のことを思い出しているのだ。

「哀れみも愛情ですか」

李府使《プサ》家に行った日、渡し舟の上で還国は父親に聞いた。吉祥はにっこり笑って答えた。

「俺の考えではそうだ」

「……」

「お前は、哀れみと同情を混同してるんだな」

「やっぱり愛情なんですね」

「大慈大悲を一度考えてみなさい」

「大乗仏教か。いいえ、宗教的な立場から聞いたのではありません」

「人間的な愛情について聞きたいのか」

「……」

「哀れみは純粋な愛情の始まりだ。乳を飲ませる母の気持ちも哀れみだろう。死別の悲しみも、二度と会えない悲しみより哀れみから来る悲しみである時、それははるかに深いものになると思う」

「お母さんに対して哀れみを感じますか。お母さんはとても強いけれど」

攻撃するように言うと、父はこう答えた。

「誰も頼る人のいないよその地で、他民族が行き来する中で暮らすことが、二十歳にもならない天涯孤独の娘にとってどれだけ心細かったことか」

揺らめく南江を眺めながら還国はため息をつく。父に哀れみも愛情なのかと聞いたあの時、自分に対する愛情のない栄光を必死に見つめていた恵淑のいじらしい姿を思い出していた。哀れみであれ愛情であれ、還国は今日まで恵淑を時には遠くから、時には近くで見守ってきた。両親を捨て、すべてを捨てて栄光のもとにやってきた女。栄光を解放してやるために結局去っていった女。還国は穏やかで慎しみ深い哀れみをもって恵淑を見てきた。栄光や妻の徳姫《トキ》に罪悪感を覚えながらも、恥ずかしく思うようなことではないと還国は信じてきた。還国は、友人として限りなく栄光を敬愛し、妻の徳姫に対しても自分なりに愛情を持っていると信じている。だが、少し前に思いがけず、同僚の教師、元《ウォン》が恵淑との仲を取り持ってくれと頼んできた。いつだったか、彼と一緒に洋裁店の前を通り過ぎた時に恵淑と顔を合わせ、挨拶をしたことがあったのだが、元は彼女のことが気に入ったのか、その後も店の前を通って恵淑の姿を見ていたようだ。彼は若くして妻に先立たれ、独身だった。断る理由もないので還国は彼らを会わせたのだが、おかしなことにその時から、還国の心が動揺し始めた。そうして、しばらくしてから恵淑に会うと、彼女はとてもはっきりした口調で求婚を受け入れるという意志を示し、その瞬間、還国はぼうぜんとした。それは衝撃だった。

「私が一人でいる以上、栄光さんは罪悪感に苛《さいな》まれて自由になれないでしょう」

「では、栄光のために気の進まない結婚をするというのですか」

「諦めて生きてきたんです。そんなの大したことではありません」

「それは自虐です」

「いいえ、いい方みたいですし、一人でこうしていてはいろんな方に迷惑をかけるばかりですから」

一瞬、彼女の目に涙が浮かんだ。迷惑をかけるというのは徳姫の疑念のことを言っているようだった。

徳姫が恵淑の存在を不快に思っていることは、還国も知っていた。

(僕は何て間抜けなんだ。彼女が一生結婚もしないで、あの街角でミシンを踏みながら一人で生きていくことを望んでいたのか。そんな非情で残忍なことを考えていたというのか。哀れみがこんなに利己的であってはならない。道徳的な問題を超えて人間として、男として、それは許されないことだ)

還国は、いろんな人に迷惑をかけるという恵淑の言葉に胸を痛めた。恵淑が傷を負った鳥みたいに思え、ぎゅっと抱きしめてやりたかった。

(そうすべきだ。そうしなければならない。結婚しないと。風の吹く通りにいつまでも一人で立ってはいられない。元先生はとてもいい人だ。彼女を不幸にはしないだろう。祝福してあげよう。幸せになれと祈りながら妹のように送りだしてやるべきだ。ああ、そのとおりだ。恵淑さんがあの街角でミシンを踏みな

がら一人でいる以上、栄光は決して自由になれない）

そう思いながらも還国は、心に穴が開いたような寂しさをどうすることもできなかった。

（こうしてすべてのことが食い違うのが人の生きる世なのか。違う。それは、自分自身のための言い訳であり、合理化しようとする気持ちだ。僕は勇気がない。いつも恐れている。ソリムの時もそうだった。自分に言い訳ばかりしていた）

還国は立ち上がった。太く濁った声で六字《ユクチャ》ベギ〈朝鮮半島の南部地方で歌われる民謡〉でも歌いたい気分で、還国は川原から上がってきた。太くもなく、濁ってもいない生来の声で六字ベギを歌うことはできただろうか。六字ベギの旋律も知らないくせに。食い違ってばかりの女性との縁は食い違いが原因ではなく、還国の生来の性格のせいであることは言うまでもない。愛を成就させることもできないくせに、遠くから見つめるだけで諦めるべきだったのに、いや、深く意識もしていなかったくせに……。還国は孤独な雲のようにもだえる。

家の前まで来た時、門のところで還国は成煥《ソンファン》に出くわした。

「先生、今お帰りですか」

成煥はぺこりと頭を下げる。

「ああ、どこへ行くんだ」

「はい、南江旅館に行くところです。貴男《クィナム》が病気らしくて」

「お母さんはいるか？」

「はい、お客さんがいらっしゃいました」

「お客さん？　どこから」

「ソウルから来られたみたいです。楊校理《ヤンキョリ》家の親戚だそうで、さっき来られたばかりです」

「そうか。さあ、行きなさい」

「行ってきます」

還国は舎廊《サラン》*に入った。誰もいない広い部屋に横になろうとすると安子《アンジャ》がやってきた。

「夕食はどうなさいますか」

「済ませた」

「お酒をたくさん飲んだみたいですね」

「友達に会ったんだよ」

還国が龍井《ヨンジョン》*にいた幼い頃、座《アンジャ》れ、立《ソ》て、座れ、立てとからかっていた安子とは気安い関係だ。

「変な女が来てるんです」

安子は眉間にしわを寄せながら言った。

「楊校理家の親戚が来たと聞いたけど。洪成淑《ホンソンスク》とかいう人？」

「ええ、歌手の。あの人は知っていますが、一緒に来た女がちょっと」

「どんな人なんだ」

「だらりと長くて黒い洋服を着ていて、目はフクロウみたいに大きいけれど顔は真っ黒であごは短くて。

何だか印象の悪い女でした。鬼神みたいで、意地悪そうで」

「随分気に入らなかった様子だな。用があるから来たんだろう」

「奥様は本当ならお会いにならなかったでしょうに、ちょうど板の間《マル》にいらした時にあの人たちが庭に入ってきたもんだから仕方なく。ひょっとして、良紘《ヤンヒョン》お嬢さんの縁談を持ってきたんじゃないでしょうか」

還国は一人になりたいのに、安子はいつになく冗舌だった。

「それは違うんじゃないかな」

安子が出ていくと、還国は上着だけ脱ぎ捨てて床に倒れ込むように横になった。天井が上がったり下がったりしているように感じられる。

(飲み過ぎたな。男のくせにあんなにべらべらしゃべって)

横になればすぐに眠ってしまいそうだったのに、なぜか眠れなかった。寝返りを打ってみる。成淑に対しては良くない記憶がある。ソウルで母と一緒に刑務所に行き、父と面会して帰る途中に汽車の中で彼女に会い、その後、釜山《プサン》で旅館に泊まった時、趙容夏《チョヨンハ》と一緒に旅館に入る成淑を還国は見た。その記憶は、容夏の自殺や任明姫《イムミョンヒ》を思い出させた。近所でよく会う明姫、容夏に続いて少し前に自殺した朴《パク》医師の姿も突然浮かんだ。母が盲腸の手術を受けた時、釜山まで駆けつけた朴医師。あの時、還国は、彼が母を愛していることに気づいたが、敵対心や反感は覚えなかった。父には申し訳ないけれど、還国は朴医師の純粋な愛情を美しく感じ、彼の苦悩に同情した。まだ幼いうちに父と別れて十年余り、父親不在の空白期間を朴医師がある意味埋めてくれたとも言える。彼は崔家の家族に献身的な主治医だった。還国は軽くため息をついて寝返りを打つ。

内房《アンパン》〈主婦の居室〉では、西姫《ソヒ》と二人の女が運ばれてきたばかりの紅茶を飲んでいた。

「昼間にお邪魔しようと思ったのですが、いらっしゃらないかもしれないと思って夕食を食べてから来たんです。失礼ではなかったでしょうか」

成淑が聞いた。

「構いません」

西姫は、気乗りしない様子だった。襲撃を受けたような気がしたからだ。

「急ぐこともなかったんですが、お尋ねしたいことがありましてご挨拶を兼ねて参りました」

成淑は尋ねたいことがあると言ったが、西姫は何かと聞きもせず、ぼんやり相手を見つめる。西姫は成淑が明姫の後輩だということを覚えていた。だとすれば、間違いなく自分よりも五、六歳下だ。四十一、二歳なら女としては盛りを過ぎているが、熟しきっているとも言える。だが、十年余り前にソウルから戻ってくる汽車の中で成淑が自分から挨拶をしてきた時や、彼女の姉に当たる楊校理家の夫人と一緒に独唱会の招待券を持って訪ねてきた時の姿は見る影もない。成淑はすっかり変わっていた。太ったのもそうだし、ひどく老けて体全体が崩れてしまったような印象だった。目の焦点が合っておらず、視線は絶えず動き、病的な振る舞いに不安が漂っていた。美人ではなかったが、もともと身なりには気を使い女王みたいに華やかに着飾っていた彼女は、今も着飾ってはいるものの、華やかな装いがかえって肉体のみすぼらしさを強調している。古びて汚れた所にペンキを塗ったみたいに、生気を失った顔には白粉が乗っておらず、所々まだらになっていた。いくら歳月は恐ろしいとはいえ、人はこんなに変わるものなのかと西姫は内心ひどく驚いていた。成淑の隣に座っている女、舞踊家とだけ紹介された裵雪子《ペソルジャ》も若いことは若いが、色白で美人だとは言いがたい。ずば抜けてスタイルのいい体、それに、安子の言うとおり、細かいプリーツのある黒いサテンのロングスカートに黒のブラウスという格好は地方都市では見られないもので、いくら洗練されているといっても違和感を覚えるのは事実だ。いずれにせよ、並んで明かりの下に座っている二人の女は、ひどく喜劇的でありながら悲劇的にも見えた。

「本当に夫人は相変わらずお美しい。美しさを保つ秘密でもあるんでしょうか」

用件は後回しにしたまま、成淑はとても親しげに言った。西姫は苦笑いを浮かべる。

「不老草でも召し上がったのですか」

「……」

「あまりにもお若くていらっしゃるから。雪子さん、そう思いませんこと?」

西姫が何も言わずにいると、成淑は雪子に同意を求めるように声をかけた。雪子は大きくうなずきながら、

「ええ、かねがねお話は伺っていましたが、こうしてお目にかかると神秘的なほどですわ」

いっそう丁寧に答えた。見えすいたお世辞だ。

「そうでしょう? 審美的な私たち芸術家の目にもこれほど完璧に映るのに、ましてや一般人の羨望はいかほどでしょう。神の偏愛が恨めしいほどです」

「礼も過ぎれば無礼になると言います。それぐらいにされてはどうですか」

「いいえ。礼が過ぎるだなんて。むしろ足りないぐらいです」

(年を取ったものだ。前はここまでひどくなかったのに)

「変わらないのはこの部屋も同じですわ。十年余り前のままですよ、雪子さん」

「ええ、洪女史」

そう言われて成淑は少しぎくりとする。雪子は成淑のことを状況によって呼び分けていた。同席した人たちが成淑をあまり相手にしていない時は、まるで同僚のように洪女史と呼んで自分を目立たせた。だが、成淑の家族や知人の前では姉さんと呼んで親しさを誇示し、成淑が良い立場にあったり自身の利害が絡む時は洪先生と呼ぶこともあった。いつだったか、不快に思った成淑がそれを問い詰めたことがある。

「誰だって場合によって呼び方を変えることはあるでしょう？」

雪子は突き放すように冷たく言った。そして、黒く憂鬱な瞳で成淑をじっと見つめた。

「雪子、あなたはあまりにも打算的で冷た過ぎるわよ」

「姉さんはどうなの？　違うって言うの？」

「あたしはあなたのためなら何でもしてきた」

「それは、姉さん自身のためでしょう」

「ひどい女！」

やりこめられたり、けんかしたりしながら、文字通り雪子にもてあそばれているのに、成淑は彼女との付き合いをやめられなかった。もう会うのはやめようと固く心に誓っても、三日にあげず、まるで中毒したかのように雪子に会っていた。寂しかったのだ。社会的地位をすべて失い、あらゆる面において落ちぶれていた。草創期の声楽家、洪成淑はその希少価値のために存在し、華麗な黄金期を満喫した。だが、才能に恵まれ、正統な教育を受けた後輩たちに押されて後退していった。しかも、虚栄と奢り、軽薄な性格に加え、ふしだらな私生活によって音楽界から追放された。

鬱憤と焦り、苦悩と倦怠、しぼむことのない野望を抱いてのたうち回る家庭生活は荒廃そのもので、怠惰な生活のせいで成淑は実年齢よりも老けて見えた。夫は、人はいいけれど退屈で、子供もいなかった。欲求不満から食べることに夢中になって消化不良を繰り返し、太って体形が崩れ始めた。そんな時、雪子に出会って付き合ううちに成淑は、なすすべもなく彼女に都合のいい有閑マダムと化していった。雪子はそんな成淑を利用し、豊かでありながら腐臭が漂う上流層に巧妙に潜入していった。彼らの前ではもはや、愛国志士の娘、独立運動家の娘という仮面をかぶる必要はなかった。雪子の父が大連で暮らしていたのは嘘ではなかったし、上海にいたのも事実だ。しかし、独立運動家ではなく、日本の密偵だった。いずれにせよ、雪子は朝鮮を統治する当局と通じている女、権力を背景にした舞踊家、裵雪子として自身の領域を広げていった。彼女が警察の手先であることも、警察幹部であり死んだ父とも知り合いだった近藤啓次の情婦だったのも事実だ。

いつだったか、雪子は何気なく成淑に秘密をもらしたことがある。朝鮮の芸術家たちを統合する団体を官主導で結成する計画が進められているという話だった。成淑の心をつかむのにそれ以上の甘い餌はない。

成淑は、その傘下団体の後押しを受けて再起したいという欲望と空しい夢を抱くようになった。その団体から役職の一つでも得られた日には、自分を音楽界から追放し疎外した連中に見事な一撃を食らわせてやるつもりだった。いや、少なくとも芸術家として落ちこぼれることなく、その命脈を保ちたかった。そうして雪子と成淑の共生関係は確固としたものになっていった。いや、共生というよりも、雪子という鷹に成淑がさらわれた形だ。分不相応な欲望がなければ、そんなわなにはまることもなかっただろう。逃れられないわなに。

「ソウルにも、こんなに格調高い家具でしつらえたお宅はそう多くありませんわ。そう思わないこと、雪子さん」

「そうですね。家具というより私の目には芸術品に見えます。日本人たちも朝鮮の家具や木器を見ると夢中になるそうですよ。随分古い物とお見受けしますし」

「それは、由緒正しいお家柄ですもの」

「あの二段たんす、三段たんすの木目の色も実に見事ですわ。白銅細工のデザインも個性的で」

「腕のいい職人が何年もかけて作ったに違いないわ」

「見ていて本当にうっとりします」

個性的だのデザインだの、由緒正しい家柄だの、うっとりするだのと、互いに負けじと競っているのを聞きながら、西姫は微かな笑みを浮かべている。成淑は西姫に視線を移した。

「ソウルにはよくいらしていると聞きましたが」

「時々行きます」

「私たちもそれなりに社会活動をしているものですから、なかなか伺う機会がなくて。今回は雪子さんと気分転換を兼ねて遊びに来たのですが、夫人もちょうどこちらにいらっしゃると聞いたものですから。それに、ある方からの頼み事もありまして」

「尋ねたいことがある」から「ある方からの頼み事」まで進んだものの、話はさっきのようには続かない。

「常々、雪子さんが奥様にお目にかかりたいと言っていたこともあって」

始まりからしてぎこちなかった。考えてみれば、家庭の主婦に過ぎない西姫に何を期待して会いたいと思ったのか。そこからして不自然なことに成淑は気づかず、目ざとい雪子は眉間にしわを寄せる。この人はなんて浅はかなんだろうというように。

「雪子さんは私の妹みたいなもので、芸術家という共通点もあって同病相憐れむ関係です。朝鮮みたいな未開の国では、声楽家も舞踊家もまだきちんと認識されていないみたいで。こんな風土では芸術家の進む道はそれこそいばらの道です。保護はおろか、もっぱら中傷に忙しく、どうにかして潰してやろうという風潮があります」

良くないうわさを意識しながら、それを打ち消すように成淑は言った。

成淑は話を続ける。

「外国では一流の声楽家や舞踊家と呼ばれるようになれば国の宝であって、国民の敬愛を受けながら保護されるようになるというのに、ここでは迫害を受けるのが常です。よりによってなぜ芸術家に生まれたのかと嘆くこともありますわ。弱小民族とはいえ、人々が芸術に目覚めて初めてそれなりの待遇を受けることができるのに。夫人にこんなことを申し上げて良いかどうかわかりませんが、私もこれまで大変な苦労を味わってきました。数え切れないほどのデマに悩まされもしました。うわさ好きの女たちの口の軽さといったら」

雪子が脇腹をつつく。

「洪女史、そんな話はちょっと」

と言い、西姫を見て中途半端に笑いながら、

「悔しくてどうしようもないみたいです。人に会うたびにこんなことを言って」

と成淑をかばうふりをし、至らなさを許して下さいという意味を込める。

「私がいつそんなことをしたって言うの」

話がすっかりそれてしまい、一瞬、西姫の存在は忘れられる。口調は淡々としていたものの、突然高音がはじき出されたように成淑の声は鋭かった。

「本人は気づいていないでしょうけど、そういうきらいがあります。神経質過ぎるのではありませんか」

「雪子さん！　いやに突っかかるじゃないの」

理性を失いかっとなった。気に障ることを言ったのも話を遮ったのもそうだし、とりわけ女史という呼び方が気に食わなかった。実際、幼稚なほど芸術家という言葉を連発しながら長広舌を振るうのは、最近の成淑の癖だった。しかし、雪子は成淑の機嫌を損なうためではなく、沈黙している西姫の反応を見るた

めにわざとそんなことを言ったのかもしれない。

「聞き流して下さい。誰にでもあることなんだから、いちいちそんなに気にしなくても」

「まあ……それはそうだけど、人のことだからって簡単に」

すっと落ち着く。成淑は自分をなだめ、たしなめているようだった。

「時々、興奮するんです。お許し下さい。年のせいですわ」

「そういうこともあるでしょう。お気になさらないで」

西姫の心にわずかな同情が湧いた。外見があんなに変わってしまったのだから、性格が変わらないはずはないと思ったのだ。成淑は、誰かに追われてでもいるかのように急いで話を続ける。

「雪子さんはいつもそばで助けてくれて、妹みたいだから腹を立てたりするんです。私の性格を受け入れてくれて、寛容ですわ。舞踊家としか紹介しませんでしたが、どうか夫人の心に留めておいて下さい。いろんな才能があるんですよ。ソウルで一度公演をしたこともあって、志ある方の後援で今は舞踊講習所を運営しています。本人の前で言うのも何ですが、体形からして生まれながらの舞踊家です。崔承喜《チェスンヒ》*の一番弟子でもありますし、第二の崔承喜になる可能性だってありますわ」

「皮肉ですか」

雪子がそう言ったのを聞いていないふりをして続ける。

「しかも、雪子さんは日本人の実力者の中に知り合いが多くて活動しやすいんです。それに、いろいろと難しい仲介の役割もしていて、顔がとても広いんですよ。私たちには、夫人もご存じのとおり希望がありません。実現できないことは最初から諦めた方がいいし、朝鮮が独立するというのはもはや水泡に帰したのではありませんか？　こうなった以上、日本と手を結んで互いに助け合うしか道はありません。朝鮮民族の種を絶やすわけにはいかないでしょう。私の聞いたところでは、夫人は日本に対して非常に友好的で、日本に対する理解も深くていらっしゃるとか。ご主人のことで心配が尽きないのは承知していますが、それも夫人次第ではありませんか」

「では、それについての妙案でもあって訪ねてこられたのですか」

西姫はわざと関心があるというふうに聞いた。

「え？」

成淑は面食らってあたふたする。どこから話がそっちへそれてしまったのか思案しているようだったが、強く否定する身振りをする。

「い、いいえ。今日お訪ねしたのはそんなことではなくて」

成淑が言い終える前に、

「妙案ならあります」

と素早く雪子が答えた。彼女の言葉にはどこか鳥肌が立つような気味悪さがあった。

「ええ……」

西姫はあいまいに答え、雪子をしばらく見つめる。百害あって一利なしの人物であることは最初から見抜いていたが、雪子の最後の言葉から決して油断してはならない女だと気づく。しどろもどろで時々正気を失ったりする成淑に吸い付いたヒルのようだ。黒い服が血の色を帯びたような気がした。

(下手に扱っては大変なことになる。こんな女は珍しい)

「この先、情勢が悪くなれば心配なことが起こるかもしれませんが、まだうちには何事もありませんから」

「ええ、この先もきっと何もありませんわ」

あまりにも露骨だったと思ったが、雪子はいったん後退し、代わりに成淑がついに本論を持ち出した。

「実は、お嬢さんを一度見たことがありまして」

「うちの娘を?」

「はい。ある方に誘われて、学校の前で待ち伏せしてこっそり見たんです。本当にまぶしいほど美しいですね」

「どうしてそんなことをされたのですか」

「言うまでもなく、縁談のためですわ。お話はたくさん来るでしょうが、相手は文句のつけようのない、ほぼ完璧な家柄です。当の本人は東京に留学中で、慶應義塾大学の法学部に通う秀才です。しかも男前で。実は、私の嫁ぎ先とは親戚で、幼い頃からその子を見てきました。優しい性格で、ちょうどお見合いの相手を探していたところ、つてをたどって知ったお宅のお嬢さんが気に入ったみたいなんです」

「あの子の出自をご存じですか」

「もちろんです。そんな弱みをはねのけるほどの条件をお持ちではありませんか。まぶしいほど美しく、将来は女医で、ご実家は資産家ですし。あちらにも弱みはあります。食べていくには困っていませんが、姑に当たる人が女手一つで息子と娘を育てましたので、裕福ではありません」

　既に見当のついた西姫の表情は憂鬱そうだった。

「夫人はお嬢さんを実の子供以上に愛していらっしゃると聞きました。本当にそれにふさわしいお嬢さんですわ。昔のことを思い出しませんか」

「……」

「義兄とうちの姉が、お宅の息子さんを娘婿にと強く望んだことがありましたでしょう？」

「ああ」

「うまくいかなくてどれだけ残念に思っていたことか。ソリムも、手があんなふうでなければ望みどおりの相手を選ぶことができたでしょうに。今は幸せに暮らしているからいいものの、どうやって縁談がまとまったのか、不思議なほどですわ。ソリムの夫は両班《ヤンバン》*の家の出身だけれど貧しくて、自分に片思いしていた看護婦に学費を出してもらっていたんです。その女も将来を見込んでしたことですから、騒ぎを収めるのに大変でした。容姿も学力も何一つ釣り合いが取れていないくせに、身の程をわきまえず騒ぎ立てて。ソリムの夫がこう言っていました。学校は卒業しなければならないし、貧しいのは罪だと。金銭を差し出されたら拒めなかったと言うんです。約束したわけでもなく、手を握ったこともなかったって。あの時、義兄は賢明な決断をしました。その看護婦に大金を渡して事は解決したんですが、それについて周りからあれこれ言われて、楊校理家の面目も丸潰れでしたのよ。親戚からは、いい年になるまで放っておいて、そんな相手に嫁がせるのかと露骨にいやみを言われたりもしましたし。婿の学費を全部出してやって病院まで持たせてやって、うちの姉は悔しくて散々泣きました。お会いになったことがあるかどうかわかりませんが、ソリムもお宅のお嬢さんに負けないくらい美しいんですのよ。家柄が良くて財産もあって、ソウルの名門女学校も出て、三拍子そろっているけれど仕方ありませんわ。手の甲の傷は致命的でしたから」

聞こえがいいように傷とは言ったが、それはまさに致命的なできものだった。良絃の場合も、そのできものに負けないぐらい出自が致命的だ。

「正直申し上げて、出自を帳消しにする方法もなくはありませんでしょう」

西姫は何も答えず黙っていた。

「露骨に言えば、持参金で解決できる問題です」

雪子が言った。

「まあそういうことね」

「縁談を持っていくという話は聞いていたけど、ひどく巧妙で計算高い人たちだこと」

「雪子さん！　縁談というのは本来そういうものでしょう？　お互い損のないように。だから相手を選ぶんだし」

「女子医専を出たら将来は医者ではないですか。なのに持参金まで要求するなんて、欲が深過ぎる」

「だけど、現実はそうじゃないの。親戚だからってあちらの家の肩を持ってるわけでもなく、あれだけの家を探すのも簡単じゃないと思うから勧めてるのよ。結婚していない雪子さんに何がわかるの」

「洪さんのお気持ちはありがたいですが、悪く思わないで下さい。うちの娘は既に婚約していまして」

「え？　婚約されたのですか」

「ええ」

「これはまた、骨折り損でしたわね」

成淑は腹立たしげな様子だ。西姫は珍しく声を上げて笑う。

「お許し下さい。人の欲というのはどうにもならないもので、もっといいお話かもしれないと思って聞いていたのです」

「では、そちらの家の方がいいとおっしゃるのですか」

「そういうことです。持参金は必要ありませんから」

「……」

成淑はぽかんとして西姫を見つめる。

暇《いとま》を告げて門の外に出た成淑は、

「馬鹿にされたみたい」

と言って地面につばを吐く。

「婚約したっていうのは嘘に決まってますよ。遠回しに断るための口実だと思うけど」

「ふん！　妓生の娘を持参金なしに誰がもらってくれるもんか」

「持参金より、将来医者だということの方が実があるんじゃないですか」

「朝鮮ではまだそうはいかない。ソリムは手の甲の傷だけだけど、あの娘は体そのものが致命的だ。持参金もなしに見つけた相手なんか大したことないに決まってる」

「人妻のくせに浮気しておいて、随分古い考えだこと」

二人きりになってから、彼女たちの間を行き交う言葉は乱暴で直接的だ。成淑は、堕落していく感性をはばかることなくむき出しにする。

「ああ、わからない。自分のことで精いっぱいなのに。最初から、こんな縁談には関心なんてなかった。あまりにも気だるくて、死んでしまいたいほどよ。ソウルを離れても胸がすくようなことは何もない」

「ちょっと夜道を歩きましょう」

「そうね」

と言いながら成淑は足を止める。

「雪子さん、さっきは何であんなことを言ったのよ。あたしに恥をかかせてもいいの？」

「姉さんのために言ったんですよ」

「言葉は花みたいに美しくて絹みたいに滑らかだけど、悪臭がする。腹の底まで丸見えよ。あんたと付き合ってどれだけになると思ってるの」

「また始まった」

舌打ちしながら雪子は先を歩く、成淑は慌てて後をついていく。

「正直言って、洪女史と呼ばれるのは気に入らない！　年下のくせに、何で女史なんて呼ぶのよ」

「家事をして子供を育ててる女じゃないでしょう？　社会活動をしているんだから、女史と呼ばないで何と呼ぶんですか。どこがいけないんです。晋州まで来てけんかするつもりですか。そんなことなら明日帰りますよ。あたしだって忙しいんだから」

二人は暗い道から明るい通りに出た。

「考えてみたら、いいえ、考えるまでもないわ。希望がない。家は地獄みたいだし、若ければ恋愛して心中したいくらいよ」

「相手はいるんですか？　若ければ、名声のために血眼になってソウルの街を走り回るつもり？　恋愛なんて計算高い商売じゃないの」

「お互い様よ」

「針でつついても血の一滴も出そうになかったけど」

「誰が」

「さっき会った女」

「崔西姫？　あれは大した女よ。金城鉄壁っていう言葉があるでしょ？　あの女はそれよ。難攻不落。勝とうだなんて夢にも思っちゃいけない。だけど、どうしてあんなに老けないんだろう。不老草でも煎《せん》じて飲んだのかしら。ところで、雪子は針でつつけば血が出るだろうか。黒い血が出るかもしれないわね」

「何でそんなことを言うんですか。意地悪ね。酒も飲んでないのに酔っぱらったってわけ？」

「言われた分の十倍言い返すのね。あんたはいつもそう」

「だったら、けんかを売らなきゃいいでしょう？　損するだけなのに」

「退屈だからよ。雪子、あんたは復讐心が強過ぎる。怖いのよ」

「洪女史は違うって言うんですか」

「偉そうにしないで。ネズミのしっぽほどの復讐心があったのもずっと昔のことで、今はそれも薄れてしまった。あんたはしつこくて無慈悲で邪悪よ。毒蛇みたいだ」

「そのとおり。洪女史は人がいいから捨てられたんですよ」

「誰に？」

「趙容夏。あたしだったら簡単に別れてやらなかった。ちょろい相手なのに、馬鹿ですよ」

「言ってくれるじゃない。ふん、もう用済みだったのよ」

夜風はかなりひんやりしていた。地上には明かりが、空には星が多かった。行き交う人々がだらりと長くて黒い服を着た、夜に見るとまるで悪魔のような雪子をちらちら見ながら通り過ぎる。

「最近、夫婦別々の部屋で寝てるんですか」

「何でそんなこと聞くのよ」

「日に日に症状がひどくなるから聞いたんですよ。情緒不安定、欲求不満。抱いてもらってないんでしょう？」

雪子はくすくす笑う。いやらしい笑いだ。

「そんなのとっくに卒業したわよ。あんたとは違うんだから。一人の男では飽き足らず、まあ楽しそうでいいこと」

「どこへ行くんですか」

「知らない」

「実家では歓迎されてないみたいだったけど、夜遅く帰ったらいじめられるかも」

「きょうだいも、力がなければ歓待されない」

「力よりも評判が問題なんじゃないですか」

「そうかもしれない。うちの姉は淑女だから」

「姉さん」

「何か頼みでもあるの？　そんな呼び方をして」

「ソリムさんの家に行きましょうよ。部屋も多いし」

雪子の声が弾む。

「そうする？」

「お酒を買っていきましょう」

「そうしようか」

と言ったが、

「やめておこう。お酒はあるはずよ。出しなさいってどなりつければいい。あの子の旦那はあたしを馬鹿にはできない。二人の縁談をまとめてやったのはこの私なんだから。行こう」

そう言って成淑は、貞潤《ジョンユン》とソリムが暮らす、病院の裏にある家の門をたたいて入っていった。夜はすっかり更けていたのに二人は応接室に座っていた。子供たちは寝たようだ。

「夜遅くにどうしたんですか」

ソリムが驚いて立ち上がった。

「叔母さん、どうなさったんです」

貞潤も新聞を置いて立ち上がる。

「またお邪魔しますよ」

雪子が明るく言った。

「ええ、よくいらっしゃいました」

ソリムが雪子に挨拶をした。

「お昼をご馳走になったのに、悪いわね。泊めてもらおうと思って。貞潤さんも知ってるでしょう？　姉が私に冷たいのを」

「そんなはずはないでしょう」

「一晩だけ泊めてちょうだい」

「ええ、もちろんです」

「済まないわね、ソリム」

ソリムは哀れみを帯びた目で成淑を見つめる。すっかり衰えた様子の成淑、かつて容夏に手紙を届けるよう頼まれた時は不快に思い、不潔だと感じた成淑。しかし、彼女はソリムをとてもかわいがっていた。

「一杯飲もう、四人で。いいわよね、貞潤さん？」

「もちろんです」

「雪子さん、貞潤さんはいい男でしょ」

「叔母さん、どうしたんですか。飲んできたの？」

ソリムが不快そうに言った。

「つべこべ言わずにお酒を持ってきて。あたしがどれだけ飲むか知ってるでしょう？　酒乱にもアルコール中毒にもなれない。さあ、雪子さん、座って。実は、病院で貞潤さんに目をつけたのはこの私なのよ。朴孝永《ヒョヨン》さんの病院で。そうだ、朴先生が死んだんだって？」

「ええ」

貞潤が答えた。ソリムは酒膳を用意しに行ったのか姿が見えない。

「自殺だって聞いたけど」

「はい」

「死んでよかったわよ」

「何てことを言うんですか」

「純情派は死ぬしかない。だけど、雪子さん。病院で貞潤さんに目をつけた時は、みすぼらしいったらなかったわ。今でこそ大出世して女にもてててしようがないほどだけど、あの時はしがない助手で。それでも、純粋さだけはまぶしかった。妻の実家のおかげでお金を稼いで医師として成功して、仲睦まじい家庭も持ったけど、あの時の純粋さは今も消えていない。あたしみたいに名声を追い求める女が貞潤さんに目をつけた理由はそれよ。それで、積極的に縁談を進めたってわけ」

「知ってます」

「うちのソリムみたいに優しい子はいないわ。貞潤さん、肝に銘じなさい。妻の実家からもらった財産よりも、あなたを幸せにしたのはソリムよ」

「叔母さんとしては、当然の言葉ね」

雪子がひとこと言った。雪子は百万ドル級の脚線美を見せつけるようにソファに深くもたれ、脚を組んでいた。

「叔母だから言ってるんじゃないわ。まあ、叔母としてはソリムに満点をもらえるほどだけどね。ただ、あの子に恥ずかしいことが一つだけあった」

「叔母さん、やめて！」

酒膳を運んできたソリムが鋭い声で言った。

「わかったわよ。若奥様」

ソリムは落ちぶれていく成淑から時々、率直な面を見せられるのがつらく、哀れに感じていた。かつて成淑に対して抱いていた不快感や不潔な印象ももう残っていなかった。

テーブルに置かれた杯に酒をつぐと、子供の泣き声が聞こえてきた。

「行きなさい。私がやるから」

成淑はソリムから酒を受け取る。

部屋に入ったソリムは泣く子を抱いてあやしながら考える。

（可哀想な叔母さん、どうしてあんなふうに変わってしまったんだろう。誰も助けてあげられない。名声というのは麻薬みたいなものなんだろうか。麻薬の切れた中毒者……叔母さんはアヘン中毒者みたい。なぜこんなことになってしまったんだろう。名声は花みたいなものなんだろうか。あまりにも早くしぼんでしまって。可哀想な叔母さん。お母さんとお父さんはなぜ温かく接してあげないんだろう）

ソリムは子供を布団に寝かせる。子供は顔をしかめ、また泣きだしそうだ。ソリムは子供の隣に横になって背中をそっとたたきながら目を閉じる。華やかだった頃の成淑を思い浮かべようとしたが、応接室に座っている太った姿ばかり浮かんでくる。

翌朝、目を覚ました貞潤はまぶたを閉じたまま横になっていた。昨晩のことがごちゃごちゃと思い出される。それほど酒を飲んだわけでもいないのに、頭が重く、胸も苦しかった。寝返りを打つ。

変な夜だった。悪夢みたいでもあった。赤と黒の何かがまぶしく早瀬のようにぐるぐる回っているかと思うと、鮮明に二つの色の輪郭が現れては分かれ、強烈に近づいてきたかと思うと、おぼろげに遠ざかった。貞潤は時々、白と赤のコントラストから恐怖を感じることがあった。それは、手術室の中の患者の血と医師の白い手術着から来るものだったが、彼が恐怖を感じるのは生命が経験する苦痛のせいではなかった。失われてしまうかもしれない生命に対する哀れみでもなかった。生命そのものの不在を痛感するからだ。女の目はしつこく燃えていた。時々、その眼光が化け物のように襲いかかってきて額に刺さるようだった昨晩の感覚がよみがえる。昨晩みたいに血がさっと引いていくようだった。オレンジ色の明かりと女の黒い服。彼女が目を伏せるたびに、細筆で描いたような目元の線と唇、あごの線、両肩の流れるような線が旋律のように、さざ波のように揺れていた。女が自分を見つめながら笑う時、貞潤はその白い歯で頬にかみつかれるような気がした。それは、一匹の黒ヒョウだった。組んだ長い脚と長い腕は全身に絡みつく蛇のようにうごめいていた。ぞっとする感覚と共に、不思議な興奮に体が震えた。それは、呪いのようで、圧迫のようで、女は呪いの化身みたいに、罪の深淵みたいに暗かった。

「ドクター許」

雪子が呼んだ。

「何でしょう」

「若い女の胸をはだけて聴診器を当てる時はどんな気分なんですか？　医者も男じゃないですか」

成淑は何杯か飲んだだけで酔いが回ったらしくうとうとしていて、泣く子をあやしに行ったソリムは子供と一緒に寝てしまったのか、戻ってこなかった。

「なぜそんなに発音が正確なんですか」

貞潤が聞き返した。

「何が？」

「ドクター許と言いましたよね？」

先生、お医者様、許先生、院長先生、耳慣れているのはそんな言葉だった。日本式発音のドクトルという呼び方もほとんど聞いたことがなかった。なのに、ドクターだなんて。

「知らないんですか？」

「……？」

「あたしは大連で暮らしていて、一時は上海にもいました。あちらの英語はイギリス人やアメリカ人の本場仕込みなんです」

「英語がお上手なんですね」

「ちょっと習ってやめました。ところで、ドクター許。あたしの質問に答えていませんわ」

「そんなことをなぜあなたに答えなければならないのですか」

「賢い人ですね。何とも思わないと言うよりずっと正直だわ。ほほほっ、ほほほっ……。さあ、あたしのお酒を飲んで下さいな。このお酒は天国に行くお酒です」

「死ぬのはいやです」

「とぼけてるんですか？　それともまだひよっこなの？」

「さあ」

「あたしたちの天国はまさに目の前に、手の届くところにあり、クリスチャンにとっての天国は知りようのない遠い未来にあって、あるのかないのかもわからないものではありませんか。人生は短いけれど芸術は長い。芸術が長いのはあたしたちが死んだ後のことだから知ったことではないけど、人生は短い。ただ短いだけで、欲望のために生きるにしてもあまりにも短過ぎる。そうでしょう？　ドクター許」

「そうですね」

「己に打ち勝ち、人生の価値を見つけ、道徳を守って使命感を持つ。そんなのはみんな、馬鹿のすることです。そうでしょう、ドクター許」

「虚無主義なんですね」

「とんでもない。あたしは誰にも負けないぐらい人生を愛する快楽主義者ですよ。数杯のお酒で酔っぱらう、あたしの隣のこの女は快楽主義でも道徳主義でもなく、中途半端で、ひたすら名声をつかもうと躍起になったあまり駄目になってしまった」

「言い過ぎではありませんか」

「言い過ぎですって？　いつも事実を言ってるのに言い過ぎだって言われるのよね。人間っていうのは、何かをかぶって自分を隠すのが好きな動物みたいですわ」

「では、雪子さんは真っ裸で生きているのですか」

雪子は笑い転げる。

「そうしたいけどね。ほほほ、ほほ。あたし、体には自信があるんですよ。でも、服を着るのは生理的な問題で、あたしが体を隠して生きているのは欲望を満たすための手段に過ぎない。人生は選択するのではない。欲望のために生きるのです。欲望は選択ではなく所有です。すべては所有のための手段ではありませんか。そうでしょう？　ドクター許」

雪子は上目遣いで貞潤を見つめる。

そうして身を乗り出し、テーブルの上にひじをつく。大きな目が近づいてきた。反射的に貞潤は体を反らしながら、

「日本式の発想ですね」

ほとんど無意識に言った。

「何ですって」

「他人の国を食い荒らすのに手段を選ばないところがです」

「愛国者なんですね。意外だわ」

貞潤は決まり悪そうに笑う。その時、ソリムが目を覚ましたのか居間に出てきた。

「寝ないんですか」

貞潤は思わず慌てて立ち上がった。ソリムは雪子には目をやらず、

「叔母さん！　ここで寝ては駄目ですよ。起きて。部屋に入って休んで下さい」

ソファにもたれたまま眠っていた成淑を揺り起こす。

「奥様は清らかで貞淑で、俗世にいらっしゃるにはあまりにももったいないわ。修道院にでも行けばよろしかったのに」

ソリムは成淑を揺り起こすのをやめて雪子を真っすぐ見つめる。顔が紅潮していた。

「失礼なことを申し上げたかしら。お酒のせいだと思って許して下さいな」

そう言うと軽蔑するように雪子は笑っていた。

貞潤は寝返りを打ち、枕を胸の下にしてたばこをくわえる。

ソリムが部屋に入りながら聞いた。

「目が覚めた？」

「ああ」

体を起こした貞潤は、灰皿を引き寄せて灰を払い落とす。

「あの人たちは起きたのか」

「いいえ」

ソリムは不機嫌そうに答えた。

「昨日の夜、気分を悪くしたみたいだな」

「叔母さんったら、どうしてあんな女と付き合っているのか理解できない」

「有名な舞踊家だそうじゃないか」

貞潤はソリムの顔色をうかがう。

「有名な舞踊家ですって？」

ソリムは眉をしかめながら夫を見つめる。

「芸術家だからあんなに自由奔放なんだろう」

「自由奔放というより、礼儀を知らないんです」

修道院に行けばよかったのにという言葉に、ソリムはかなり傷ついたようだった。顔を洗って部屋に戻ってきた貞潤が言う。

「あの人たちを起こすことはない。食事もここで済ませよう」

ところが、ソリムの母、洪氏が不意にやってきた。顔色が悪く、いつもきちんとした格好をしているのに今日に限ってみすぼらしく見えた。

「まだ病院に行ってなかったのね」

「はい、寝坊したんです」

貞潤はきちんと座り直しながら言った。

「子供たちは学校に行ったのかしら」

「行きました」

ソリムが答えた。

「ユンは」

「美子《ミジャ》が負ぶって出かけました」

しばらく沈黙が続き、

「成淑がここに来てるでしょう」

洪氏が聞いた。

「ええ」

「そんなことだと思った」

「……」

「だから来てみたのよ。恥ずかしいったらないわ。それで、貞潤さんも昨晩寝られなかったのね」

「そ、そういうわけでは」

「何も言わなくても想像はつくわ。どうしてあんなふうになっていくんだか……情けないこと。それでも、一人で来たんなら私だって何も言わないけど、あんな娼婦みたいな女を連れてきて、近所の人に見られたらどうするつもりなのかしら」

「芸術家だからでしょう」

婿の言葉にかっとした洪氏は、

「踊りも芸術なの？　だったら、妓生もみんな芸術家だわね」

少し声を荒らげた。ソリムがそれを受けて言う。

「お母さん、あの方は現代舞踊をする人です」

「現代舞踊だか何だか知らないけど、恥ずかしいったらないわよ」

「他人なのに……。それよりも朝食は済ませたんですか」

「この子ったら、今何時だと思ってるの」

「叔母さんのことであまり気をもまないで下さい」

「気をもまずにいられますか。貞潤さんだっているのにみっともない。姪のことを思うのなら、あんな女を連れてきて酔いつぶれて寝てしまったりはしないはずだわ」

「理解してあげて下さい。叔母さんもいろいろつらいからここに来たんでしょう。私はなぜか胸が痛みます」

「成淑はまだしも、ついてきたあの女の格好ったら。目上の人が家の中にいるのにもかかわらず、寝間着姿で口に歯ブラシをくわえたまま庭をうろうろしたりして。お前のお兄さんが顔を合わせて仰天したそうよ。お前のお父さんも見るに堪えなくて庭に出られなかったし。いくら世の中が変わったとはいっても、あんな無作法で下品な女は初めて見たわ」

「今日か明日にはソウルに帰るでしょう。叔母さんの体面もあるし、辛抱して下さい」

「お前の叔母さんはとっくの昔に体面を捨てたのに、よくそんなことが言えるわね」

洪氏が朝食の膳をのぞき込む。ソリムが飯碗のふたを取った。

「僕、一人でいただきます」

貞潤はさじを持って洪氏に言った。

「早く食べなさい。患者が待ってるわ。すっかり遅くなってしまって」

貞潤はスープにご飯を入れて少し食べると、義母を避けて病院に行った。なぜか義母に心の中をすっかり見透かされているようで、不安で恐ろしかったのだ。洪氏も婿が出ていってくれるのを待っていたのか、なぜもっと食べないのかと聞きはしなかった。彼女は妹を問い詰めようと固く決心してきたようだった。

病院では患者が三、四人待っていた。憂鬱な顔で適当に患者を診た貞潤は、たばこをくわえて窓から通りを見下ろす。退屈で気だるいいつもの通りだった。行き交う人もほとんどいない白い道の上に秋の日差しが弾けていた。繁華街から離れた通りの写真館、薬局、洋服店、そして塀。塀にはしなびたアサガオのつるがはっていた。平凡だったが、子供が三人いる結婚生活は十年以上になる。初めの二、三年は金で買われたようで萎縮してしまい、ソリムに対する愛情すら感じられなかった。彼女の手の甲のできものを見るたびに貞潤は、嫌悪感を覚えるというより自分自身に対する劣等感に悩まされた。しかし、上の子が成長して二人目、三人目ができ、開業医として成功し医師としての地位が確立されてからは、そんな心の葛藤は克服され、ソリムを愛し、妻の実家に対する負い目も薄まっていった。

(なのに、どうして僕は不遇だった頃の夢を見るんだろうか)

彼の夢はいつも暗く、貧しかった青少年時代の風景が夢の中で再現された。朴孝永医院のあの狭い部屋で背中を丸めて寝ながら見ていたのと同じ夢で、田舎の倒壊寸前の家で戸のなくなった自分の部屋に立ちつくしていたり、戸を探してさまよっていたり、山に行ってクズの根を掘っているとものすごく大きなクズの根がいつの間にか大根の先っぽみたいに小さくなっていて残念がったりしている。そんな中、貞潤は一年に数回、淑姫《スキ》の夢を見ることがある。

(僕はお前に結婚の約束をしたことはない。愛を告白したこともない。同情はしたが愛したことはないし、学費を出しくれと頼んだこともない!)

そうわめいて目が覚める。その夢は、淑姫の気持ちをわかっていながら彼女から金を受け取っていたという事実に強く気づかされるものだった。心の奥底に埋めておいた恥辱のとげだ。淑姫も今では誰かの後妻となり、子供も一人産んだと聞いたが、貞潤の心の奥に刺さったとげは抜けることがなかった。そのとげは淑姫が幸せかどうかとは関係がない。偶然、道で淑姫に会った時、彼女は挑戦的な目で貞潤を見つめた。唇をひくつかせながら、どれだけ成功するのか見ていてやろうじゃないかという呪いの視線を浴びせもした。そのたびに貞潤は血が逆流するのを感じ、理性を忘れ、飛びかかりたい衝動に駆られたことも一度や二度ではない。

（借りはない、お前に借りはないんだ！　僕はお前に学費を出してくれと頼んだことはない。責任を取るべきこともやらかしてはいないし、結婚すると約束したこともないんだ！　お前はその何倍もの金を受け取ったじゃないか。お前に借りはない。貧乏で不遇で、好意を受け取った罪しかない。いつまで僕を苦しめる気だ。僕はあまりにも大きな代価を支払った。それでもまだ足りないというのか！）

淑姫の挑戦的なまなざしに貞潤は心の中でそう叫んだが、それでも屈辱は拭えず、時が流れても傷は癒えなかった。それが貞潤は悔しかった。淑姫の夢を見ず、淑姫に会わなければ忘れられたかもしれない。貞潤はほかの地方に移り住むことも考えた。だが、妻の実家との関係を考えるとそれは不可能だ。

貞潤が窓の外を見ながら過ぎた日のことを考えているのはなぜなのか。間違いなく彼はある妄想から逃げていた。昨晩のことのせいだ。十年余りの結婚生活で、妻以外の女性と全く関係がなかったわけではない。彼は何度か浮気した。酒の席で知り合った妓生と、酔っているのを言い訳に寝たことがあった。ソリムもそれに感づいていたが、知らないふりをした。一方、昨晩はというと、何もなかった。酒を飲み、話をしたこと以外には。しかし、雪子と姦淫し、痴情の極みを超えたような感覚が頭の中に焼き付いているのはどういうわけだろうか。しかも、そのことによって強烈な罪悪感を覚えるのはどういうわけなのか。

（恐ろしい女だ！　これまであんな女は見たことがない。悪魔みたいに僕を引きつける）

「先生」

誰かが呼ぶ声がかすかに聞こえてきた。

振り返ると看護婦が困った顔をしていた。診察が遅れている様子だった。十二時までは患者が多い。貞潤はすべて忘れ、医者として診察に集中した。

診察がほぼ終わり、十二時半ごろになると患者はいなくなって病院内は妙な沈黙に沈んだ。貞潤は椅子にもたれて天井を見つめる。ひどく疲れていた。

（昼食を食べに行かなければならないが、家の様子はどうなっているだろう。お義母さんは帰ったかな。叔母さんは、あの女は帰っただろうか）

なぜかすっと立ち上がれない。もし、彼女たちがまだ家にいたら、自分の立場が苦しくなるように思えた。

（もう少し様子を見よう）

貞潤は机を押して離れ、両脚をぐっと伸ばす。

「先生、お電話です」

診察室のドアの向こうから看護婦が顔をのぞかせながら言った。

「誰だ」

「女性でしたけど」

電話は調剤室の隣の壁に掛かっている。

「もしもし」

「あ！　ドクター許。あたし、裘雪子です」

「何のご用ですか」

「今、旅館にいるんです。追い出されたんですよ」

けらけら笑う。

「冗談でしょう」

「冗談なんかじゃありません。お姉さんが洪女史を責め立てて、いくら心臓が強いとはいえ、あたしだって知らないふりして座ってはいられないわ」

「叔母さんも一緒ですか」

「洪女史はお姉さんが連れていきました。妹を旅館に泊まらせるわけにはいかないでしょう。ああ、可哀想だこと」

「お義母さんは、そんなことをする方ではありません。叔母さんのせいで腹が立ったのでしょう」

「あたしは気分がいいの。解放されたみたいで気分がいい。ところで、ドクター許。あたしを慰めてくれる人はあなたしかいないんだけど」

「冗談が過ぎます。本気にしたらどうするつもりですか」

そう言ってから貞潤はしまったと思った。

「見知らぬ土地に来て独りぼっちになってしまったあたしの気持ち、わかるでしょう？　今すぐにでも会って慰めてほしいけど、そうはいかないだろうし、仕事が終わったら会いたいわ」

「それはできません」

「会うべきです」

「いけません」

「負担に思うことはないわ。旅行というのは、人の心をとてもロマンチックにするものよ。とにかく、夕方六時から九時まで、矗石楼で待っています」

「待たないで下さい」

「今はそう思うかもしれないけれど、気持ちが変わるはずよ。とにかくあたしは待ってますから」

そう言うと、電話はぷつりと切れた。貞潤の顔には汗が流れていた。子供をあやしていた美子が小走りで近づいてくる。

「先生、お昼の準備ができているそうです」

「わかった」

貞潤は家に入った。

「あなた、顔色が悪いわ」

ソリムが言った。

「何でもない」

目を合わせずぼそっと答える。

「真っ青ですよ」

「昨日眠れなかったし、患者も多かったから」

部屋に入った貞潤は、腕に頭を載せて横たわった。心臓が止まりそうで、横になった途端に胸がどきどきした。退けがたい誘惑だが、それは恐ろしい深みでもある。相反する強烈な感情と理性が死闘を繰り広げているみたいだった。ソリムが食膳を運んできた。

「叔母さんたちは帰りました」

「ああ」

「雪子さんが旅館に行くと言って先に帰って、叔母さんはその後、母について出ていきました。母はかんかんで、それに、あなたに申し訳ないって」

「僕に悪いと思うことはない」

「でもやっぱり、いい気はしなかったでしょう？」

貞潤は、食膳を引き寄せながらソリムをちらっと見る。

「まあ、どうしようもない女だな。三流の娼婦みたいだった。芸術家だなんてとんでもないよ。外見も全く魅力がないし。叔母さんもあんな女と付き合っていたら評判を落とすだけだ。ひとことで言って、いまいましい売女だよ」

「あなた、どうしてそんな乱暴な口をきくんですか。今までそんな言葉は使わなかったのに」

ソリムは閉口する。

「僕は今、何て言った」

貞潤は無意識に吐き出した言葉にあぜんとする。

「そんな下品な言い方をどこで習ったんですか」

「不快だからだよ」

「人に聞かれたら大変です」

そうして黙々と食事をしていた貞潤は食膳を押しやった。

「疲れているんだ。少し寝るから起こさないでくれ」

貞潤はソリムが敷いてくれた布団の上に倒れ込むようにして横になる。

三時を過ぎ、貞潤は胸を抑えつけられるような息苦しさを感じて重い眠りから目覚めた。ずっと夢を見ていたようだが、はっきり覚えていることはなく、まるでごみ箱みたいに頭の中が雑然としていた。

病院に戻った。午前中にいっぺんに押し寄せたのか、待っている患者もほとんどおらず、待合室で貴男と一緒に待っていた延鶴が立ち上がった。

「こんにちは」

貞潤が親しげに声をかけた。朴孝永医院で仕事を覚えた貞潤は、自然と崔参判家の家族とも付き合いができ、崔家に仕えてきた延鶴ともずっと親しかった。

「随分お待ちになりましたか」

「少し待つには待ったけど」

朴医院で貞潤が助手として働いていた時にはぞんざいな口をきいていたから、延鶴の言葉遣いは少しあいまいだ。

「お入り下さい」

延鶴は貴男を先に立たせ、貞潤の後について診察室に入る。

「具合はどうですか」

貞潤が聞いた。

「むくみは引いたような」

「ちょっと引きましたね。でも、薬はまだ残っているでしょう？」

だから、病院に来る日ではないだろうという意味だったが、貞潤はいつもどおりに診察をする。

「実は、ちょっと相談があって来たんだが」

ちょっとためらってから、延鶴が続ける。

「うちは旅館だから、気を使ってはいるものの、食事の時間や味付けはどうしても自分の家みたいに思うようにはしてやれないし、この子も気を使うのか、おちおち寝てもいられないみたいで。だから、家に帰して静養させたらどうかと思って。薬はここで出してもらって送れば済むことだし」

貞潤の顔が緊張する。

「決して煩わしいとかそういうことじゃなくて、帰っても良くならないなら、もちろん俺のところで面倒を見るつもりだ」

「家で、指示したとおりにきちんと食事に注意すれば、特に支障はないと思います。それに、だいぶ良くなりました。守ってほしいのは、絶対に塩辛いものを食べないことです」

貞潤は、むくみの残った貴男の顔をじっと見つめる。貴男は腎炎だった。処方を書いて調剤室に渡した貞潤は、ちょうど患者もいなくて暇だったからか、

「旅館はどうですか。うまく行ってますか？」

と聞いた。

「旅館なんかやったって大金をもうけられるわけがないさ。家族を食べさせて、借金がなければ御の字だ。それでも最近はかなりいい方だけど、旅館っていうのは時季があるから」

「ほかの事業もできるでしょうに、どうしてよりによって旅館なんですか」

「こんなご時世に何をやったって同じだ。時世に関係ないのは病院だけだよ。まあとにかく、これだけ成功したんだから苦労した甲斐があるってもんだし、本当にありがたいことだな。子供たちは元気か」

「元気です。還国と允国も元気ですか」

「あの子たちは変わりないさ……平穏に暮らしている人なんて珍しい世の中だけどな」

「そうだ、良絃は女子医専に通っているそうじゃないですか。本当に月日の流れるのは早いものです」

延鶴は珍しく明るい笑顔を見せ、

「女医が一人誕生するぞ」

と満足そうに言った。

貞潤に挨拶をし薬をもらうと、延鶴と貴男は病院の外に出た。

「貴男」

「はい」

「家に帰りたくなければここにいろ。決してお前が煩わしくて帰そうっていうんじゃないから」

「いいえ。家に帰って病気が治ったら戻ってきます」

「気を使ってるんじゃないんだな？」

まだ十六歳だ。がさつで愚鈍な父親とは違って貴男はおとなしく、わんぱくだった幼い頃とはすっかり変わっていた。そして、その姿にはどこか悲しさが漂っていた。父親が家を出た後、彼は人生の悲しみと寂しさを知りながら成長した。その過程で母親と二人で生きていくのだという強い責任感を持ち、世の中は一人で切り抜けていくしかないという厳しい道理を悟ったようだった。しかし、母親と離れ、他郷で一人暮らすのは楽ではなく、病気にまでかかって悲観的になっている様子だ。

「何も不安に思うことはない。お医者さんも大丈夫だと言ってるし、金のことならこれっぽっちも心配するな。人っていうのは生きていれば病気にもなるし、ひどい目にも遭う。それが人生ってもんだ。明日の朝、俺と一緒に平沙里へ行こう」

「はい」

「それじゃあ、俺は寄る所があるから、お前は先に旅館に帰ってろ。夕飯の頃にはきっと成煥が来るだろう。さあ、行け」

延鶴は、以前はこんなに細やかな性格ではなかった。細やかさは心の中にしまい込み、ただ行動あるのみだった。

月日のせいで延鶴は変わったのか、寛洙《グァンス》が死んで心が弱くなったのか。

貴男を見送った延鶴が訪ねていったのは、永八《ヨンパル》老人の家だ。永八夫婦は庭に座って秋の日差しに当たっていたが、延鶴が入ってくるのを見ると、

「張さんじゃないか。いったいどうした。本当に久しぶりだな」

永八老人が大喜びし、

「死なずにいたおかげでまた会えたね」

とパンスルの母も喜んだ。二人とも歯が抜けて頭は真っ白だった。顔には長い歳月の跡が刻まれている。

「お元気ですか？」

延鶴が聞いた。

「すっかり駄目だ。家の中はゆっくり歩き回れるが、外出はもうできない。杖をついても歩きづらくて……。頭もボケてきたし、一日中お互いの顔ばかり見てるから昼も夜も長くてな」

「それでも、まだまだしっかりしてますよ」

「しっかりなんかしちゃいないよ。もうろくしちまって」

パンスルの母は永八老人をにらむ。

「自分のことだろ。この婆さんはすっかりもうろくして、自分の下の世話もろくにできなくなっちまったから大変だ」

「何だって？　それはあたしの台詞だよ」

「平沙里の鳳基《ポンギ》も家から出られないって？」

「そうみたいです」

「年を取ったらさっさと死なないとな。長生きするのも罪だ」

「そんなこと言わないで下さい。パンスルが聞いたら悲しみます。自分のせいでそんなことを言うのかって。実は明日、平沙里に行くんですが、もしかして一緒に行けるかと思って寄ってみたんです」

「平沙里に何しに行くんだ」

「貴男が病気で……。やっぱり母親のところで養生する方がいいかと思って。まだ子供だから母親が恋しいでしょうし」

「何の病気なんだ」

「大したことはないみたいですが、腎炎だそうです。顔がむくんで小便が出なくて、そんな病気なんですけど、今はだいぶ良くなりました」

「その病気にはいい薬がある」

「それは何ですか」

延鶴は永八の方に身を乗り出す。

「簡単なことだ。大きな梨を一つ買ってきて、それに泥を塗って炭火で焼いて食べさせればすぐ治る」

「ああ、思い出した。そうやって食べさせれば治るよ。うちのパンスルも子供の頃にその病気にかかったんだ。それで、誰かが教えてくれたからやってみたんだけど、鼻血があふれ出たかと思ったら、きれいに治った」

パンスルの母もそう言って相づちを打つ。二人はまだ寛洙の死を知らずにいた。延鶴が言わなかったからだ。寛洙の話が出るといつも興奮し、大声をあげてかばっていた永八老人。延鶴は自分が受けた衝撃を思うと言い出せなかった。

「もうちょっと体力があればついていくところだが、年には勝てないな」

永八老人は嘆くように言った。

「錫《ソク》の母ちゃんにもヤムの母ちゃんにも会いたいし、両親のお墓にも行きたいけど、体が言うことを聞かなくてね。生きているうちに平沙里には行けそうにないよ」

パンスルの母も嘆くように言った。

「できれば、トッコルには一度行こうかと思ってたが、婆さんがああだこうだと理由をつけてうんと言わないんだ。それでも、斗万の母ちゃんは達者だよ。この間、餅を作って持ってきてくれた。あの殺しても気の済まない斗万の奴が、起成の母ちゃんとついに離婚したらしい」

「もうろくしたのは間違いないね。いったいいつの話をしてるんだか。それに、もう何十回も同じ話をして」

パンスルの母にけなされて永八老人は目をむく。

「俺がいつそんなことをした？　ほほう、日ごとにひどくなっていくな。亭主の言うことに口を挟むなんて、けしからん」

永八老人は沓脱《くつ》ぎ石にきせるをたたきつけた。

「すっかりもうろくして一度言ったことを何度も繰り返すんだよ。人がちょっと何か言おうものなら、ここぞとばかりに突っかかってほんとに腹の立つことを言うんだから。そんなだから、孫たちも挨拶をしたらすぐに逃げていくんだよ」

「お前は違うって言うんだな。それはそうと、その憎たらしい奴が糟糠《そうこう》の妻を捨ててソウル宅《テク》を籍に入れたそうだ」

「ほらごらん。また同じことを言ってるだろう？」

延鶴は笑いをこらえる。

「俺はその話をするつもりだったんじゃなくて、起成のことを話そうと思ったんだ。あいつの悪い癖も死ななきゃ治らないな。母親名義の田畑を全部売り払って妓生につぎ込んだらしい。そのせいで栄万《ヨンマン》、つまり、叔父と血まみれの大げんかをしたそうなんだが、あの世に行った二平《イピョン》がそれを知ったら、墓の中から飛び出してくるだろうよ」

「それを張さんが知らないはずはないだろう。親戚なんだから、あんたより詳しく知ってるよ。それに、けんかを止めたのは誰だと思ってるんだい？　これだから、もうろくしたって言われるんだよ」

パンスルの母はまたにらみながら舌を鳴らす。

「おい！　黙って聞いてたら次から次へと言いたいことを言いやがって。旦那に向かって何て言い草だ！」

永八老人はどなりつけた。しかし、パンスルの母は全く動じない。

「この年になって言えないことなんてあるもんですか！　何年一緒にいると思ってるんだい」

「それにしてもだ！　歯が抜けて頭が真っ白になった古女房を捨てるはずはないだろうって、随分肝っ玉の大きいことを言ってるが、ほほう、まったく女っていうのは、年を取るとキツネみたいにずる賢くなりやがって。こんなのと長年連れ添った俺が馬鹿だった」

「そのとおりだよ。今からでも遅くはない。いつだって出ていってやる。だけど、あたしがいなくなって泣きを見るのはあんたの方だからね。冗談じゃないよ」

「おとなしくしてたらつけ上がりやがって」

そう言いかけると永八老人は、延鶴の方に視線を向けて話題を変える。

「とにかく、斗万の奴もそのうち駄目になるな。身分もわきまえず、はした金を持ってるからってふざけたことばかりしやがって。それだけじゃないぞ。お天道様が見てるっていうのに、倭奴〈日本人の蔑称〉にへいこらして朝鮮人をひどい目に遭わせる天下の非道者だ。延鶴、お前も知ってるだろ？　あいつが寛洙を痛めつけてやるって狂犬みたいに騒いでたのを。自分の家族のことしか考えないと悪口を言われてた二平も、息子に比べたら聖人君子だな。寛洙とは同じ村で育った仲なのにひどいもんだ。しかもあいつは、父親みたいな年の俺に向かって、義兵をしてたんだから同じ穴のムジナだとか何とか言いやがった。それで俺が、汚い縄を首にかけて倭奴の所へ連れていく気かと詰め寄ったんだが、あれは確か、二平の葬式の日だったはずだ」

老いると昔のことは鮮明になり、さっきあったことはすぐ忘れてしまうものだ。永八老人も例外ではなく、昔のことであればあるほど昨日のことのようにはっきりと思い出されるらしい。

「またそんな古い話をして」

黙っていられず、パンスルの母がまた皮肉を言う。

「おい！」

「はいはい、わかりましたよ。口がすり減るまでしゃべって下さいな。聞くのがいやなら聞かなきゃいいことだ」

パンスルの母は立ち上がって台所の方へ行く。

「みんな、どこへ行ったんですか」

延鶴が遅ればせながら聞いた。

「孫の嫁は出産で実家に帰って、嫁はトウガラシを摘みに行ったよ。子供たちは学校に行ったし」

と言うと、永八老人は大きなせきをして話を続ける。

「とにかく、斗万の奴はもうおしまいだ。息子があんなことになっちまったら、おしまいだよ。勉強させたのは全く無駄だったたってわけだ。可哀想な母親を追い出して、田んぼの権利書を強引に奪うわ、叔父を殴るわ、酒色とばくちに溺れるわ、家が潰れるのも時間の問題だ。いくら世の中が変わったとはいえ、水は高い所から低い所へ流れるものだからな。一度犯した罪は消えない。趙俊九《チョジュング》を見てみろ。崔参判家から奪った山ほどの財産もすっかり失って、無一文で息子の家に転がり込んだっていうじゃないか。まあ、あいつもどれだけ罰を受けたって足りない。過ちを悔い改めたところで到底償い切れたもんじゃないのに、息子をどなりつけながら面倒見てもらってるらしいぞ。不老草を探してこいって大騒ぎして

きせるで石垣をとんとんたたく。

「まさか、不老草を探してこいだなんて、そんなこと言わないでしょう」

「確かに人から聞いたんだ。あいつなら、もっとひどいことだってしかねないね」

「もう長くはないんだから、そんなことしたって無駄だろうに。下の世話をしてもらってるんだから、もう罰を受けているとも言えるし」

「何言ってるんだ。俺だってこの先長くはない。年寄りが半身不随になって下の世話をしてもらうのはよくあることだ。そんなことで罪は償えない」

「もう忘れた方がいいですよ」

「何？　忘れられるもんか。俺に少しでも力が残っていたら、あいつの所に行って首をへし折ってやりたいぐらいなのに、忘れろだと？　満州の荒野に吹きつける冷たい風とあの恐ろしい月日をどうやって忘れろって言うんだ。両親の墓が雑草に覆われているだろうって気をもみながら泣いたことなんて、お前たちにはわからないさ。あの悲しさがわかるもんか。錫のことを思うと涙が出るよ。父親を殺した敵の下で働きながらどれだけ耐えたことか。一日に何十回も心の中であいつに刃物を向けたに違いない」

「みんなそうやって耐えたから、俊九が滅びたんですよ」

「成煥を見ていると錫のことを思い出す。連れていかれる漢兆《ハンジョ》の後を履物を持って追いかけたっていう錫のことを思うと、錫の母ちゃんの恨《ハン》*はどんなに深いことか」

隣の家でガチョウが鳴くのが聞こえた。永八老人はたばこ入れを開けて手のひらにたばこの葉を載せ、つばを吐いてそれをこする。実のところ永八老人は、本人が言うほど憎しみが残っているわけではなかった。不平を口にするのは、一人、二人と死んでいく周りの人たちに対する恋しさのせいであり、そうすることによって過ぎた日々をかみしめていたのかもしれない。彼にはもう、喜びであれ悲しみであれ、残っているのは思い出しかなかった。

永八老人は丸めたたばこの葉をきせるに詰めると、ひげに埋もれた口にくわえて火をつけ、深く吸い込む。ひときわ大きく見える手は震えているようで、目でたばこの煙を追いかける姿は寂しそうだった。

パンスルの母が枝豆の入った器を持ってきて延鶴の隣に座り、さやをむき始めた。スズメが集まってきては一斉に飛んでいき、太陽は西の山にかかっている。

「張さん」

パンスルの母が呼んだ。

「はい」

「夕飯は食べていくだろう?」

「いいんですか?」

「もちろんだよ。このまま帰ってしまったら寂しいよ。枝豆を入れておいしいご飯を炊いてあげるから食べていきなさい。この爺さんときたら、最近やたらと昔の話を持ち出して、うるさいったらありゃしない。聞き心地のいい歌だってそうそう何度も聞いてられないだろう？　ああしてるうちに、わらの火が消え入るように死んじまうんだろうかね」

そう言われても、永八老人はただぼんやりとたばこの煙を見つめていた。

日が暮れると家族が家に帰ってきて、パンスルの母が心を込めて用意した夕飯を延鶴も一緒に食べた。

そして、パンスルと一緒に夜道に出る。

「最近どうだ、商売は」

延鶴が聞いた。

「特に良くもない。体がつらいばっかりさ」

パンスルは市場で青果商をしていて、主に大邱《テグ》に行ってリンゴを仕入れてきて売っていた。

「どこかで一杯やるか」

パンスルが聞いた。

「さっき食べたばかりだろ。それより、お前、旅館をやる気はないか」

「何だって？」

パンスルが足を止める。

「旅館をやる気はないかと聞いたんだ」

「俺が？　どうやって。経験もないし、旅館をやれるほどの金もない」

「身一つで来るだけでいい。弼根《ピルグン》がいるから仕事のことは心配いらない」

「そしたら、お前は何をするんだ」

「平沙里に行こうかと思う。世の中のことは忘れて」

「俺はうれしいけど、ちょっと怖いな」

「怖がることはない。うまくいかなくても旅館の建物は残るだろうし」

「ちょっと考えてみるよ」

パンスルと別れた延鶴は、翌朝の始発列車で貴男と一緒に河東《ハドン》に向かった。そこから少し本家に立ち寄り、市場で梨をひとかご買って平沙里に行った。枝折戸の外にぼんやりと立っていた成煥の祖母が、

「張さん、いったいどうしたの？」

貴男と一緒なのを見ると驚いて叫んだ。

「貴男がどうして帰ってきたんだい！」

それを聞いて貴男の母が台所から飛び出してきた。貴男は、延鶴の後について庭に入る。

「貴男！」

「母ちゃん！」

母子は互いを呼びながら抱き合う。延鶴は板の間に腰かけ、成煥の祖母は不安でたまらなそうな顔で庭に立っている。

「体の調子が良くないので連れてきました」

延鶴がそう言うと、

「ど、どこが悪いんですか！」

貴男の母の顔が真っ青になった。

「貴男が病気だって？」

成煥の祖母もおろおろしている。

「心配しないで下さい。大した病気ではありませんから」

「顔がむくんでるじゃないか。貴男、どこが悪いんだい？　大した病気じゃないなら、どうして連れてきたんですか」

「ちょっと用もあって、ついでに連れてきたんです」

「こんなに顔がむくんでるじゃないですか」

貴男の母は鋭い目で延鶴を見つめる。延鶴は、これまでの経緯と医者の話を詳しく聞かせてやった。

「だけど、連れてきたってことは」

貴男の母はまだ疑っているようだった。息子が帰ってきてうれしいのよりも、どんな病気なのかという不安の方が強いらしい。

「腎炎だそうです」

延鶴は梨を取り出し、永八老人が言っていたことを事細かに教えてやった。

「帰ってきてうれしいのはうれしいけど、何がどうなって病気になったのか。張さんを信じてこの子を預けたのに、元気だった子が病気になって帰ってくるなんて」

貴男の母が泣きだした。

「母ちゃん、心配しないで。おじさんの言うとおりだから。しばらくしたら旅館に戻るから」

「ああ、心配することはない。具合が悪くなることもあるさ」

成煥の祖母は娘を慰める。貴男の母が黙っているのを見た成煥の祖母は、

「貴男」

「はい」

「兄ちゃん〈従兄の成煥〉には会ってきたかい?」

「はい」

「張さん、うちの成煥はうまくやってるんでしょうか」

「うまくやってるに決まってるじゃない。あんなに賢いんだから」

貴男の母が憤然として言った。

一瞬、成煥の祖母は戸惑った。貴男の母が不機嫌になった理由に気づき、延鶴の前でひともんちゃく始まりそうだと思ったからだ。

「うまくやってるに決まってるよ。ああ、間違いない。あんなに賢い成煥が失敗なんかするはずはないだろうからね!」

貴男の母は泣きわめく。延鶴は予想どおりの展開だと思ったのか、地面を見つめて黙っている。

「うちの貴男とは天と地ほどの違いなんだから、うまくやれないはずがないでしょ。聞くまでもありませんよ。うちの貴男みたいによその家の下働きじゃなくて学生なんですから、病気になって帰ってくることはないでしょうよ。ああ、こんな子は生まれてこなきゃよかったんだ！」

ほとんど錯乱状態だ。

「母ちゃん、そんなこと言わないで」

貴男が母親の肩を揺する。

「お前と母ちゃんと、二人で死のう。もう何の希望もない！」

「相当気を悪くしたみたいだね。我慢しておくれ。あたしが悪かったよ。病気の子の前で元気な子の心配をしたりして」

成煥の祖母が腕をつかもうとすると、貴男の母はそれを振り払った。

「母ちゃんはいつもそうだった！　母ちゃんは貴男なんかどうでもよかったんでしょうよ。無駄飯を食らう虫けらみたいに思ってたんだ」

「そんなこと言わないでおくれ。あたしにとってはみんな可愛い孫だ」

「貴男が病気になって帰ってきたのにこれっぽっちも心配しないで、成煥のことばっかり気にかけるなんてひど過ぎる！　ほんとに薄情だよ。あたしは実家に居候してるから馬鹿にされるのは仕方ないとしても、年端のいかない子が母親と離れて暮らしてるだけで胸が張り裂けそうなのに。運のいい成煥は中学校に通わせてもらって」

「運が良ければ、あたしに育てられたりはしなかったさ。もうそれくらいにしなさい。全部あたしが悪いんだ」

「母ちゃん、やめておくれよ。どうしてそんなこと言うの？　僕は晋州で良くしてもらってるし、成煥兄ちゃんも会いに来てくれた。成煥兄ちゃんが成功したら僕もうまくいくはずだから、心配しないで」

「貴男の言うとおりです」

延鶴がようやく口を開いた。

「いとこだとはいってもほかに兄弟もいないから兄弟同然だし、何より二人が仲良くしているのに、母親がそんなでどうするんですか」

泣き声が小さくなり、むせび泣きに変わる。

「とはいえ、心が痛むのは無理もありません。貴男が病気だなんて心配でしょうし、気持ちはわかります」

手のひらで涙を拭う貴男の母に成煥の祖母が言う。

「いつまでめそめそしてるんだい。何も食べさせないで張さんを帰すつもりかい？　貴男を任せられるのは張さんだけだ。何がどうあれ、張さん以外に頼れる人はいないんだから。さあ、立ちなさい」

「ええ、どうぞ信じて下さい。学校を出たからって誰もがうまくいくわけでもないし、学校を出なくても成功する人はいくらでもいます。子供っていうのはわからないものです。あまり心を痛めないで下さい」

怒りが収まったわけでも、疑いが晴れたわけでもなかったが、貴男のために力になってくれる人は延鶴以外にいない。貴男の母はその事実に気づいた。

「すみません。病気になった貴男を見たら、悲しくなって……。どうぞ部屋に上がって下さい。お昼を用意しますから」

「い、いいえ。まだやることがたくさん残っているから、そろそろ帰ります」

延鶴はどうにか振り切って外に出た。

「ああ、どこもかしこも何でこうなんだ」

延鶴はぶつぶつ言いながら、坂道を休み休み上っていく。コニの母〈オンニョン〉が門の前の広い所でトウガラシを広げて干していた。

「あらまあ」

坂道を上ってくる延鶴の姿を見たコニの母は、挨拶もせずに家の中に走っていく。亭主を呼びに行ったようだ。家の中に入った延鶴は舎廊に向かう。コニの父が離れの方から飛んできた。

「これは、どうしましたか」

延鶴は笑いながら答える。

「随分久しぶりだな」

「はい」

舎廊の板の間に腰かけた延鶴は、

「腹が減っているんだが、冷や飯でもあればもらえるかな」

「はい、お、お持ちします」

コニの父は女房の所に走っていく。

連絡もなしに現れたので驚いたようだった。もっとも、延鶴が平沙里に来たのはかなり久しぶりだ。コニの父はすぐに走って戻ってきた。

「昼食を準備するように言いました」

「冷や飯で十分なのに。早く来ようと思って朝飯もろくに食べてこなかったから」

「何のご用でいらしたんですか」

それには答えず言う。

「家の中がしんとしてるな」

「誰もいませんから」

「怖くないか」

「もう慣れました」

「祠堂《サダン》〈位牌を祭る祠〉が雨漏りしてるそうだが」

「はい、前に奥様がいらした時にも申し上げたんですが、そのことでおいでになったんですか？」

「あれこれ用を兼ねてな」

コニの父は意外そうな顔つきだ。

それもそのはずで、延鶴は、旅館を始めてから崔参判家とはいったん関係が切れていた。だから、しばらく平沙里に現れなかったのだ。コニの父は気になったものの、再び崔参判家の仕事をすることになったのかとは聞けなかった。彼は以前から延鶴が苦手で、延鶴の態度も成煥の祖母に対するのとはどこか違っていて厳格な雰囲気を醸し出していた。

「昼食の準備ができるまで、家の中を見て回るとするか」

コニの父が後をついていこうとすると、

「お前はついてこなくていい」

と言われ、鋭く冷たい口調にコニの父は鼻白む。

延鶴は竹やぶの間の小道に入った。光が遮られた竹やぶの中は真っ暗で、竹の葉の影のせいか青みがかった気が立ち込めているみたいにひんやりしていた。竹の葉が揺れる、その音。さあーっ、かさかさっ、さあーっ。音は四方から集まってきた。外の世界は遠い彼岸にあり、むしろあの世のように感じられた。霊魂にとってここは居心地いい場所なのだろうかと延鶴は考えてみる。

祠堂を取り囲む土塀の一部が崩れ、地面に落ちた屋根の瓦は割れて散らばっていた。祠堂の裏に回ってみると、コケのにおいと湿気が広がる。祠の一部にむしろがかぶせられ、落ちないように縄で縛ってあるのが見えた。コニの父が応急処置としてそうしたのだろう。そこから雨が漏れているようだった。

崔参判家にも問題があった。この広い家をコニの父と母の二人で管理するのはとても無理だった。彼らはかつて金書房《ソバン》*夫婦が使っていた、畑のある離れで暮らしていた。母屋と舎廊は夏休みや冬休みになると大抵、崔家の家族がやってくるし、吉祥が比較的よく来るのでそれなりにきれいな状態が保たれていたが、別堂《ピョルタン》*と行廊《ヘンナン》*の壁は崩壊した状態で、馬小屋と牛舎には馬も牛もいなかった。庭には適当に草を抜いた跡があったが、ほかの仕事をすべてほっぽり出して草取りだけをしたとしてもひっきりなしに生えてくる草を全部抜くのはほぼ不可能だろう。家族が多くて出入りする人が多かった頃とは違う。収穫の時期には行廊のあのいくつもの部屋に人がいっぱいで、裏庭では女たちが汗を流しながら大釜でご飯を炊き続けていた、そんな時代もあったけれど。それに、コニの父と母は家だけを管理しているのではなかった。自分たちが食べるために三マジギ*の田んぼと小さな畑を耕していた。

家は、西姫がソウルに別宅を買ってからいっそう管理がおざなりになり、古びてしまった。延鶴は家中を見て回って別堂にやってきた。別堂も塀が崩れていて雨漏りしているようだ。池には落ち葉が浮かんでいる。枝打ちをしていない木は、日差しを求めて好き勝手に伸びていた。延鶴は、雑草が生えないようにする人の足の力や家の中を温かくする人の生気というのは大したものだと思いながら別堂の庭に立ち、塀の脇で葉を落とし続けているケヤキの木を見上げる。西姫は前回、平沙里から戻るとすぐに延鶴を呼び、家の修理について相談していた。

舎廊の板の間で昼食の膳を受け取った延鶴は、うろうろしているコニの父に話しかける。

「麦飯の釜に入っている真ん中の白飯だけをすくい取って食膳に載せたみたいだな、この家の状態は」

「え？」

コニの父は何のことかわからずきょとんとする。

「白飯なのは舎廊と母屋だけだという意味だ」

「はい。とても手が回らなくて」

「お前を責めているのではない。家の現状がそうだということだ」

コニの父は家が荒廃しているのは自分のせいだとでもいうようにしょげ返る。延鶴は食事をしながら、

「少なくとも若い男が二人はいないとな。コニの父ちゃん一人で田畑を耕して家の手入れまでするのは難しいだろう」

「ええ、一人ではとても」

ほっとしたように言った。

「大工と瓦職人を呼びなさい」

「はい。仕事はいつ始めますか」

「三、四日したら取りかかろう。職人を手配しておいてくれ」

「わかりました」

延鶴は家を出て村の道に出た。漢福《ハンボク》の家に向かう道だ。延鶴は、昨日から今日までの自分の足取りに、まるで遠い所に旅立つ人が別れの挨拶をして回っているように思えて苦笑いする。もっとも、久しぶりに平沙里に来たのだから訪ねていくべき家は何軒もあった。金訓長《フンジャン》*家にも寄らなければならないし、家から出られないという鳳基老人の様子も見に行かなければならない。村と惜別する理由は何もなかったが、今回、平沙里を訪れたことは決してその別れと無関係ではなかった。彼は明日にも、別れの手続きを踏むために山に行かなければならなかった。

「兄さん、いますか？」

枝折戸を抜けて庭に入った延鶴が言った。板の間の下で犬が吠えるのと同時に部屋の戸ががたんと開く。

「誰だ」

漢福が顔を出した。

「何だ、張さんじゃないか。さあ上がって」

延鶴が腰をかがめて部屋に入りながら聞く。

「一人ですか？」

「みんな出かけた。体がだるくてちょっと横になってたんだが、ほんとに久しぶりだな。もっと顔を見せてくれたらいいのに」

漢福が乱れた服を整える。

「それでも、生きているからこうして会えます」

「座って」

「はい」

「昼は済ませたのか」

「食べました」

「だったら、酒を飲もう」

「具合が良くないんでしょう？」

「久しぶりに会ったのに酒を飲まないわけにはいかないだろう。あとどれだけ生きられるかわからないんだし。ちょっと待っててくれ」

そう言って漢福は外に出た。女房を捜しに行ったようだ。部屋の中はきれいに片づいていた。壁紙を貼り、戸の障子紙も新しく貼り直してあって部屋の中は明るい。たんすの上の布団もきちんと畳まれていた。安定した暮らしが感じられる。漢福はすぐに戻ってきた。

「それはそうと、近況を教えてくれ」

漢福は延鶴の向かいに座る。

「何も変わりありませんよ。相変わらず日本人が乱暴に振る舞ってるだけです。兄さんの所には何か知らせはありましたか？」

と様子をうかがう。ひょっとして、満州にいる金頭洙《ドゥス》から手紙でも届いていないかと聞いたのだ。

「何もない」

漢福は寛洙の死を全く知らないようだった。

「統営《トンヨン》でも何も聞きませんでしたか？」

「元気だということ以外は何も」

延鶴はおかしいと思った。永鎬《ヨンホ》が寛洙の死を知らせていないという事実を不審に思ったのだ。永鎬は、栄善《ヨンソン》と輝《フィ》が葬式をしに行ったのを間違いなく知っているはずなのに。

「子供たちは秋夕《チュソク》*に帰ってくるんですか？」

「ああ。秋夕ももうすぐだな」

(人づてに知らせるのも手紙を書くのもいやだから、秋夕に来た時に直接話すつもりだな。慎重を期しているのだろうか。それとも冷たいだけか)

その点は判断が難しかった。しばらくしてから永鎬の母が、

「いらっしゃい」

と挨拶をしながら酒膳を運んできた。

「さあ」

勧められるままに酒碗を持った延鶴だったが、酒は飲まずに話しかける。

「兄さん」

「どうした。何か深刻な話でもあるのか」

「寛洙兄さんが亡くなりました」

「何だって？」

漢福の声はささやくように小さかった。重く長い沈黙が流れる。延鶴は酒を飲み、料理をつまむ。

「兄さんも一杯どうぞ」

漢福も酒を飲み、料理をつまむ。そしてまた、長い沈黙が流れた。

「捕まって死んだのか」

声がかすれている。

「いいえ」

「だったら」

「コレラでこの夏に亡くなったそうです」

「人生は何でこうもはかないんだ。腐りきった世の中め！」

「……」

「遺体はどうなった？」

「火葬して家族が遺骨を持ってきました」

「ということは、葬式はこっちでやったんだな」

「そうです」

「どこで」

「寺です」

「そうか」

漢福は続けざまに酒を飲む。

「俺は人間でもないらしい」

「え？」

「俺は葬式に参列する資格もないってことだろう？」

漢福は珍しく、鬱憤に満ちたように言った。

「誰も参列していません」

「何だと？」

「寛洙の家族とカンセの家族以外は」

「誰も参列しなかったのか？」

「俺も行きませんでした」

また沈黙が流れる。

「別れの挨拶ができないほど深い罪を犯したって言うのか」

目に涙がたまる。

「もう俺はここと満州を行ったり来たりしなくていいんだな」

「……」

「俺はこんなに楽に生きてるのに」

「……」

「兄さん、安らかに眠ってくれ」

漢福はついにむせび泣く。

延鶴は、翌朝早く山に来た。

兜率庵《トソルアム》に到着しようとする時だった。延鶴は、岩の上で座禅を組んでいる海道士の姿を見つけた。その姿はまるで岩の一部分のようだ。延鶴は木の下に座り込み、休憩を兼ねて海道士を見つめていた。そろそろ秋が去る準備をしている山中の風景には、最後の情熱を燃やすように赤と黄色が広がっていたが、そこには非情の刃《やいば》も隠されていた。一つの季節を切断する刃が。空は澄み、日差しが暖かく感じられるものの、木の葉と枝は風に揺れて縮こまり、緊張しているようだった。その風のすき間から時々、山鳥の鳴き声が聞こえてくる。延鶴はできるだけ、海道士とあれこれ話をしながら一緒に兜率庵に行きたかった。

「一日中ああしているつもりなんだろうか」

そうつぶやくと、ちょうど海道士がもぞもぞ体を動かして立ち上がった。彼は、延鶴が見つめているのを知ってか知らずか岩から下りてくる。そして、延鶴と向かい合った。

「何をしてるんです？　祈祷ですか？」

延鶴が笑いながら話しかけた。

「見てのとおり、座っていた」

「石になるつもりですか」

「石？　はははっ、ははは。それはいい」

「何がいいんですか」

海道士は延鶴にとっていつも気楽な人だった。だから、延鶴は多少ぶしつけに冗談っぽく話しかけたりする。

「理由なんか必要ない。この世のものはすべていいものだ。何にだってなれるし、それは変わっていくから」

「人もそうでしょうか」

「もちろんだ」

「だったら、海道士はなぜここにいらっしゃるのですか。どこかへ行って王にでもなればいいじゃないですか」

「王というものに形なんてあるか」

「え？」

「肉体があるだけだ」

「何を言っているのかわかりません」

「わからないなら放っておけ。何の関係もないことだ」

「そうでしょうか。さっきは座って何をされていたのですか、考え事ですか？」

「聞いていた」

「何をです？」

海道士は顔を延鶴の方に向けてじっと見つめる。

「生きとし生けるものの息遣い、生きている音、億劫《おっこう》の音をだ」

「風の音ですよ。木の葉が揺れる音でしょう」

「それから、宇宙の拍動を」

「風の音ですってば」

「最後に、光がそっと差し込んでくるような音をだ。わかるか？」

「さあ、まるでわかりませんね」

「だが、大抵は目の前の、最初の音を聞くのが精いっぱいだな」

と言いかけると海道士は、高らかに笑う。おかしくもないのに空を見て笑う。

「道士」

「何だ」

「神仙というのは果たして存在するんでしょうか」

「それは神仙になった人でなければわからない」

「では、神霊は存在しますか」

「それも神霊でなければわからない」

「はあ、まったく。道士もわかりきったことを言いますね」

「そうか？　本当はわかりきったことなのに、皆語りたがるんだよ」

「わざと怒らせてるんですか。それでよく占いができたもんだ」

「すべてわかりきったことだからな」

「言うのか言わないのか、はっきりして下さいよ」

「ほほう、私は何も知らないからそのいら立ちを静めてやりようがないぞ。そこに転がっている石、あそこにある木、向こうで飛び散る水しぶき、空を飛んでいく鳥、流れる雲、どれも私と違わない。それで十分だろう」

仕方なく延鶴は笑ってしまう。

「冬の準備はされましたか」

「ああ。リスがドングリをくわえて運んでるのを見なかったか」

「いい天気ですね」

延鶴はわざととぼけた。

「空が高いな。だけど、低い」

「もう、うんざりですよ。ずっと聞いてると頭がおかしくなる」

二人が兜率庵に到着した時、寺の門を背にカンセが仁王立ちしていた。

「やっと来たか」

延鶴に向かってカンセが言った。

「はい」

「何でその占い師を連れてきたんだ。具合が悪くなる」

「昨日の夜、夢精《モンジョン》でもしたのか。体の心配をするなんて」

海道士が応酬する。

「モンジョンって何だ。モンドゥンイ〈こん棒〉のことか」

延鶴はけらけら笑う。

「金壮士《チャンサ》〈力が強い人の意。カンセのこと〉」

「何ですか」

「ここには栄善《ヨンソン》の母ちゃんがいるんだから、言葉に気をつけた方がいい」

「あの人はもう菩薩〈女性信徒〉になったんだから心配いらないさ。それより、延鶴」

「はい」

「求礼《クレ》から人が来ることになってるんだな」

「来るはずです」


夜遅く、海道士の山小屋に集まったのは志甘以外の五人だった。吉祥、カンセ、海道士、延鶴、そして、吉《キル》老人の息子の莫童《マクトン》。皆、壮年期を過ぎた男たちで、狭い部屋に膝を突き合わせるようにして座っていた。ところが、妙なことにこの五人は、この場にいない志甘を合わせても共通点が一つもない。どう考えても共通点、あるいは同質性を見つけることはできなかった。それはどこか奇異に映った。姿、格好、雰囲気、互いを見つめるまなざしもそうだ。山中で長い間、隣人として気兼ねなく過ごしてきたカンセと海道士も、これまで上司と部下のように密接に過ごしてきた吉祥と延鶴もそうだった。その集まりの性格が問題だったようだ。

寛洙が満州に行く前、求礼の吉老人の誕生日に一度似たような集まりがあったが、その時までは少なくとも、東学の残党だという共通点があった。東学の中心人物だった尹都執《ユントジプ》*の息子、尹必求《ピルグ》、東学の乱の時に農民を率いて右手を失い、さまざまな逸話を残した孫《ソン》の息子、孫泰山《テサン》、金環《ファン》に影のように従っていた金カンセ、父を東学の乱で失った宋《ソン》寛洙。それ以外にも、彼らの背後には、東学軍の敗北に恨を抱いた人たちの子孫として風霜をしのいだ屈強の男たちがさまざまな因縁によって絡んでいた。あの時、寛洙による慎重な配慮によって訳もわからず誕生日の宴に参加していた志甘は、従妹の閔《ミン》知《チ》娟《ヨン》の婚約者で俗世を捨てた一塵《イルチン》を兜率庵に連れてくるほど寺の主も同然だった吉老人と親しかったから、その場にいたのは不思議ではなかった。それなのにカンセは志甘を異分子とみなし、寛洙を外に呼び出して勝手な振る舞いを責めながらたたきのめした。とにかく、客のように参加していた海道士と志甘を除けば皆、東学とは縁の深い人物だった。もちろん、東学の性質は往時に比べるとかなり変わっていた。このあたりで、今日に至るまでのこの組織の過程について一度振り返っておこう。

さかのぼること三十年。妙香山《ミョヒャンサン》で帰らぬ人となった別堂の若奥様〈西姫の母〉を自分の着ていたチョゴリ〈民族服の上衣〉で包んで土に埋めた後、環は朝鮮全道を放浪していた。途中、智異山《チリサン》*で環は偶然、元東学の将軍で、死んだ父の金介周《ゲジュ》を痛烈に批判する雲峰《ウンボン》老人〈梁在坤《ヤンジェゴン》〉に会い、燕谷寺《ヨンゴクサ》では意外にも、生母の尹氏夫人〈西姫の祖母〉が残した遺産の話を聞いた。尹氏夫人は、崔家に一生を捧げた対価であり、自らの手で育てられなかった息子に対する償いとして環の伯父である牛観《ウグァン》禅師に五百石の土地を預けており、それは求礼の吉老人によって管理されていた。吉老人は、日頃から敬慕していた金介周が息子の環に残した遺産と信じて着実に管理し、秋の収穫によって財産はかなり増えていた。

雲峰と知り合い、資金を手にした環は、雲峰を中心に東学の残党を糾合するに至った。反日であれ親日であれ、組織が表面化されている中央の東学とは何の関係もない人たち、つまり東学の乱に参加し隠れて暮らしている人々を集め、牛観の弟子であり幼い環の面倒を見ていた恵観《ヘグァン》まで引き入れ、あちこちで起こる義兵などを隠れ蓑《みの》にして巧妙に抗日闘争を展開したのだ。しかし、最初から問題はあった。抗日闘争を優先すべきだという環と、宗教としての勢力拡張を前提とし、漸進的な抗日運動を主張する尹都執との間には対立と葛藤が絶えず、集まるたびに激論を展開して金環派と尹都執派の間で乱闘劇が繰り広げられたりもした。うまく間を取り持っていたのは雲峰だったが、資金源を握っていた環が主導し、多くの者がそれに従っていた。

雲峰がこの世を去った後、結局、尹都執側についた池三万《チサムマン》の密告によって環は逮捕され、留置場で自殺して生涯を終えた。その当時の人々は天寿を全うしたり、非業の死を遂げたりしてほとんどが世を去り、あの時求礼に集まったのは二世とも言える人たちだった。求礼での集まりは、活動の舞台が都市や満州に移って放置されていた山と農村との連携を図るためだったが、直接的なきっかけは、西姫が、出獄する吉祥を引き留めるための苦肉の策として五百石の土地を提供したことだった。集まった人たちは東学の残党とはいえ、活動の舞台はやはり山の中でも農村でもなかったから、義兵が掃討されるように彼らが一掃されることはなく、命脈をつないできたのかもしれない。そんな組織を率いてきたのは寛洙だった。晋州で衡平社運動《ヒョンピョンサ》*に参加したことで彼の視野は広がり、活動の方向性を定め、社会主義に近づくことになったのだ。

衡平社運動をする間、支援を惜しまなかった李範俊《イボムジュン》を始め多くの社会主義者と出会って親しくなり、その縁でソウルの進歩的な識者とつながるようになった。しかし、寛洙は彼らに追従したわけではなく、訳もわからず尊敬したのでもなかった。識者風の虚栄心や優越感、実践が理論に追いつかないひ弱さを時にはあざ笑い、軽蔑したりもした。寛洙の社会主義というのは極めて単純で明瞭だった。識者たちの語る外国の思想というのも、聞いてみると東学の実践的要綱とさほど変わらないように思えたし、東学の実践的要綱というのも、寛洙が把握していたのは骨子だけだった。

寛洙は、教理などにはまるで関心がなく、複雑に考えることもなかった。世の中を変えなければならないということ、腹をすかし、困窮している人をなくさなければならないということ、それが彼の情熱のすべてだった。いずれにせよ、寛洙は労働現場に潜入し、釜山の埠頭でのストライキを始め大小さまざまな事件に介入して側面から支援した。識者層を挑発して誘い入れ、何度も漢福を満州に送り、組織を拡張していきながら吉祥の出獄を待っていた。寛洙が占めていた位置は決して小さくはなく、彼のいない空白は埋めることのできないほど大きいということを人々は感じていた。

今日の集まりは事実上、解体と決別の場だったが、もう一つおかしなことは、解体し、決別しなければならない当事者たちがいないという点だ。共通していること、同質なものがない雰囲気はたぶんそのせいではないだろうか。厳密に言えば、東学は一人もいないと見るべきで、吉祥は東学ではない。吉祥は、満州、それも沿海州の権滭応《クォンピルン》の系列にいた環——吉祥が子供の頃に崔参判家の下人だった九泉《クチョン》であり、字を教えてくれた人でもあった——に崔参判家の悲劇を象徴する人物として再会した。だから、東学とは関係がない。カンセは東学というよりも徹頭徹尾、環の信奉者だった。海道士は智異山の放浪者として利己的なまでにわが道を行く人で、志甘も同じだ。莫童の場合は、死んだ環の父、金介周を敬慕してはいたものの、直接関わりがあったわけではなく、東学軍の敗北を残念に思う傍観者の一人だった。延鶴は崔参判家の執事に過ぎなかった。吉祥とカンセを除いた残りの人たちは東学でないだけでなく、熱烈な独立闘士でも、憂国の志士でもなかった。海道士と志甘は複雑な人生を送ってきたが、延鶴と莫童は平凡で自分の人生を慎重に生きていた。ただ、彼らはこの朝鮮の地に生まれたということ、血には逆らえないということ、そのために与えられた仕事を拒むことはできないという立場を取ってきた人たちであるだけだ。

解体を決意したのは吉祥だ。吉祥はとっくの昔に独立資金強奪を失敗と見ていた。資金が国外に流れて彼の地で役に立つことは幸いだが、それは独立闘争において大した比重ではなかった。もうどうすることもできない、親日をしながら生きるしかないという諦めの流れを阻み、心の中にくすぶっている火に油を注いで導火線にするつもりだったが、大きな効果はなかった。人々は簡単になえてしまい、組織の結集にも逆の結果をもたらしただけだった。それを導火線にするには犠牲者が必要だったが、組織を結集するには疑われてはならない。しかし、寛洙を始め多くの人々が嫌疑を受けて満州へと脱出し、組織は弱体化していた。しかも、吉祥は身動きできず、影響力を及ぼすことはできなかった。無為徒食の月日によって少なからず彼の信念は崩壊し、退化してしまったように感じられた。解体しようと決意したのは、情勢が日ごとに厳しくなり、自身が収監されることを予感したからで、無意味な沈滞状態にある組織の足かせを外してやる方がましだろうと判断したからだ。

延鶴が最初に口を開いた。

「土地の問題は、もう大体おわかりかと思いますが」

皆、口をつぐんでいる。

「吉さんと相談して後は処分するだけですが、もしかしたら、もっといい意見があるかもしれないと思って」

実際そうだった。解体問題は既に了承済みで、土地問題も意見交換がなされ、どう処理するかは延鶴と莫童に任されていた。だが、何を思ったのか吉祥は同席した。山にいたからかもしれないが、吉祥が出る以上、カンセと海道士も自然と顔を出すことになったのだ。

「できるなら、土地を売却するのが一番いいのですが、それがちょっと」

そう言いかけて延鶴は吉祥を見つめる。

「続けろ」

吉祥が言った。

「この先、供出しろという圧力がひどくなるでしょうし、そんな情勢で土地を買おうとする人はそうそういないと思われます。万が一、買おうという人がいたとしても買いたたかれるでしょう」

「本来は崔参判家の土地だから、俺たちがああだこうだと口出しするわけにもいかないが、だったら、どうしようって言うんだ」

カンセは延鶴の話を長引かせたくなかったのか、吐き捨てるように言った。

「土地を山分けしようという意見もありましたが、土地のために本拠地を移すのも面倒ですし、それに、土地のせいで身動き取れなくなるのもどうかと思います。時局が時局なだけにあの人たちも身軽でないといけませんから」

「それで?」

海道士はもどかしくて続きを促した。

「そこでなんですが、土地を崔参判家に返すのはどうでしょう」

沈黙が流れた。しばらくすると、

「それはお前の考えなのか」

カンセが問いただすように言った。

「はい」

「だったら、何年も苦労した人たちに手ぶらのまま帰れって言うのか? 見返りを望んでいた人たちじゃないけど、一度受け取ったものを返すだなんてどういうことだ!」

「まったく、どうしてそんなにせっかちなんですか」

「……」

「崔参判家から土地代をもらえばいいではありませんか」

「それはいい」

海道士が言った。少し決まり悪くなったカンセは膨れっ面で、

「延鶴、それはお前の考えなんだろう? 捕らぬ狸の皮算用じゃないのか」

そう言って吉祥を斜視の目でちらっと見る。

「意向は伺ってあります。奥様は好きにしなさいとおっしゃっていました」

「それはよかった。吉さん」

海道士は莫童を呼んだ。

「あんたも肩の荷が下りたな。あのうんざりする仕事も終わりだなんて、どれだけ心が軽くなることか」

「ほんとですよ。いつも気がかりでしたから」

莫童が明るく笑う。

「気楽なもんだ。すっかり駄目になっちまったっていうのに、何がそんなにうれしいのか」

カンセは怒りに満ちている。

「金壮士、寂しく思わないで下さい。終わったわけではないから」

吉祥も寂しいのは同じだった。

「終わりですよ、俺たちに将来はない。人生すべてが無駄だった」

「三千甲子東方朔*はいない。みんなそのうち死ぬんだ。金壮士一人が死ぬわけじゃないさ」

沈んだ雰囲気を盛り上げるように海道士が言った。

「寛洙さえ死ななきゃ、もう少し踏ん張れたのにな。どうせなら銃に撃たれればよかったのに、病気なんかで死にやがって。不幸な奴だ」

「あんまり気を落とさないで下さい。事態が切迫すればするほど日本の敗戦もそれだけ早まるでしょう。俺だけではない。運動をしているすべての人が地下に潜りました。生きているうちに独立する日が来ると信じましょう」

　吉祥が言った。

「寛洙兄さんの話が出たからだけど、少し前に新京〈満洲国の首都。現在の中国・長春市〉から荷物が届いたので受け取っておきました」

　延鶴が言った。

「荷物が届いた？」

　カンセが耳をそばだてるようにして聞き返した。

「弘《ホン》が全部整理して送ってきたんですが、まだ住まいが決まってないから俺が保管しています。それから、家も売ってあれこれ合わせてかなりの金も送ってきたから、今日持ってきました。取りあえず、金さんと相談しなければと思って」

「俺と相談する必要はない。栄光の母さんと相談しないと」

　家を売った金を弘が送ってきたのは事実だが、朝鮮に届くとその金額は変わっていた。吉祥は以前、寛洙に約束したことを守れなかった。それは、栄光が進学することを拒否したからで、その時使うべきだった費用が追加され、その分金額が増えたのだ。

　夜はだんだん更けていった。

「吉さん」

　海道士が呼んだ。

「ここに泊まっていくのか」

「帰らないといけないが、随分遅くなってしまったな。朝、米が入ってくる予定なんだが」

「商売はうまく行ってるか」

「今のところ、何とかやってます。だけど、将来、配給制になるらしいから心配で。配給所をやらせてもらえるのか、商売ができないようになるのか」

「金壮士、吉さんと一緒に山を下りましょう。酒幕《チュマク》〈居酒屋を兼ねた宿屋〉に行って一杯ひっかけて。金先生〈吉祥〉も一緒にどうですか」

「みんなどうぞ帰って下さい」

男三人が山小屋から出ていった。延鶴と吉祥は互いをぼんやり見つめる。

第五部　第二篇　運命的なもの

一章　密輸事件

一九四一年初めの新京の通りには正月の雰囲気がまだ残っていた。日本人の住宅街には門松が飾られたままで、長い袖の晴れ着に金糸の刺繍が入った赤い帯を締めた子供たちが羽根つきをする光景も見られた。だが、聖戦完遂だの、戦意高揚だの、一路邁進《いちろまいしん》だのといった軍幹部の談話を載せた新聞は戦争の雰囲気を高めていて、日本の天皇に忠誠を誓い、志願兵に応募することを督励し、日本人になった以上、立派な日本人にならなければならないなどという在満州の親日派朝鮮人たちの言葉も新聞に出ていた。街では日本軍の騎馬隊が道を埋めるようにして通り過ぎ、役所には日の丸と満州国旗が風になびいていた。それとは対照的に、陽暦の正月には休まない満州人たちは、みすぼらしい姿で歩いていた。

工場は三日まで休みで、弘《ホン》は家にいた。もちろん、子供たちも家にいた。そもそも新正月を祝う習慣はなかったので家族全員が家に閉じこもっていた。それに、一カ月余り前から任《イム》が来ていた。年は五十八で、まだ還暦にもなっていないのに七十歳の老人みたいに老けてみすぼらしくなった姿に、弘はとても帰れとは言えなかった。かといって、そう何度も金をやるわけにもいかず、あいまいな態度を示す弘を見た任はこれ幸いとばかりに家に居座っていたが、一カ月前だったか、宝蓮《ポヨン》が口を大きく尖らせて任を追い出せと弘に迫った。何かひどくしゃくに障ることがあったみたいだった。

「ここを出たら物乞いになるしかないだろう。お前が我慢してやれ」

「お金を少しあげれば済むことでしょう」

「それにしたって、ちょっと暖かくならないと」

と言ったのだ。

「ああ、お昼はまだかい。何してるんだ。おなかが減って死にそうだよ」

尚義《サンイ》と宝蓮は任をにらみつける。

「伯母さんは一番たくさん食べてるくせに、いつもおなかが減った、おなかが減ったって言うんだから」

尚根《サングン》があてこすった。

「こいつめ、憎たらしいことを言うじゃないか。年を取ったら食べることしか楽しみはないんだよ。お前もこの年になったらわかるさ。よその家じゃ、正月を祝ってるっていうのにねえ」

宝蓮は聞こえていないふりをしたが、任は意に介さず続ける。

「餅も食べたいし、ナムルも食べたいし、ああ、どうしてこんなに食べたいものが多いんだろう。うちの母さんもよく食べる人だったけど、あたしは母さんに似たんだね」

弘が読んでいた新聞から目を離し、

「昼飯を用意しろ」

と言った。尚義が手伝って昼食を用意し、家族が輪になって座った。

「伯母さん！」

食事を始めたかと思うと尚義がかっと声を上げた。

「何だい。びっくりするじゃないか」

食膳にはタラコが載っていた。切り分けずにゴマとゴマ油をかけたものだったが、任はそれを丸ごと口に入れてごくりと飲み込んだのだ。普通の人なら、それだけでご飯を一杯以上は食べられるだろう。

「いくら塩辛いものが好きでも食べ過ぎだわ」

尚義は父親の目を意識して小声で言った。今まで比較的寛大に接してきた尚義だったが、最近になって任にひどく冷たい態度を取るようになった。しかし、任は相手にせず、うやむやにやり過ごす。尚根と尚《サン》兆《ジョ》が小さな声で文句を言った。

「福が逃げていくわよ。黙って食べなさい」

宝蓮が子供たちをたしなめる。

「お父さん」

尚義が呼んだ。

「銀子《ウンジャ》姉さんが」

と言いかけると、宝蓮がそれを遮るように言う。

「またつまらないことを言って」

「お母さんはいつもそうなんだから。お父さん、銀子姉さんがね」

「銀子姉さんって誰だ」

「学校の先輩です。その人、私に本当に良くしてくれるの。同じ朝鮮人だからって」

「それで？」

「銀子姉さんは、卒業したら白衣の天使になるんですって」

「何だと？」

弘は娘の顔をじっと見つめる。

「女学校を出て看護婦になったら、お給料がとてもいいって言ってました。普通は小学校を出て看護婦になるから」

「そんな話はやめなさい」

弘の硬い声をいぶかしく思いながら尚義が言った。

「お父さん、どうしてですか。私はいいと思います。病院で見る看護婦のお姉さんは清潔で神聖に見えるし、中にはとてもきれいな人もいました」

「お前も看護婦になると言うのか」

「そうじゃないけど……看護婦も悪くないなって」

「つまらないことを言ってないで、勉強しなさい」

「先生も言ってました。白衣の天使になって前線で負傷兵を手当てするのも愛国の道だって」

弘は、おかっぱ頭の強情そうな顔をした娘をじっと見つめる。

(何もわかっていない。愛国だなんて。国なんてどこにもないじゃないか)

しかし、弘はそうは言えなかった。徹底して偽装してきた身だけに、どこでしっぽをつかまれるかわからないからだ。

「ねえ、お父さん。ナイチンゲールは私が尊敬する人です。けがした人や病気の人の世話をすることは美しいことでしょう?」

「今度そんなことを言ったら、ただじゃおかないからな!」

弘は無意識のうちに神経を尖らせていた。軍に納品していた関係で日本の軍隊の事情は多少知っていた。従軍看護婦の実態がどんなものかということも。突然、食欲が失せた。まだ子供の尚義に何と説明していいかわからず、たとえ、話のわかる年になっていたとしても、父親としてそれは言いにくい問題だ。だが、そのことのせいで神経質になっているのではなかった。寝付けなかった昨日の夜のことが思い出されて憂鬱になったのだ。どこかへ行って思いきり憂さ晴らしでもしたい気分だった。

「ほらごらん。つまらないことを言っちゃ駄目だって言ったでしょ」

宝蓮が舌打ちをする。任はひたすらご飯を食べていた。指が全部曲がってしまったまるで鉤《かぎ》のような手で、おかずをあれこれかき集めて口に詰め込んでいた。尚根と尚兆は食事の途中で転げ回り、ふざけ合っていた。

「早くご飯を食べなさい」

弘は立ち上がり、さっきまで座っていた所に戻って習慣のように新聞を手に取る。

「お父さんったら、ほんとに理解できない。怒ることじゃないのに。看護婦はみんなの憧れなんだから。白衣の天使って聞いただけですてきだし、かっこいいと思わない？」

「いい加減にしなさい」

宝蓮が叱る。

「尚義」

食べ物をのみ込みながら任が呼んだ。程良く腹がいっぱいになったのか、食べる速度が落ちていた。

「お前はわかっちゃいないからそんなことが言えるんだ」

「何がわかっていないんですか」

「金頭洙《キムドゥス》という人がいてね。お前は知らないだろうけど、工場に時々来てるはずだ。あたしたちは子供の頃、同じ村に住んでたからよく知ってるんだが、そいつが」

と言いかけて言い直す。

「いや、その人がどんなことをしているか、お前は知らないだろう」

「どうして会ったこともない人の話をするんですか」

「黙って聞きなさい。その人の本業は若い女を売ることだ。朝鮮から連れてきた若い女を売るんだが、だから、そっち方面の事情はよく知ってる」

「子供に向かって何を言うんですか」

黙っていた宝蓮が眉間にしわを寄せ、顔も見たくないというようにそっぽを向く。

「尚義、お前は何も知らないんだよ。日本の女たちは違うだろうが、朝鮮の若い女は、表向きは看護婦だけど、軍隊について回って兵隊の相手をさせられるそうだ」

「相手って何のこと？」

「ああ、いらいらする。一緒に寝る、体をあげるってことだ」

弘が新聞を放り投げて声を張り上げた。

「教育上、こんなことは許されません。ろくでもないことばかり言って、子供を駄目にする気ですか」

宝蓮が目をむいて怒った。顔を赤くした尚義は吐きそうになりながら自分の部屋に駆け込む。

「まあ、変だね。そんなことぐらいもう知ってるだろうに。田舎に行けば、尚義ぐらいの年で嫁に行く子はいくらでもいる。まあ急ぐことはないけど、あれじゃあちょっとおぼこ過ぎるよ」

そう言うと任はさじを置いた。十分食べておきながら、まるで気分が悪くて食欲が失せたとでも言うように。

「嫁が憎けりゃ、卵みたいにつるんとしたかかとも欠点に見えるって言うけどね。口を開けばけんかばかりで、人の運命なんてわからないもんだ」

弘は怒った顔つきで、出かける準備をするつもりなのか部屋に入ってたんすを開ける。

「尚義の父さん、出かけるんですか」

外で宝蓮が聞いた。

「またお酒を飲むんでしょう」

「……」

「お正月から開いている店なんてないでしょうに」

言われてみればそのとおりだ。弘は、着かけた上着を床に投げつけてどかっと座り込み、たばこをくわえて火をつける。

最近は工場も不況だ。部品の調達にも苦労し、軍から払い下げられる車もほとんどなかった。そのおかげで頭洙の顔を見なくて済むから気分的に楽ではあったが、従業員を減らすわけにもいかず、このままだと赤字を免れるのは難しい。

（ハルビンにでも行ってこようか。宋《ソン》先生はどうされているだろう。子供たちも成長して一安心だろうけど）

寛洙が死んでから、弘はいろいろな面で意欲を喪失していた。それだけでなく、寂しさがある種の恐怖感として襲ってくることもあった。周りには誰もいないと思うとぞっとするのだ。実際、誰もいなかった。錫《ソク》に会ってから随分経つし、杜梅《ドゥメ》とはもっと会っていない。中国本土に行った人は誰も帰ってこず、生死すら知りようがなかった。沿海州はもう諦めたが、まるでほうきで掃いたみたいに周辺はとても静かで寂しかった。龍井《ヨンジョン》に行っても、精米所の朴《パク》以外に誰も知り合いはいなかった。

（いったい俺はどうしたんだ。まるで油の切れたランプみたいじゃないか。周甲《チュガプ》おじさんはきっと死んでしまったんだろうな。故郷みたいに懐かしい龍井がどうしてこんなにもよそよそしく感じられるのか。こんなに俺たちを追い込んで……。いったいどこまで行けというのか）

新京に来て工場を始めた時、弘はあらん限りの力を振り絞り、昼夜を問わず働いた。訪ねてくる人も多く、彼らと一緒に夜通し酒を飲んだ。

（あの頃は幸せだったな）

弘は昨夜の恐ろしい夢を忘れようとあらゆることを考える。

「尚義の父さん、お客さんです」

部屋の戸を開けて宝蓮が言い終える前に、二人の男が戸を蹴飛ばすようにして中に入ってきた。居間にも男が一人立っていて出口を塞いでいる。

「だ、誰ですか」

一瞬、弘の顔が石のように固まった。ついに来る時が来たと思ったのだ。二人の男は何も言わずに部屋の中をあさり始め、たんすの引き出しを床にひっくり返した。

「な、何をするんですか！」

宝蓮が叫んだ。尚義が部屋から飛び出してきた。尚兆はわっと泣き始める。

「ど、どういうつもりですか！」

それでも男たちは口を開かなかった。しばらくして、床にばらまかれた衣類の中から金のかんざしに一両〈約三七・七グラム〉のそろいの指輪、桃をあしらった三匁〈約十一・二グラム〉の指輪、そして腕輪を見つけた男たちは、会心の笑みを浮かべた。

「ど、ど、泥棒！　泥棒だ！」

宝蓮が唇を震わせながら叫んだ。

「何、泥棒だと？　奥さん、俺たちはまさに泥棒を捕まえに来たんだよ」

ふてぶてしく笑いながら言った男は朝鮮人で、もう一人は日本人だった。彼らは刑事だったのだ。

「おい、こいつらを連れていけ」〈太字は原文日本語〉

部屋の外にいた男が入ってきて弘と宝蓮に手錠を掛けた。

「お母さん！」

子供たちが泣きながらすがりつく。宝蓮は放心状態で事態を把握できていない様子で、弘は素早く事情を察知し、石のように固まっていた表情を少しずつ和らげる。弘はかんざしや指輪について何も知らなかった。宝蓮がこっそり買ったものだと思われ、どういう経緯で刑事が押しかけてきたのかわからないが、事件はその金製品のせいだと気づいたのだ。

弘は刑事たちに連行されながら、

「尚義、心配しないで工場のおじさんの所へ行って知らせるんだ」

子供たちは門の外まで追いかけてきたが、男たちは弘と宝蓮を車に乗せて行ってしまった。尚義は怒り狂って家の中に入り、任を突き飛ばした。

「白状して。伯母さんが密告したんでしょう！」

「ちょっと、何を言ってるんだい」

任は面食らいながら、後ずさる。

「うちに金のかんざしがあることをどうして刑事が知ってるのよ！」

「この子ったら、頭がおかしくなったのかい？」

「ええ、そうよ！　お父さんも金のかんざしのことを知らないのに、お、伯母さんが密告したんでしょう。白状しなさいよ、この天下の極悪老人め！」

そう言うと尚義は声を上げて泣く。

「まったく、何を言ってるんだ。とんだ言いがかりだよ。いくらあたしがひどい女でも、血のつながった弟を奈落の底に突き落としたりはしない。お天道様に誓ってもいい。あたしは、刑事たちが何で金を持っていったのかも知らないし、ほんとに不思議で仕方ないよ」

尚義は泣きやむと、尚根に、

「尚兆を見てなさい。どこにも行かないでじっとしてるのよ！　あたしは工場のおじさんを呼んでくるから」

と言い残してすっ飛んでいく。尚根にはよくわからなかったが、姉の態度を見るに、父と母が連れていかれたのはこの化け物みたいな伯母のせいだと考えているのは間違いない。尚根はまるで狂暴な獣のようにうなり声を上げて任をにらむ。

「やれやれ。何がどうなってんだろうね。運の悪い女はどこへ行っても嫌われるんだから」

尚義が任のことを密告者呼ばわりしながら泣きわめいたのには、それなりの理由があった。

一ヵ月前に任が来た頃のことで、それは笑えない事件だった。十二月に入って新京はぐっと寒くなり、もの寂しい雰囲気だった。尚義が学校から帰ると、尚根と尚兆が毛皮の帽子をかぶり庭の滑り台で遊んでいた。何気なく家に入った尚義は、母は部屋にいるだろうと思って戸を開けながら、

「母さん」

と呼んだ。しかし、宝蓮はいなかった。代わりに、そこにいた任が慌てて振り返り、大きく見開いた目は泳いでいた。

「そこで何をしてるんですか」

たんすの引き出しが開いていた。任はうずくまったまま、必死に何かを隠しているようだった。

「何をしてるんですか！」

今度は鋭く問い詰めた。

「い、いや。何でもないよ。ちょっと部屋を片付けようと思ってね」

「部屋を片付ける？　どうしてたんすの引き出しが開いてるのよ」

怪しいと思った尚義は、かばんを持ったまま部屋の中に入った。アヘン中毒者みたいに、くだらない物まで勝手に持ち出して売ってしまう任の悪癖を尚義は知っていた。宝蓮のキツネの襟巻きもそうだし、尚義の腕時計もそうやってなくなったのだが、そのたびに任はとぼけた態度を取り、泥棒扱いするのかと言い返すのが常だった。ただ、任は弘の物には手をつけなかった。

「何を隠してるんですか！」

尚義が再び声を上げたその時、ちょうど市場から帰ってきた宝蓮がマフラーを外しながら入ってきた。

「部屋の鍵を閉め忘れてたかしら」

そうつぶやきながら急いで部屋に入ってきた宝蓮の顔色が変わった。進退窮まるとはこのことか、心臓が強いさすがの任も思わず立ち上がった。その時、床に音を立てて落ちたのは金のかんざしや指輪、腕輪など、売れば家が一軒買えるほどの金製品だった。宝蓮がそれを拾って両手で握りしめる。尚義の目が大きく見開いた。ひどく驚いた様子だ。

「持ち逃げしようとしたんですか？」

宝蓮が任を恐ろしい顔でにらむ。

「ち、違うよ。そんな罰当たりなことをするもんか」

そう言いながら任はかゆくもない手の甲をかく。皮膚にしわを寄せながら、骨と皮ばかりの手の甲をかき続けた。

「だったら、なぜ人のたんすをあさってるんですか」

「見てただけだよ。何も悪いことはしてない。ちょっと開けただけじゃないか。義理の姉妹なんだからそんなにうるさく言わなくてもいいだろう」

時間が経つにつれ、任は千載一遇のチャンスを逃したことが悔しくて仕方ない様子で、お前たちはそんなものがなくても暮らしていけるくせにと言いたげだった。任は絶望と怒りの目で宝蓮を見つめる。

「出ていって下さい！　尚義も！」

娘と義姉を追い出して部屋の戸を閉めた宝蓮は、激しく体を震わせる。震える手でようやく金製品を引き出しの中に入れ、部屋の中を見回してから部屋を出た。

「良心ってものはないんですか」

尚義が任を問い詰めていた。

「子供のくせに、大人のことに口を挟むんじゃない」

「恥を知るべきです」

「ああ、あんたは大したもんだよ！　よくもこんなに立派で賢い子に育ったもんだ。さぞ親孝行するんだろうが、子供のいない女は、みじめに死ぬしかないって言うんだね！」

「子供はいるじゃないですか！　自分が捨てたくせによくもそんなことを」

「な、何だって！　誰がそんなことを言ったんだ。お前みたいな小娘があたしをやり込める気かい！」

「部屋に入ってなさい！」

宝蓮が叫んだ。尚義は、

「恥ずかしくて伯母さんなんて呼べない」

そう言いながら部屋に入る。

「ああ、親子そろってあたしを責める気かい。馬鹿にして！　お前たちにとってあたしはこれっぽっちも価値のない人間だって言うんだね」

逃した魚は大きいと言うけれど、任にとっては間違いなくそうだった。目の前にあったうっとりするような瞬間がなぜ真っ暗闇に一転してしまったのか。悔しくて、腹立たしくて、任は長いため息をつくしかなかった。

「いいご身分だね。大きな福に恵まれて全身に金を着けて、羨ましくて仕方ないよ！　それをちょっと見物させてもらったぐらいで人をこんなに追い詰めるなんて。ああ、あたしの運命はどうしてこうなんだ。薄情な奴め。女房は金で飾り立てておいて、世の中にたった一人しかいない姉さんには指輪の一つも買ってくれないなんて。本当に薄情だよ。もう老い先短いし、頼る所もないのに。どこにも定着できないあたしの境遇は何て哀れなんだ。こんなにいじめられて暮らすぐらいなら、舌をかんで死んでしまいたいけど、そうすることもできないし。ああ、悲し過ぎる」

両脚を投げ出して愚痴を言い、出もしない涙を絞りながら大声で泣き叫ぶ。

「尚義の父さんは何も知らないから」

力がすっかり抜けきってしまったように宝蓮がつぶやいた。

「何だって？　弘は何も知らないのかい？」

任はぱっと耳をそばだてるように聞き返す。

「知ってるわけないじゃないですか。私が一人でやったことなのに」

宝蓮は不安そうだった。

「本当かい！」

単純な宝蓮は、弘が知らないというそのひとことによって一筋の希望を抱いた任の心に気づかなかった。

取りあえず、金製品があることを弘が知らないなら、今日のことも話しにくいだろうという計算が働き、冬中ここに居られるかもしれない、もしかすると、うっとりするような機会がまた訪れるかもしれないと思った任は希望が湧いてきた。決して悪い話ではなかった。本当に、宝蓮はその問題を隠しておくつもりのようだった。金製品の話は口外しないように尚義にもしっかり言い聞かせた。だから任は、相手にしてもらえないことぐらいどうということはなく、あれからひと月の間、不平も言わずに過ごしてきたのだ。

しばらくすると、尚義がどう説明したのか、天一《チョニル》が真っ赤な顔をして女房〈ホヤの母〉と一緒に駆けつけた。尚義も泣きながら彼らの後をついてきた。

「家の中にいる九尾狐《クミホ》*から退治しなきゃならないな！」

「ん？　何を言ってるんだい」

天一の表情があまりにも険しいので、任は真っ青になりながら後ずさりする。

「何をしらばっくれてるんだ！」

「訳がわからないね。見当違いにも程があるよ」

任がそう答えると、天一の女房も、

「世の中恐ろしくて、おちおち生きてもいられない」

とひとこと言って任をちらっと見た。怖くて震えていた尚根と尚兆は、尚義を見るとわっと泣きだした。尚義は泣いている弟たちを抱き寄せて一緒に泣き、天一の女房が三人をなだめる。

「とにかく、一歩もそこを動かずにじっとしてるんだ！　状況を見て決着をつけるなり、誰かの頭をかち割るなりしようじゃないか。ほんとに恐ろしい世の中だ。こんなことがあるなんて」

弘との長年の友情もそうだが、姉弟の間でそんなことはあり得ないという倫理観のせいで天一は激しい怒りを感じていた。天一がこんなに怒ったのは初めてだった。

「尚義」

「はい、おじさん。どうしたらいいの？　本当にどうすればいいのか教えて下さい」

「泣かないでよく聞くんだ。お前がそんなんじゃ、尚根と尚兆はどうなる？　長女のお前がしっかりしないと。お父さんは金製品のことを知らないそうだから、すぐに釈放されるはずだ。ええい、何て汚い世の中だ！　天地がひっくり返らなきゃどうにもならないのか。ホヤの母ちゃん、お前は子供たちと一緒にここにじっとしてろ。あの婆さんも監視するんだぞ。どんなつまらないものも一切触らせるんじゃない。わかったな」

「婆さんだって！」

わめき散らすように任が言った。そして、べたりと座り込む。

「干した白菜みたいな顔に絞ったぞうきんみたいな身なりをして、婆さんで十分だ！」

「こいつめ！　あたしにだって後ろ盾になる人がいるんだ」

「ああ、いるだろうとも」

「警察署長まで務めた人がいるんだよ、金頭洙を知らないのか。いつまでもそんな態度を取るつもりなら、あたしだって黙っちゃいないよ！」

「本性が現れたな。いくらキツネが人に化けたってしっぽは隠しきれないと言うが、そのとおりだ。俺が金頭洙を知らない訳がないだろう。工場にも現れたし、昔々、平沙里《ピョンサリ》でも耳にたこができるぐらい聞かされた金巨福《コボク》のことを俺が知らないはずはない。泥棒も密告も、息を合わせるのが大事だからな」

そう言ったものの、天一の勢いは目に見えて衰えた。少し慎重になるべきだということに気づいたようだ。

「それじゃあ、俺はあちこち聞いて回って調べてくるから、みんな気をしっかり持って待ってるんだぞ。尚義、こんな時に尚根や尚兆が病気になったら大変だから、これ以上驚かせないように気をつけろ」

胸をたたいて悔しがる任を横目で見ながら天一は慌てて出ていった。天一が出ていくと、家の中は沼のような静寂に包まれた。任も疲れたのか黙り込み、子供たちも翼が折れて飛べなくなった鳥のように息を潜めている。今朝までは、いや、昼食の時までは何事もなかった家の中が一瞬にして修羅場と化した。しかし、誰もこの事件を十分に理解できずにいた。金製品を持っていたからといって弘と宝蓮が手錠まで掛けられて連れていかれたことに納得できなかった。

「尚義」

天一の女房が呼んだ。

「はい」

「とにかく今は、家族全員が一緒にいた方がいい。あたしは家に帰って子供たちを連れてくるよ」

尚義は不安そうに天一の女房を見つめる。

「急いで戻ってくるから。お父さん、お母さんが帰ってきたら一緒に出迎えてあげないとね」

尚義はうなずいた。

「尚根、お前ももう大きいんだから、泣くんじゃないよ」

天一の女房はそう言うと小走りで出ていった。

子供たちはうずくまったままで、尚義も立てた膝の上に顔を載せたまま、それ以上、任と言い争おうともしなかった。人生で初めての経験であり、疲れ果ててしまったのだ。冬の日が暮れているということをぼんやりと感じてはいたが、尚義は夢なのか現実なのか区別がつかなかった。

どれぐらい時間が経っただろうか。尚根が立ち上がった。尚義は、尚根が用を足しに行くのだと思ったが、風呂の方に向かった尚根は、しばらくすると洗濯棒を持って出てきた。尚義が膝の上に載せた顔を上げた瞬間、その洗濯棒は宙に浮かんだ。

「あいたたた！」

任の悲鳴が聞こえた。尚根は任の頭を狙ったが、洗濯棒は肩先に振り落とされた。

「何てことをするんだ！」

片方の肩をかばいながら任はぱっと立ち上がった。そして、尚根の胸ぐらをつかみ、骨ばかりの手で尚根のほおをひっぱたいた。尚義が任に飛びかかり、尚兆もそこに加わる。三対一の乱闘劇が始まった。尚兆は任の手の甲に噛みつく。まさに、音のない静かな格闘で、年老いた伯母と幼い甥や姪がもつれ合う光景は悲劇と言うべきか、喜劇と言うべきか。ある意味それは、本能的な争い事だったかもしれない。

二人の子供と一緒に風呂敷包みを背負って戻ってきた天一の女房が、どうにかこうにか四人を引き離した。子供たちも任も、ぜいぜい肩で息をする。任は何も言えず、唇をひくつかせるばかりだった。そうしてついに、両脚を投げ出して号泣し始めた。

陰鬱な冬の日が暮れた。天一の女房は夕食の準備をし、尚義が怖がって泣きやまない尚兆をなだめていると天一が帰ってきた。分厚いコートを着て毛皮の帽子もかぶっていたが、両耳が赤くなっていて疲れ切った様子だ。彼は、任をちらりと見ながら帽子を取り、コートを脱いだ。両手であごを支えて座っていた任は号泣した後、なぜか口をつぐんでいた。彼女は、天一に見向きもしなかった。身勝手で並大抵の厚かましさではない任の沈黙は、ある意味不気味だった。

「奥の部屋に来るんだ」

そう言って天一は、女房と尚義を呼んだ。半日のうちに尚義の顔は別人みたいになっていた。恐怖と憤怒、絶望に満ちた姿は見る人の心を痛めた。やっと十六歳になったばかりだというのに。

「燕江楼に頼んで、調べるには調べてみたんだが」

天一は、重々しく口を開いた。

「明日にも朝鮮に連れていかれるだろうって」

「どうしてですか？」

「刑事は、弘たちを捕まえるために朝鮮から来たらしい。事件は統営《トンヨン》で起こったそうだ」

天一は、苦々しい顔つきをした。

「それはどういう意味ですか？」

天一の女房が聞いた。

「実は、俺も初めてのことで何が何だかよくわからないんだが、簡単に言うと、朝鮮では金製品を持っている人は皆それを国に売らなければならなくて、個人が持つことは禁じられている。だから、違法だってことらしい。それに、朝鮮の外に持ち出すのも違法で、密輸に当たるそうだ。統営で尚義の母さんに金製品を売った人が捕まって、自然と事実が明らかになって」

「お父さんは関係ないじゃありませんか」

「共同でやったと見てるんだ。だが、尚義の父さんは知らないことだし、取り調べをすればわかることだからすぐに出てこられるだろう。だけど、お母さんは裁判にかけられることになるかもしれないって。取りあえず、統営には電報を打っておいたが」

宝蓮が病気になって実家に静養に行った時、天一は弘の代わりに送金したりもしていたので、宝蓮の実家の住所を覚えていた。

「ちょっと待って。ということは、あの婆さんは関係ないってことかい？」

天一の女房が聞いた。

「そういうことだ」

天一はまた苦々しい表情をした。

「何の関係もない人を疑ったりして、大変だ」

「今はそれどころじゃない。手錠を掛けられて連れていかれた人のことを思えば、そんなことはどうでもいいんだ。それに、疑われるようなことをしたのが悪いんだから」

口ではそう言ったものの、天一は困り果てた顔をしていた。

「さっき」

天一の女房は、尚根が洗濯棒を振り回したという話をしようしてやめると、

「まあ、みんな正気じゃないからねえ」

と独り言のようにつぶやいた。

「明日、移送されるっていうから、面会も無理だろうし」

「私たちも行かないと」

一緒に行かなければ一生の別れになるかのように尚義は言った。彼女の頭の中には、母と父が、尚根と尚兆、そして自分のもとを離れていってしまうということ以外何もなかった。

「お母さんの実家に電報を打ったから、お前の叔父さんがたぶんここに来るはずだ。心配するな。叔父さんが来られない時は俺と一緒に行けばいい」

戦時下に個人が金製品を所有することはできないという日本政府の布告は、言うまでもなく政府が金を回収するということであり、供出しなければならないという意味だ。国に忠誠を誓い、国民は公示された価格で政府に金を売る義務があった。金が弾丸となるわけではなかったが、すべての金属は前線へ送られる状況だった。もちろん多くの人々が金を供出して公示価格で売ったものの、それに応じず金を隠した反逆者もいて隠匿された一部の金が秘密裏に流通していたのも事実だった。満州、あるいは中国本土に流出

したものはいわゆる密輸で、専門的な密輸組織も相当あったが、満州から朝鮮を訪問する人、満州に用事があって行った人や移住した人を介しても密輸された。中でも朝鮮で金を購入し、実に巧妙な方法で隠して密輸されるケースが多かった。大日本帝国の警察も完全無欠ではなかったから、人々は利益のために危険を冒した。しかし、宝蓮の場合は、商売ではなかったためずっと単純で、世間知らずの無謀な行為だとも言えた。

昨年、静養のために朝鮮に行った時、宝蓮にはかなりのへそくりがあった。夫をだまそうというつもりはなく、弘からもらう生活費にはいつも余裕があり、宝蓮は節約家だったので自然に余裕ができた。そのうえ、朝鮮に来てから送ってもらった薬代や生活費も一銭も使わなかった。実家が裕福だから必要がなかったのだ。とはいえ、年老いた両親や幼い甥と姪のために使うこともできただろうが、結局、宝蓮の自分勝手な性格は、結婚前とさほど変わっていなかったということだ。

実家で過ごしていたある日、昔の友達で家同士の関係をたどっていけば全くの赤の他人でもない敬仙《キョンソン》が宝蓮を訪ねてきた。中年らしさが漂う彼女は服装からして裕福そうで、肌にはつやがあり、健康で幸せそうに見えた。

「宝蓮に会うのは十年ぶりかしら」

敬仙は感慨無量だというように言った。

「敬仙は変わらない。いい暮らしをしてるのね」

宝蓮は何よりも彼女の健康が羨ましかった。

「うわさでは大きな工場をしてもうけてるって聞いたけど、こんなにやつれてしまって」

「いつも病気がちで」

「まあ、具合が悪くて帰ってきたとは聞いてたけど」

敬仙はその日、世間話をして帰ったが、義妹が話を切り出した。

「スンアの母さんは普通じゃありません」

敬仙の子供の名前はスンアらしい。

「子供の頃からしっかりしてたから」

「しっかりしてるなんてもんじゃありませんよ。評判の金持ちなんですが、ありとあらゆる商売をしてるんです」

「商売してるの？」

「正式な商売じゃなくて……転売屋です」

「それって何？」

「季節ごとに値段の上がりそうな物を物色して買っておいて、値段が上がったら商売人たちを呼んで買わせるんです。その目ざといことったら並じゃありません」

「どうやってそんな力を身に付けたんだろう」

「座って金を稼いでるんです。端から見れば、一日中遊んでるようにしか見えないけど。相当頭がいいみたいですよ」

褒めてるのかけなしてるのかわからないことを義妹は言った。その後、敬仙は何度か遊びに来て、宝蓮も彼女の家に行ったりした。敬仙の家の暮らしぶりは、かなり贅沢だった。宝蓮は殺風景な新京の家を思い出し、一人苦笑いを浮かべた。

その日、敬仙はリンゴをむきながら言った。

「宝蓮、宝石はたくさん持ってるの？」

「そんなの持ってないわよ」

「じゃあ、何のためにお金を稼いでるの？」

「そんなこと、考えもしないで生きてきた。子供三人を育ててるうちに、いつの間にか月日が流れて」

「何言ってんのよ。年を取って心がねじけたの？　今からでも遅くないわ」

「まあね、体さえ健康なら……。実は、きれいな服を着て出かけることもあんまりなくて。体が弱いし、うちの人はいつも忙しくて、何だか無駄に生きてきた気がする」

「そうね、宝石があってもおしゃれして出かける機会がないとね」

「敬仙はたくさん持ってるんでしょう」

「見せてあげようか」

「ええ」

そうやって見せてもらったのが、あのかんざしや指輪、腕輪などだった。

「おしゃれして出かける機会がないのもそうだけど、お金が必要で売ろうと思ってたところなのよ。だからって、誰彼なしに話を持ちかけるわけにもいかなくて」

宝蓮は宝石をぼんやり見つめていた。

「満州に行く人たちは時々金を買っていくみたい。向こうは金の価値が高いんだって。無事に持っていきさえすれば高く売れるわよ」

結局、宝蓮はへそくりをはたいてその金製品を買ったのだった。

翌朝、弘と宝蓮が朝鮮に移送されるという知らせが届いた。

尚根と尚兆は塩漬けにされた青菜みたいにしょげてしまい、天一の息子、ホヤと遊ぼうともしなかった。尚義も身柄を移されるという知らせを黙って聞いていた。しかし、おかしいのは任だった。ご飯を食べると部屋の隅でじっとしていた。

一日が過ぎ、また一日が過ぎた。四日目、ついに天一夫婦は体調を崩してしまった。尚義たちのためにひどく神経をすり減らし、疲れ果てていたのだ。尚兆は夜中に目を覚まし、起き上がっては母親の名を呼んで泣いたりした。天一は尚兆が病気になるのではないかとびくびくしていた。天一夫婦が寝込んでいると、喪家にやってくるカラスのように頭洙が現れた。うわさを聞いて訪ねてきたらしく、工場ではなく弘の家に来たのは初めてだった。インバネスを着てカワウソの毛皮の帽子をかぶり、相変わらずでっぷりしていた。高麗人参でも食べたのか、顔色も良い。ところで、その良いということが彼の弱点に見えるのはどういうわけだろう。横になっていた天一は服を着替えて部屋を出た。密告の疑いは晴れたものの、弘の気持ちをよく知っている天一は警戒心を緩めることなく頭洙に応対した。

「ほほう。そんな奇妙なことがあるなんて。一人ならまだしも二人一緒に連れていかれたなんて、家の恥さらしだな」

「……」

「長引くと大変だ」

「兄さんは無関係だから、すぐに釈放されるはずです」

「無関係だとどうやって証明するんだ。一つ屋根の下で起きたことなのに」

そう言うと横目で天一の表情をうかがう。

「兄さんが関係しているという証拠もないじゃないですか。夫婦だって秘密ぐらいいくらでもありますよ」

天一は不満そうに言い返す。体調が優れないせいでいら立ってもいた。

「法というのはすべて正しくて、正しい方の味方だと思っていたら痛い目に遭うぞ」

「事態が悪化するのを望んでいるみたいだな」

天一の口調が変わった。

「とんでもない。老婆心から言っただけだ。それに本当のことだからな。ところで、あの婆さんはどこへ行ったんだ」

きょろきょろ見回す。

「誰のことですか」

わかっているのにわざと聞く。

「任だ」

「ここにいることをなぜ知ってるんですか」

「俺にここに行くと言っていたから」

「ああ……。どこへ行ったのか、朝から姿が見えません」

「ふん。それはそうと、工場は休んでいるのか」

「はい」

「こんな時こそ仕事を続けてやらないと。一度休むと再開するのが大変だぞ」

「仕事もあまりぱっとしなくて」

「そういう時もあるさ」

「減る一方ですよ。仕事をするにも資材がないと。バッテリーの充電だけじゃ食っていけません」

わざと大げさに言う。それに気づいた頭洙はにやりと笑って話題を変えた。

「ところでお前、生まれはどこだ。慶尚道《キョンサンド》なまりだが。前にも一度聞きかけたことがある」

「河東《ハドン》です」

「河東のどこだ」

「平沙里です」

天一の生まれが平沙里であることには違いない。だが、マダンセ夫婦が平沙里に戻ってきたのは頭洙が去った後のことであり、コレラの流行が過ぎた後だった。頭洙は苦虫を嚙み潰したような顔をしたが、それ以上、その話はしなかった。

「この家はどうなってる。弘の名義か？」

「借家です」

「借家だと？そんなわけないだろう」

「他郷暮らしだし、ここに根を張るつもりでもないのに、家を買ってどうするんだ」

いらいらするし、大した相手ではないという気もして天一の口調は次第におざなりになっていった。

「ふん、刑事が突然押しかけてきて連行されたっていうから、重要書類みたいなものがきちんと保管できているかどうか心配でな。みんな泥棒の世の中なのに、誰も信じられやしない」

露骨に天一に当てこするように言った。一度、探りを入れてみたようだ。

「確かに。喪家の犬みたいに、何かもらえるものはないかと群がってくる奴はたくさんいる」

一度はねつけておいて、天一は聞き直す。

「重要書類っていうのは、工場に関するもののことかな」

「そうだ」

頭洙がぐっと身を乗り出す。頭洙は最初から勢いがなかった。かつてのあの毒気はさびついた鉄みたいにぼろぼろで、人への接し方も雑だった。一直線に裁断された紙の断面みたいな鋭い判断力、獲物に正確に針を刺す瞬発力、その何もかもが鈍ってしまったような頭洙からはある種の幼稚さすら感じられた。彼はすっかり落ちぶれていた。心身の衰えというよりも、日本という巨大で丈夫な綱が腐った縄になってしまったからだろうか。

頭洙が活動していた舞台、彼が牛耳っていた者たちはもう存在しない。女を売ってひともうけしただろうが、金で埋めるにはその悪の深淵はあまりにも深く、権力の味はあまりにも甘かったようだ。地下に眠る怨霊たちの怨みが晴れる日まで長生きしてもらわないと困るのに。平凡な天一の目にも頭洙はでくの坊に見え始めた。あざ笑うように何も答えない天一を見るに見かねた頭洙が口を開く。

「こう見えても俺は共同経営者なんだから、まるで寒風吹きすさぶ原野みたいになってしまったこの状況を見過ごすわけにはいかない。弘が戻ってくるまで、問題のないようにちゃんとやっておくんだぞ」

「共同経営者って言いましたか？」

天一は突然、大声で笑った。

「ああ、共同経営者だ」

「何を言うんですか。俺たちが何も知らないとでも思ってるんですか」

「何だと！」

「そんなのは通用しませんよ」

「こいつ、俺をからかう気か、怪しい奴め！」

「やめて下さいよ。子供たちだけ朝鮮に連れていけば済むことだ。あの子たちの叔父さんがもうすぐ迎えに来るだろうし。もう何もない。一文もありませんよ。工場といったって、がらんとした土地だけで、建物はバラックじゃないですか。燃料にしかならないし、兄さんはただ技術を売って稼いでただけです」

天一はまた大声で笑う。体の具合が悪いのも全部吹っ飛んでしまったように胸がすっきりした。自分でもよく言ったと思ったのだ。

「お前、既に何かやらかしたんだな。そうはさせないぞ。俺を誰だと思ってるんだ！　ははは、ははははっ。無知な者は無謀なことをするって言うが、そのとおりだな。俺が何人もの刑事とつながってるのを知らないようだが、一度痛い目に遭わせてやろう」

「興奮しないで下さいよ。ないものをないと言って何が悪い。それに、俺の知らない共同経営者がいるなんてあり得ない。それこそ詐欺罪じゃないか。車を払い下げてもらうたびに、あんたが手数料をもらってることは俺も知ってるが、それが共同経営者だって？　だったら、新京に共同経営者がどれだけいることか。俺を捕まえる証拠があるなら、口笛を吹いて刑事を呼べばいい」

頭洙はあきれ返った様子で、うなり声を上げながらしばらく考え込む。恐喝も脅迫も全く通用しないようだ。

（前は、こんな奴なんか小指一本でひねりつぶしてやったのに。偉そうなことを言いやがって、いったいこいつの後ろには誰がついてるんだ）

「いいですか」

「……」

「喉から手が出るほど工場が欲しいみたいですが、工場はそもそも兄さんのものじゃない。名義は兄さんになってるけど、借金をして始めた事業だから工場はとっくの昔に抵当に取られてるんですよ。わかりましたか？　抵当権を持ってるのは金持ちで、名声があって役所とも親しい中国人で、もちろん、兄さんが望めば工場を続けるのは難しくない。書類云々を言うなら、その人の家に行くことだな。はははははっ。口笛なり呼び笛なり吹いて刑事を連れていけばいい」

「この野郎！」

しかし、頭洙は出ていこうとしなかった。相手を陥れる方法があるような気がしたのだ。

「こいつめ、お前は思い違いをしている。俺がいつ工場を欲しがった？」

「だったら、俺がいつ何をしでかしたって言うんだ。お互い様だよ」

「俺がちょっと興奮したからって、年上に向かってそんな口のきき方をしてもいいと思ってるのか！」

頭洙は声を荒らげたものの、言ってることはまともだ。

「さあ、火に油を注ぐようなことはしないでもう帰ってくれ。弘兄さんが死んだわけでもないのに、何をそんなに慌ててるんだか」

頭洙は立ち上がった。

「今日はこれで帰るが、俺はほかの奴とは違うってことを思い知らせてやるからな」

その言葉はかつての頭洙をほうふつとさせるところがあった。彼が出ていくと天一の女房が言った。

「あんた、何であんなことを言ったんですか。ただ聞き流せばいいものを。人は法より恐ろしいんだから」

「うるさい！　あんな奴、たたき殺してやる。人はどうせ死ぬんだ。俺の父さんは日本の憲兵に銃で撃たれて死んだんだ！」

「ほんとに、どうしちゃったんですか。ああ、大変だ」

子供たちは一ヵ所に集まって天一を見つめていた。

「子供たちにご飯は食べさせたのか」

「今から用意しますよ」

「尚根、尚兆、心配するな。おじさんがお前たちを守ってやるから、たくさんご飯を食べるんだぞ。お前たちの叔父さんが迎えに来たら、お父さん、お母さんのいる故郷に帰るんだからな」

そう言うと、天一は訳もなく涙があふれるのを感じる。

弘と宝蓮が朝鮮に移送されて八日目にやっと、宝蓮の弟の許三和《ホサムファ》が現れた。深い眠りに落ちた深夜のようだった家の中が急に騒がしくなった。

「叔父さん！」

尚義が泣きわめいた。幼い頃の記憶はぼんやりしている。一昨年だったか、一度訪ねてきたことがあり、その後、昨春に宝蓮を連れに来たことがあるだけだ。あの時、子供たちはにっこり笑ったものの、ひどく人見知りをした。そんな三和に尚義はためらうことなくすがりつき、尚根と尚兆もよろよろしながら近づいていった。

「ああ、みんな元気だったか」

三和は末っ子の尚兆を抱き上げた。尚兆は両腕を三和の首に巻き付け、肩に頬を当てて目をぱちくりさせる。三和の顔は比較的明るかった。彼は尚兆を下ろして天一に手を差し出す。

「ありがとうございます。お義兄さんが、みんな元気でいるはずだから心配するなと言ってたのは、こうして頼りにしている人がいるからだったんですね」

「俺は何も」

と天一は答え、

「これでほんとに一安心です」

と付け足した。天一だけでなく、天一の女房もうれしくて仕方ない様子だった。この八日間は、天一夫婦にとってつらく苦しい日々だった。行くところと言っても燕江楼しかなく、相談する所も燕江楼だけだった。だが、天一は弘ほど中国語が堪能ではなかったので意思疎通が十分できず、弘ほど親しい間柄でもないから気安く頼るわけにもいかなかった。頭洙が帰った後、そのことを報告しに行った時も、燕江楼の主人の陳氏はただ、心配するなと繰り返した。どこかうわべだけの言葉に聞こえて天一は寂しく、不安だった。弘がいない新京で、子供たちだけでなく天一夫婦も孤児になったみたいな孤独と不安を感じ、そこが異国であることを骨身に染みるほど思い知らされたのだ。それに、こっそり出ていったまま帰ってこない任のことも心配だった。頭洙と一緒に何か企んでいるように思え、ひどく気になっていた。

「そ、それじゃあ、兄さんに会ったんですか」

「ええ」

「……」

「電報を受け取ってすぐ来るつもりだったんですが、お義兄さんに面会していたら遅くなってしまって」

「どういう状況なんですか」

「驚いたでしょうけど、大した罪でもないからあまり心配しないで下さい」

「だけど、朝鮮から刑事が来たのを見ると」

「密輸組織の仕業だと思ったんでしょう。お義兄さんはすぐに釈放されると思いますが、違法は違法だから、姉は少し時間がかかるかもしれません。でも、みんな手を尽くしてますから」

そう言うと、尚兆が三和の膝をつかんで顔をのぞきこんだ。

「尚兆、心配するな。朝鮮に行けば、お祖母さんにお祖父さんに叔母さんに、親戚がたくさんいるから何も心配することはない」

三和は甥の頭をなでる。子供たちの顔はすっかり元気になっていた。生命というのは何と神秘的なのだろう。生きようとする力は強く、血縁の力は不思議なものだ。天一夫婦が献身的に面倒を見てきたけれど、子供たちはあれほど気安く甘えることはなかった。天一夫婦を信頼し、頼りながらも、ひどい事件を経験してからというもの、子供たちはいつも恐がり、隠れ、身構えている様子だった。それなのに、一、二度会っただけの叔父の前ではすっかり緊張を緩めて頼りにする姿を見ていると、正直なところ、天一夫婦は少し寂しかった。

久しぶりに弘の家では、明るい照明の下での人間らしい暮らしが見られた。時々、笑い声が上がり、ホヤと弟のホジュン、尚兆が遊ぶ姿もあった。尚義は弟たちを着替えさせた。天一の女房は久しぶりに買い物に出かけ、客をもてなすために心を込めて夕飯を用意した。体の小さい三和は天一より一、二歳年下のようだったが、性格は穏やかで年の割に落ち着いていた。彼は、生真面目な祖父の金訓長にはあまり似ていなかった。よくしゃべり、常民《サンミン》*の息子である弘に娘をやることを反対しなかった父親によく似ているようだった。

緊張が解けた子供たちは早々に眠りに就き、天一夫婦と三和、尚義が居間で出発の準備について話をしていると、意外なことにハルビンから宋章煥《ジャンファン》がやってきた。

「ああ、先生！」

「お爺さん！」

天一と尚義が同時に叫んだ。

「どうやって事情を知ったんですか？」

「燕江楼から連絡があった。子供たちはみんな元気か」

「ええ。あ、挨拶して下さい。こちらは兄さんの先生です」

天一は三和に向かって言い、

「昼間、朝鮮から着いたばかりの尚義の叔父さんです」

と章煥に紹介した。

「お義兄さんから先生のことは聞いています。クンジョル*を受けて下さい」

と三和が言うと、

「宋章煥です」

と言って章煥は握手を求めたが、それでも構わず三和はクンジョルをした。すっかり心強くなった天一は、女房に急いで酒膳を用意するように言い、心の中では、つれなく感じていた燕江楼の陳氏に対してすまないと思っていた。わざわざハルビンまで連絡してくれたことがありがたく、頭洙に対する恐怖心も和らいだ。尚義と天一の女房は奥の部屋で荷造りを始め、男たちは居間で酒を酌み交わした。章煥の顔もそれほど暗くなかった。天一は頭洙のことを詳しく話した。

「とっくの昔に死ぬべきだったのに、ひどい奴め」

章煥はそう言ったものの、それ以上深い話にはならなかった。彼もまた、燕江楼の陳氏のように、

「あいつのことは心配しなくていい。あいつ自身、アヘンと金の密輸に関わっているし、今は何のコネもない。もはや何の力もないんだ」

と言った。そして、三和に聞いた。

「ところで、弘は何と言っていましたか」

「宋先生にすべて伝えてあるから、工場に関することは任せると言っていました」

章煥はうなずいた。

「それでは、子供たちを連れてなるべく早く出発して、天一は、弘が帰ってくるまでここにいなさい。弘が帰ってきたら、これを機に工場は処分した方がいい。天一の後のことは弘が考えているはずだ」

「俺のことは気にしないで下さい。今はそんなことを言ってる場合じゃないし、子供たちさえ連れていってもらえれば、一安心です」

「天一も大変だったな。生きていれば、いろんなことがあるもんだ」

「考えの浅い姉のしでかしたことで、お義兄さんには本当に申し訳なく思っています。いろんな人に迷惑をかけて」

三和が言った。

「弘は心が広いし、工場のことは前から話になっていた。頃合いを見計らって売り払い、ここを出ていくことを考えていたんです。だから、あまり心配しないで下さい」

「では、お義兄さんは朝鮮に帰るつもりだったんですか？」

「さあ、それは。弘の判断次第ではないかな」

章煥は詳しい話をするわけにはいかなかったし、してもいけなかった。

「それで、いつ発ちますか？」

「明日にでも出発します。姉が子供たちのことをとても心配していますから」

「では、そうして下さい。明日、駅で会うことにして、私は用があるのでこれで失礼します」

そう言うと章煥は帰っていった。

翌朝、どこで何をしていたのか、任が風呂敷包みを一つ背負って現れた。家族は皆、彼女を疑ったことを申し訳なく思いながら出迎えた。任は薄着で、寒さに震えながら面食らう。

「この荷物は何だい？」

「今日、朝鮮に行くんです」

天一の女房が言った。

「誰が？　みんな行くのかい？」

任は困惑した様子で聞いた。

「いいえ、子供たちだけです。あの子たちの叔父さんが迎えに来て」

「じゃあ、あたしはどうなるんだい？」

「それはそうと、どこへ行ってたんですか」

天一は一抹の疑いを捨て切れず聞いた。

「大連に行って……そこもいられる状況じゃなかったから帰ってきたんだが、それじゃあ、あたしはどうなるんだよ！」

「このままここにいましょう。兄さんが帰ってくるまで俺たちも一緒にいますから」

安心したようだったが、次の瞬間、

「どうしてこんなことになったんだ。一人しかいない弟が手錠を掛けられて連れていかれるなんて。アイゴー、アイゴー」

と嘘泣きをする。部屋の中に尚義たちの叔父がいると思ってそうしたのだろうが、三和は切符を買うために朝早く家を出ていなかった。

「頼る所のないあたしはどうしたらいいんだ！　もう若くはないし、子供もいなくて、この世に血のつながっているのは弟しかいないのに、ああ、あたしの人生はどうしてこうなんだ！」

尚根は部屋の中でじっとしていた。天一の女房と尚義は朝食の準備や出発の支度に忙しく、幼い子供たちだけが任が泣くのを見つめて立っていた。天一は任の本心を知っていたから憎くて仕方なかったが、我慢する。

「それくらいにしたらどうですか。まさか、飢え死にしたりはしませんよ。家がこんな騒ぎなのに自分のことばかり心配して、まったくひどいもんだ」

「やかましいよ、お前に何がわかるんだ！」

そう言ったものの、部屋の中に何の気配もないことに気づくと急に泣きやむ。そして、出された食膳をひったくり、何食も食いはぐれた人みたいにご飯を食べ始めた。不思議なことに、尚根が洗濯棒でたたいたことについては何も言わなかった。泣き言を言う時も、そのことには触れなかった。幼い甥にたたかれたことは任にとっても恥ずかしかったようだ。尚根は任の視線を避けながらご飯を食べる。

出発の準備がすべて整い、子供たちは柱時計ばかり見つめていた。名残惜しさはこれっぽっちもなく、学校のことも友達のことも頭の中にはなかった。ひたすら、心は矢のごとく両親のいる所へと向かっていて、一刻も早く旅立ちたかった。

「姉さん、叔父さんはどうして来ないの？」

尚根が聞いた。

「すぐに来るわよ」

「来る時間になれば来るだろうに、何をそんなにそわそわしてるんだい。ここにいれば、誰も取って食いはしない。それに、伯母さんだってお前たちの世話ぐらいできるよ」

　任がそう言ったものの、またすぐに、

「姉さん、叔父さんはなぜ来ないの？」

　と尚根が聞いたちょうどその時、三和が入ってきた。彼はホヤとホジュンのために菓子を買ってきた。そして、弘の姉だという任と挨拶を交わす。

「宝蓮は実家の家族が多くて、こんなに遠い異国まで来てくれる人がいるっていうのに、弘にはあたし一人しかいないから、宝蓮の実家に頭が上がらないね」

　三和は慌てる。多少、衝撃も受けた。弘に姉がいると聞いたことがないだけでなく、哀れで醜い老婆が本当に子供たちの伯母なのか、落ち着いていて自尊心の高い義兄の姉なのか疑わしく思えたのだ。

「とにかくこうして来てくれたのはありがたいことだ。家のことは心配しないで、子供たちを連れていって下さいな。生活費をちょっともらえれば、家はあたしが守っていますから」

　見かねた天一が口を挟む。

「さあ、遅れますよ。婆さんはちょっと黙っててくれないかな」

「婆さんだと？　転がってきた石が元あった石を突き飛ばすって言うが、赤の他人が偉そうにしやがって。腹黒いったらありゃしない」

　任は、宝蓮の弟の前だからといって体面を繕うこともなかった。彼女はただ、満州で一人暮らすことが恐ろしかった。それは彼女にとって飢えを意味するからであり、守銭奴だった母のようにずる賢くなれるほど任の頭は良くなかった。

ホヤの母と任が家に残り、三和は彼女たちに別れを告げた。その後をついて子供たちと天一も家を出た。しばらく行った所で尚義が振り返る。

「叔父さん、ちょっと待って」

そう言うと尚義は家に向かって走っていき、財布の中の金を全部はたき出した。

「伯母さん、これ受け取って」

戸惑う任の手に金を握らせた尚義は、

「伯母さん、ごめんなさい」

と言って涙を拭い、さっと走って出ていった。尚兆の手をつかんだ尚義は、後ろを振り返ることなく大通りに出ると馬車に乗り込む。

新京の町はどんよりした冬の空の下に静かに横たわっているようだった。馬車の中では誰も口を開かず、馬のひづめの音だけが軽快に響いている。毛皮のコートを着て毛皮の帽子を深くかぶった子供たちの口から吐き出される息が白かった。

駅の待合室の雑踏をかき分けて改札口の近くまで来ると、章煥がそこで待っていた。

「お爺さん」

「ああ、来たか」

子供たちはやっと別れを実感したようだ。

「お爺さんも一緒に行こうよ」

尚根が誘うと、

「今度な」

と言って章煥は笑った。

「ここに来てみて、お義兄さんは寂しくなかったんだなと思いました」

そう言う三和の言葉に、

「尚根ぐらいの年の頃から弘を教えていました。いたずらがひどくて、勉強はできる方ではなかったけれど、あれから随分時間が経ちましたね」

章煥はしばし感慨に浸っているようだった。

「先生にお目にかかって、お義兄さんを少し理解できたような気がします。お互いほとんど会わずに過ごしてきましたから。とにかく、どうぞお元気で」

三和は章煥を普通の人だと思わなかった。何か心に響くものがあった。章煥は静かに三和を見つめる。

「三和君も気をつけて……年を取るとやたら心配になってね」

「はい、わかりました。それにしても土地が広いからか、満州は朝鮮より自由な気がします」

「そうですか?」

「敬語はやめて下さい」

それには何も答えず、

「厳しい世の中です。弘にも、くれぐれも体に気をつけるよう伝えて下さい」

「わかりました」

「こっちのことは心配するなと」

そう言って章煥は手を差し出した。三和は両手で章煥の手を握りながら言う。

「ありがとうございます。またお会いできると信じています」

章煥は子供たちの頭をなでて去っていった。

二章　松花江の春

旅行かばんを肩に掛けた軽装の中年男が許公路にある運会《ウンフェ》薬局に入ってきた。随分洗練された身なりで、男は日本語で胃薬をくれと言った。後ろを向いて薬を取り出す白衣姿の女のうなじが、まぶしいほど白い。女は、薬を包む手を止めると男を見つめる。同時に男も女を見つめた。一瞬、二人は石になったかのように動きを止めて見つめ合う。女の顔は次第に青ざめていき、男の目には怒気が浮かんだ。女は柳仁実《ユインシル》で、旅行かばんを持って入ってきた男は趙燦夏《チョチャンハ》だった。それは本当に偶然の出会いだった。

仁実は少し前に上海からハルビンに戻り、しばらく滞在して樹鶯《スエン》のために運会薬局の仕事を手伝っていた。燦夏は単なる旅行中だった。気が塞いだり、ジレンマに陥った時、自らを奮い立たせるために旅に出ることが多く、満州には前にも何度か来たことがある。特に満州北部の地方を旅するのが好きで、ロシア風の古い建築物が立ち並ぶハルビンも燦夏の好きな都市だった。

「仁実さん、いったいどういうことですか！」

燦夏の声は怒りに震えているようだった。仁実は再び手を動かして薬を包み、燦夏に差し出す。彼の唇は氷のように冷たく見えた。

「お久しぶりです。趙先生」

燦夏は大声が出そうになるのを何とかこらえる。

「本当に恐ろしいです。こんな奇遇があるなんてね、仁実さん」

「……」

「どこかでお茶でも飲みながら話をしましょう。駄目だとは言わせませんよ」

仁実はうなずいた。そして、ゆっくり白衣を脱いでハンガーに掛け、中に入る。しばらくすると、仁実はスプリングコートを羽織り、ハンドバッグを持って出てきた。そして、店員の子に中国語で何か言うと先に薬局を出ていった。仁実は、とてもゆっくり歩いていたが、時々ふらついた。

「お昼はまだですよね？」

仁実が聞くと、燦夏は仁実に会ったことが実感できなかったのか怒りの色は消え、やたらと首を横に振っている。仁実が燦夏を案内したのは黒龍という有名な洋食店だった。ウェイターが仁実のコートと燦夏のかばんを預かった。二人はテーブルに向かい合って座り、互いに見つめ合いながらも沈黙する。息の詰まる沈黙だった。燦夏が口火を切らなければ、仁実は永遠に黙っていそうだった。燦夏が先に口を開いた。

「聞きたいことはないですか」

「……」

「何でもいいから聞いて下さい」

「何を聞けと言うのです」

「それは本心ですか」

「……」

燦夏は口が渇くのか、コップの水を飲む。

「仁実さんはもう、正直さも失ってしまったのですか」

「私には何も聞く権利はありません」

そう言った時、テーブルの上で組んだ手が震えた。

「確かに、すべて過ぎたことです。今さら何も非難するつもりはありません。仁実さんほど決断力のなかった僕のせいですから」

「私には過去はありません」

スープが運ばれてきた。サラダ、パン、仁実はそれらを順番に食べていく。そして、肉を切って同じペースで口に運ぶ。何も食べる気がしない燦夏にとって、仁実の行為はほとんど無意識によるものだと感じられる。

食事が終わり、紅茶を飲みながら燦夏が言う。

「二度とこんな機会はないでしょうね」

「たぶん」

「子供がどうなったか、想像してみたことはないのですか」

「……」

「仁実さんを苦しめるために言っているのではありません。さっきは僕も思わず激高してしまいました。仁実さんは何も聞く権利はないと言いましたが、僕は、この機会を決して逃すわけにはいきません」

仁実は視線を上げて遠い所を見つめる。

「話す機会のことを言っているのです」

「何が言いたいのですか」

「子供は十歳になり、僕の戸籍に入れて育てています」

その瞬間、仁実の視線が、つぶてのように燦夏の顔に向かって飛んできた。

「最初から間違っていたのです。仁実さんは、僕が育てることを望んでいなかったでしょうから」

しばらくまた重い沈黙が流れる。

「緒方さんがどこにいるのか、ご存じないでしょう」

「……」

「何か言って下さい」

燦夏は哀願するように言った。

「知りません」

「新京にいます。年に一回ぐらい日本に来て、必ずうちに寄っていきます。考えてみて下さい。緒方さんが訪ねてくるたびに僕がどう思うか」

「なぜ、そうなさったのですか」

仁実は独り言のようにつぶやいた。燦夏はそれには答えず、膝の上のナプキンをテーブルの上に置きながら言う。

「松花江のほとりにでも行ってみますか」

仁実はおとなしく従い、松花江のほとりの広場をこつこつと靴の音を立てながら燦夏について歩く。燦夏は心も乱れていたが、言葉もしどろもどろだった。突然ぶち当たった驚くべき現実の前に、何が何だかわからないままずたずたに引き裂かれるような気がした。ここで仁実に会うとは夢にも思わなかった。ハルビンだったか新京だったか、どこかで馬車に乗っていく仁実を見かけたという緒方の言葉をやっと思い出した。そのまま通り過ぎることもできた彼らの深い関係に対して燦夏にも多少責任はあったとしても、彼がもう少し冷静であったなら、こんなあきれた巡り合いにはならなかったはずだ。

二人は川辺に座って対岸を見つめる。いつの間にか冬は終わり、早春も過ぎ去ろうとしていて、木や草は鮮やかな緑に染まりつつあった。川面を悠々と流れる帆掛け船は風をたっぷり受け、遊覧船は水を切って過ぎていく。遠い対岸は春のかげろうにゆらめき、風は少し冷たかったが、雲はのんびりと川の流れに沿って動いていた。

「今日みたいな偶然は、めったにあることではありません。結論から言いましょう」

燦夏はたばこをくわえ、火をつけたマッチを川に投げる。

「仁実さんは緒方さんに会うべきです。会って、仁実さんの口から子供の話をして下さい。子供は孤児院に行ったのでも、知らない人の家に養子に行ったのでもないんです。あの子は、仁実さんも緒方さんも知っているこの僕が育てているのですから。十年の歳月は、もう取り戻すことはできません。ええ。仁実さんが望んだように、あの子の存在は日本の地に埋もれてしまうことはありませんでした。これからは、仁実さんがその荷を背負わなければなりません。どんなにつらくても、緒方さんに会って話すのです。あなたの子供を私は産んだと。それができないなら、仁実さんは永遠に許されることはないでしょう」

「永遠に、ええ、そうでしょうね。永遠に」

「僕はあの子を愛しています。自分の子だと錯覚するほどです。妻も同じです。でも、それは人の道理に反します。自分の子を目の前にして友人の子だと思い込んでいる緒方さんを見ていると、僕は果たして仁実さんとの約束を守るべきなのかという葛藤に苛まれます。それだけでなく、あの子に対する愛情のせいで僕の理性がまひしてしまっているとも感じます。これは罪だ！　そう思ったりするのです。あれから長い月日が流れました。仁実さんの心境にも変化があるのが自然ではありませんか。民族意識がエゴイズムになってはいけません。こんなことを言う資格が僕にあるのかどうかわかりませんが。日本は近いうちに負けるでしょう。日本人も人間です。そして、一人の被害者です。こんな情勢下では、緒方さんも僕も将来どうなるかわかりません。日本人である緒方さんが果たして生き残れるのか、それも疑問です。日本人を愛したという罪の意識から抜け出して下さい。仁実さんは人を愛しただけです。仁実さんには今まで持っていた勇気よりもっと大きな勇気が必要です」

話しているうちに、その内容が十年前と少しも変わっていないことに燦夏は気づく。あの時、その言葉で仁実を説得することはできなかった。

「私は世間知らずに見えますか?」

仁実はまた、独り言のように繰り返した。

「ある意味ではね」

東京の日比谷公園で仁実に会ったのが、まるで昨日のことのように思い出される。燦夏の目の前に、髪をゴムで一つにまとめ、白地に灰色の水玉模様のゆったりしたワンピースを着ていた仁実の姿が鮮明に浮かぶ。

「私たちはもう終わりました。後悔していません。怖くもありません。ただ、つらいだけです」

あの時の仁実の声もはっきり覚えている。

「もっとも、僕みたいに無為に生きている人間に偉そうなことを言う資格はありません。勇気もなく、決断もできず……。家をめちゃくちゃに潰しておいて行く所もないんですから。ある意味において、仁実さんは愚かなほど、そうです、愚かなほど自分を踏みにじって去っていきました。それが羨ましくもありました。僕は仁実さんの生き方にあれこれ言える立場ではありませんが、子供の問題だけは仁実さんが自分で片をつけて下さい。僕はもう十年間の苦しみから解放されたい。実際、こうして仁実さんに会っていなくても、今頃僕はあなたとの約束を放棄していたでしょう。新京に行けば、緒方さんに会うことになるでしょうから。可哀想な人、ええ、可哀想な人です。でも、幸せな男です。そんな人がわずかでも現実の中にいるということは希望です」

「趙先生」

「はい」

「私が話します。先生が約束を破ることはありません。私が話します」

燦夏がぱっと立ち上がった。

「本当ですか？」

仁実を見下ろす。身をすくめて座っている女のまぶしいほど白いうなじが見えた。

「ええ、そうします」

「よく決断しました」

そう答えたものの、意外なことに燦夏の声には力がなかった。

「あの子は幸せだったのね。幸せに育ったんですね」

「朗らかな、明星みたいな子です」

「泣いたりして、すみません」

「実は、僕も泣きそうです」

冗談っぽく応じたが、まんざら嘘でもなさそうだった。

「非道な女を誰が許してくれたのでしょう。趙先生ですか？」

「自ら許しを得たのです」

仁実は顔を上げて燦夏を見上げた。目が真っ赤に充血している。

「先生、私はここにひと月ほどいる予定です。その間ならいつでも構いません。運会薬局、さっき来られた薬局に、私ではなく尹広吾《ユングァンオ》さんを訪ねればいいわ。彼は緒方さんとも知り合いです。随分前のことですが、東京に留学中、関東大地震が起きた時に尹さんが避難したのが緒方さんの家だったんです。会えばお互いにわかるはずです」

燦夏はさっと手帳を取り出して尹の名前を書き、薬局の名前も記す。

「まさか、仁実さんは結婚したのではないですよね?」

燦夏はまた、冗談っぽく聞いた。

「結婚だなんて」

「もしそうなら、僕は緒方さんに何も伝えられない」

「していません」

仁実は真剣に答えた。

「春なのに、何だか寂しいですね」

景色ではなく、自分自身の気持ちのことを言っているようだった。さっき、ああ言ったものの、燦夏の中では仁実との約束を守ろうという意志よりも、緒方に会うたびにまた約束を破れなかったという気持ちの方がずっと強かった。燦夏は息子の荘次《しょうじ》を深く愛していた。

「趙先生」

「はい」

「一人になりたいんです」

「わ、わかりました。では、僕は川辺を歩いて帰ります。大丈夫ですか？」

仁実はうなずいた。そして、去っていく燦夏に向かって、

「お気をつけて。そして、許して下さい」

と言うと、膝に顔を埋める。

どれだけ時間が過ぎただろうか。仁実が運会薬局に帰り着くと、辺りは薄暗くなっていた。薬局では樹鶯が心配そうな顔をして待っていた。

「仁実お姉さん！」

ドアを押して中に入ると、樹鶯が叫んだ。

「どこに行ってたんですか」

「知り合いに会って」

「どれだけ驚いたか。あの子が言うには、変な男が訪ねてきて、それも怒った顔をして無理矢理連れ出したって」

「ごめんなさい。心配かけて」

「顔色も良くないわ。本当に大丈夫なの？」

「大丈夫だってば。後で話すわ」

「みんな気をもんでたのよ。とにかく、無事でよかった」

「樹鶯」

「何?」

「尹さんはどこかへ出かけたの?」

「家に帰ったけど。服を着替えるんだって言って」

「服を着替えに?」

「お姉さんったら、ほんとにすっかり忘れちゃったのね」

「何を?」

「今夜は伯父さんのパーティーでしょう」

「ああ、そうだった」

「私たちも家に帰って着替えないと。お姉さんを待ってたら遅くなっちゃった。ちょっと、早めに店を閉めるのよ」

樹鶯は店員にそう言うと、仁実の背中を押すようにして外に出た。

「お姉さん、空気が気持ちいいわね。木の葉の匂いが漂ってくるみたいで。春はまた巡ってきたのに、心は思春期みたいなのに……お姉さん、私、年を取ったみたい」

「またそんなことを言って」

「本当よ。最近ちょっと不安なの。うちの人ったら、随分私に冷たいんだから。どこかに隠し子でもいるんじゃないかしらって思うほどよ」

「あなたも厄介な病気にかかったわね」

「そんなこと言わないでよ。子供のいない女の気持ちは、当事者でなければわからない。お姉さんは結婚していないからそんなことが言えるんだわ」

ハイヒールに、細いふくらはぎ。樹鶯はまだ美しかったが、自分を失いつつあった。かつてのような事業に対する情熱も冷めてしまったようだ。

「お姉さん、さっき訪ねてきたっていう人は誰?」

「訪ねてきたんじゃないわ。薬を買いに来て偶然会ったのよ」

「昔の恋人?」

「いいえ」

「だったら、どうしてそんなに沈んだ顔をしてるの? 洗練された身なりの人だったって聞いたけど」

「あえて言うなら、恋人の友達よ。それ以上聞かないで」

もともと樹鶯は単純な性格だったし、パーティーに参加するためにひどく急いでいたので、話はそこで終わった。その場をしのごうとして随分神経を使ったが、仁実は支え棒の折れたカカシのような心境だった。十年前、大きなおなかを抱えて東京の街を果てしなくさまよっていた時は、まだ負けん気が残っていた。横浜の波止場で港に停泊している商船や旅客船を眺めていた時も、箱根の芦ノ湖で青い湖面を見つめていた時も自殺したりしようとはしなかった。地獄のような時間を耐え抜いたのだ。しかし、緒方との間にできた子供を捨ててから、仁実は自身を封印した。完全に封印したのだ。そして、豆満江《トゥマンガン》*を越え、新しく生まれ変わろうともがいた。彼女を立ち直らせたのは龍井《ヨンジョン》の海蘭江《ヘランガン》〈豆満江水系の支流の一つ〉の川原で、中学に入ったばかりの坊主頭の少年たちが川に石を投げたり、転げ回ったりしながら、喉も裂けんばかりに歌っていた「先駆者」*という歌だった。今日、仁実が生きていられるのは、いつも死と向き合っていた時間のおかげだ。緊張の連続の中で人間的な思考や生活を放棄し、広大な大陸での闘いに集中したおかげで彼女は生きていることができた。自分に対して一滴の涙も許さないほど無慈悲だった。そうしないと、二本の足で立っていることができなかったのだ。だが今日、仁実は、自分の中で支え棒が折れる音を聞いた。

樹鶯の伯父、沈運求《シムウング》の八十歳の誕生日パーティーは、傘寿《さんじゅ》祝いという意味もあったが、最近会えていない沿海州の弟〈運会〉のことでひどく心を痛めている沈老人を励まそうという子供たちの配慮もあり、家で毎年行っていた慣例を破ってHパレスホテルの宴会場で盛大に開かれることになっていた。親戚も招待客もほとんどが中国人だった。しかも彼らは主にハルビンの豪商であり、沈一家が手がける事業に関係している人たちで、章煥《ジャンファン》や上層部の日本人も何人か招待されていた。着飾った女性たちの衣装は、色とりどりの春を室内に持ち込んだみたいに華やかだった。沈老人は姪の樹鶯夫婦を傍らに座らせ、消息の絶えた煙秋《ヨンチュ》*の弟を思ってため息をついていた。

パーティーは佳境に入り、別途用意されたダンスホールは控えめな伴奏を奏でるバンドマンや踊りに興じる人たちで埋め尽くされ、淡い紫色のドレスを着た歌手は日本の流行歌「蘇州夜曲」*を歌っていた。

日本の流行歌のレパートリーはいくらでもあり、「支那の夜」「国境の町」「上海の街角で」「麦と兵隊」

まで歌われた。大日本帝国の大陸進出、大陸強奪の政策を側面支援してきた、野望が見え隠れする感傷的で安っぽい流行歌を中国人たちは歌い、聴きながら踊っていた。パーティーに出席した日本人の機嫌を取るために。だが、中国人たちは悲痛な思いを抱えて心の中で歯ぎしりをしているのではなかった。むごたらしい大量殺害、女や子供を踏みにじる筆舌に尽くしがたい蛮行。島国の獣たちを心の中でさげすみながら、歌を歌ってやっているのだ。沈老人の息子で、顔立ちは平凡だがすらりとしていておしゃれな載勇《ジェヨン》も前に出て「何日君再来〈いつの日君帰る〉」を歌っていた。春の気配が漂い、窓の外をのぞけば青い街灯が庭を照らしていて木々もざわめいているようだった。とにかく人々は、久しぶりに興に乗っていた。しかし、それだけではなかった。

彼らは皆、明日をも知れぬ身だった。来年もこんなパーティーが開けるかどうか、誰も確約できない。世界はすっかり戦雲に覆われ、今、この時にも中国本土のどこかで砲声が鳴り響いていることだろう。満州一帯でも抵抗の炎は覆い隠されたまま燃えていて、匪賊と呼ばれる朝鮮独立軍と中国義兵軍は今も出没していたが、警備の厳重なソ連と満州の国境と治安の徹底した南満州の間では、大部分が戦闘から工作へと転換した闘士たちが盛んに活動していた。秋には日本が無謀にも仏領インドシナへの進駐を敢行し、それに先立って三月に汪兆銘は傀儡《かいらい》政権を南京に樹立し、ヨーロッパも戦争のるつぼと化していた。ドイツ軍はマジノ線*を突破し、イギリスはダンケルクから撤退し、ついにパリが陥落した状況で、刻一刻と世界の情勢は予測不可能になっていた。それだけではなく、ソ連と満州の国境は火薬庫も同然で、いつどこで衝突が起こるか、いつハルビンが戦火にまみれることになるか、誰にもわからない。パーティーが盛大に開かれて女たちがきらびやかなドレスをまとい、男たちが暴飲しているのは皆、明日をも知れない身だからだろうか。日本人も例外ではない。絶望しているのはむしろ彼らの方だ。

沈家の親戚として、しかも中国人のふりをしてパーティーに参加した仁実は、やっと広吾と話す機会を得た。

「尹先生」

載勇と話をしていた広吾が振り返った。

「あの、お話があるんですが」

「何でしょう」

「……」

「秘密の話ですか？　席を外しましょうか」

載勇が笑いかけながら言った。

「い、いいえ。ただ、ここではちょっと」

「では、外に出ましょう」

広吾が言った。

「そうしていただけると助かります」

二人はパーティー会場を抜け出して回廊に出た。仁実は広吾に背中を向けたまま、回廊の欄干に手をついて明かりの灯った街を見つめる。広吾はただ事ではなさそうだと思いながらたばこに火をつけ、仁実と並んで欄干の前に立った。Hパレスホテルを囲む鉄柵が街灯の光を受け、空に向かって鋭くそびえたっていた。空にも街灯のような明るい星がまたたいている。

「尹先輩」

仁実は、ふだんの先生という呼び名ではなく先輩と呼んだ。彼女が初めてハルビンに来て広吾に会った時のように。

「どうぞ話して下さい」

と言って広吾はたばこをふかした。赤いたばこの火が暗闇を照らす。

「緒方次郎という人を覚えていますか?」

「もちろんです」

「……」

「初めてここで仁実さんに会った時も、最初に頭に浮かんだ人は緒方さんでした。恩人を忘れたりしませんよ」

「あの人は今、新京にいます」

「何だって?」

広吾は驚く。

「新京にいるんです」

仁実は繰り返し言った。

「会いたいな」

広吾は感慨深そうに言ってから、言葉を継ぐ。

「でも、変わってしまっただろうか。忠義に燃える大日本帝国の国民なら、戦争に勝つことを信じる日本人なら、会うのはちょっと難しそうだな」

「あの人は、今も昔も変わっていません。関東大震災の時、朝鮮人の学生を助けたあの時のように、共に獄中生活の苦しみを味わったあの時のように」

「会ったのですか」

「いいえ」

「では、なぜわかるんですか」

「わかるんです。きっとそうに違いありません」

広吾は仁実の横顔を見つめ、しばらくしてから質問する。

「新京に緒方さんがいることをどうやって知ったんですか?」

「ある旅行者が……」

と言いかけてやめると、仁実は小さく笑う。だがそれは、決して笑いではなかった。

「ここを偶然通りかかった人に聞いたんです」

「何だか納得いかないな。何が言いたいんですか」

広吾は露骨に疑いの色を浮かべる。

「たぶん、数日のうちに彼は運会薬局に尹先輩を訪ねてくるでしょう」

「ちょっと待ってくれ。緒方さんが僕に会いに来るのは公的な用件なのか、それとも、私的なことなのか。会うのは別に構わない。いや、彼には本当に会いたいと思う。でも、前後の事情が全くわからないし、単純なことではなさそうだが」

「私的なことです。私個人に関わることです」

「仁実さんのことか……。だったら、僕はどうすべきなのかな」

緒方と仁実は互いに愛し合っていたのではないかという考えが、ふと広吾の頭をかすめる。

「友人として会って……夕食を一緒に食べるとか……」

「仁実さんは？」

「それを今、考えているところです」

「ますますわからないな。会わないかもしれないということですか？」

「一度は会わなければなりません、一度は。でも、どんな顔をして会ったらいいのか」

と言うと突然、仁実は泣きだした。激しくむせび泣く。広吾は驚きのあまり顔色を変えてうろたえる。

「仁実さん！」

想像もしていなかったことが起きた。

「どうしたんですか？　弱ったな」

その時、樹鶯が夫を捜しに回廊に出てきてその光景を見た。最初はためらい、当惑した。欄干に体をもたせかけてむせび泣く仁実の背中を、広吾が戸惑いながらさすっている。信じられないことが起きていた。

「あなた」

樹鶯は思わず鋭い声で夫を呼んだ。

「ああ、ちょうどいい所に来た。仁実さんを連れて家に帰りなさい。本当に大変なことになった」

「どうしたんですか？」

「僕もまだ詳しいことはわからない。それより、伯父さんは？」

「帰りました」

「それならいい。仁実さん」

広吾は仁実の背中をとんとんたたく。

「さあ、泣きやんで。家に帰りましょう」

樹鶯も心配そうに声をかける。

「どうしたんですか、お姉さん」

体を起こした仁実は樹鶯に倒れかかり、樹鶯が仁実を抱きかかえる。仁実はずっと激しくむせび泣く。

「樹鶯、仁実さんを連れて家に帰りなさい。載勇君に挨拶したら僕もすぐに帰るから」

広吾は急いでパーティー会場に入っていった。

「どうしたんですか、お姉さん。本当に何があったの」

樹鶯もさっきの広吾みたいにぼうぜんとし、どうしていいかわからない。こんな人ではないのにという考えばかりが樹鶯の頭の中を巡る。むせび泣くどころか、涙の一滴も、動揺する姿すら見せたことのなかった仁実だ。そんな彼女が、まるで火をつかんだ子供みたいにむせび泣いている。それは人の胸を引き裂く慟哭だった。

仁実を支えて樹鶯がホテルを出ようした時、広吾が追いかけてきた。載勇もついてきて帰っていく三人を心配そうに見守る。

家に着いた樹鶯は、仁実をリビングのソファに座らせてワインを一杯持ってきた。

「どうぞ飲んで」

仁実は首を横に振り、

「水をちょうだい」

と言った。仁実は少し水を飲んだ。広吾と樹鶯は立ったまま、暗い目で仁実を見下ろしている。樹鶯の顔は真っ青だった。広吾はとても理解できなかった。たとえ、仁実が緒方と悲劇の恋愛をしたとしても、あんなふうに理性を失う女ではなかったからだ。

「お姉さん」

「……」

「昼間会ったという人と何かあったんですか?」

仁実はテーブルを見つめるばかりで何も答えない。

「本当にどうしたの。薬を飲んでちょっと休みますか?」

「いいえ。ちょっと座って」

意外にも諦めたような静かな声だった。

「尹先生も座って下さい。すべて話しますから」

そう言ってハンカチを取り出し、涙を拭いてから仁実が続ける。

「尹先生、すみません。私、どうかしてました」

「落ち着きましたか」

「ええ」

仁実は淡々とした口調で過去のことを話し始めた。時々額の汗を拭きながら、夜が更けるまで、彼女は一つひとつ詳しく話した。樹鶯は涙を流し、広吾は理解を示す言葉を何度も繰り返した。二人は、仁実が突然あんなに激しく泣いた理由を知り、仁実の苦悩を理解した。

「お姉さんは強い女性よ。私だったら、とてもそんなことはできなかったと思う」

樹鶯はそう言ってまた涙を流した。その夜から二日にわたって仁実は寝込んだ。高熱を出し、うわごとまで言いながら、まるではしかにかかった子供みたいにひどくうなされた。回復後、窓辺に座って髪をとかす仁実の姿が哀れで仕方なく、樹鶯は目をそらした。

緒方はやってきた。背が高くてひどく痩せた彼は、ぶかぶかの薄いコートを着ていた。運会薬局に入ってきた緒方は、気まずそうに広吾を見つめる。

「緒方さん！」

広吾が呼ぶと緒方は戸惑っているようだった。

「いらっしゃい」

広吾が手を差し出す。それでもまだ緒方はまごつきながら手を握る。

「僕が誰だかわかりませんか？」

「どこかで見たような気もしますが」

つぶやくように言った。新京に行った燦夏は、運会薬局と広吾の名前を書いた手帳の頁を破り、緒方に渡した。

「そこを訪ねていけば、仁実さんの消息がわかるはずです」

そうひとこと言っただけで詳しいことは一切話さなかった。

「とにかく、外に出ましょう」

広吾は緒方の背中を押し、哀れむようなまなざしで緒方を見つめる樹鶯に、

「夕食を準備しておいてくれ。家で食べるから」

と言い残して緒方と一緒に外に出た。並んで歩きながらすっかり興奮した広吾は、

「僕はひと目でわかったのに、緒方さんは僕がわからないんですね。それは、僕がどれだけ変わったかという証拠で、緒方さんは変わっていないということです。本当に昔のままですね」

と言った。

「思い出しそうで思い出せない」

緒方は頭を振る。

「関東大震災の時、あなたの家でお世話になった尹広吾」

「ああ、そうだ。そのとおりだ！」

緒方は足を止め、大声で叫んだ。眼鏡の奥の目が大きく見開く。

「尹さん！　そうだよ」

緒方は広吾の手を固く握る。

「あなたも変わっていません。ちょっと太った気もしますが」

「なのに、どうしてわからなかったんですか」

「尹さんは僕が訪ねてくることを知っていたようですが、僕は何も知らなかったし、それに、心の余裕もなくて」

彼らは再び歩き始める。

「ほぼ二十年、僕たちが出会ってからもう二十年近くになります」

「そんなになりますか？」

緒方が聞き返す。

「関東大震災があったのは一九二三年で、今は一九四一年ですから」

そう言うと互いに黙り込む。彼らは飲み屋で向かい合って座った。約二十年ぶりの再会を喜ぶには二人の心情は複雑で、それぞれ抱えている問題は重く深刻だった。

「運会薬局を訪ねて尹さんに会えば、仁実さんの消息を聞けるというので来たのですが」

緒方は杯を手に取り、中の酒をのぞき込みながら問題の核心に迫る。

「よくいらっしゃいました。すぐ仁実さんに会えますよ」

「何と言いましたか？　会えるですって？」

緒方は驚いたように言った。広吾はうなずく。

「死なずに……ま、まだ生きているんですか？」

「生きています。死なずに」

緒方は杯をテーブルの上に置く。

「会えるだなんて。ああ、本当に夢みたいな話だ」

ひげ剃りの跡が青い緒方の顔がうなじにかけて紅潮する。澄んだ目で信じられないというように広吾をじっと見る。

「あなたたちの縁も相当なものですね」

広吾はため息をつくように言った。緒方は杯を握りしめて酒を飲む。

「羨ましくもあり、恐ろしいようでもあり」

広吾も酒を飲んだ。

「不倶戴天の敵である日本の奴が朝鮮の娘を辱めた、そう思ったことはありませんか？　僕をよく知っている朝鮮人の友人ですら、そんなふうに考えているのに」

それは燦夏のことだった。

「抵抗がなかったわけではありませんが、僕は仁実さんをよく知っています。彼女の真実を」

「皆が尹さんのように思ってはいません。愛を動物的本能だと考えて冷笑的な態度を見せるか、そうでなければ名分を強要し……僕の胸の中に残ったのは怨みだけです」

「朝鮮人に対してですか？」

「朝鮮人も日本人も皆……いいえ、この世に生まれたことそのものにです。世の中を率いるのは真理ではなくまさにその逆であることも知りました」

「朝鮮人を非難しないで下さい。あなたが日本人である以上」

「いつも僕はそのために諦めてきました。その事実にぶち当たると手も足も出ません。手を血で染めない限り、背負わなければならない荷物がどんどん重くなるのはなぜですか？　より残酷なことになってしまうのはなぜですか？　仁実さんを愛した僕はいつも犬扱いされていました。どこへ行っても追い払われるばかりでした。尹さん、あなたは、こちらからもあちらからも徹底して疎外された人の姿を想像してみたことがありますか？」

「……」

「不義のせいで多くの命が失われましたが、正義という名の下に非人間的になっていくということを考えてみたことはありますか？」

「仕方ないではありませんか」

「正義とは何ですか？　真実が受け入れられないことも正義なんですか。人間が望むのは正義ですか。民族の存続ですか」

「それを聞きたいのは僕の方です。ですが、集団の不義には集団で対処するしかないでしょう？」

「僕はまた悲鳴を上げるしかないのですね」

緒方はもの悲しそうに笑った。彼は仁実に会えるということに少しも浮かれてはいなかった。むしろ、より深い絶望に陥っていた。手帳を破った時の燦夏の憂鬱そうな表情や、再会を喜びながらも何か壁を作っているような広吾の態度に、緒方は希望を見出すことができなかった。もしかすると、これで本当に最後かもしれないという予感がした。かといって、これまで、仁実にまた会えるという確信があったわけではない。どこかで偶然会えるかもしれないという漠然とした期待はあったが、今は違う。確かに仁実は近くにいる。なのに、どうして怖いのか。何か終止符を打つようで怖かったし、漠然と抱いていた期待を裏切られそうで不安だったのだ。

「仁実さんは、今どこにいるのですか？」

「夕食の時に会えるでしょう」

「元気なのですか？」

「それなりには」

広吾は緒方にたばこを勧め、自分も一本くわえた。

二人とも互いの近況や仕事について聞かなかった。そんな余裕はなかった。友人とも言える関係で、敵意を持つ理由もなかったが、彼らは緊張した顔で向かい合っていた。

「ハルビンにはこれまで何度も来たのに、なぜ尹さんに会えなかったんでしょう」

「会っていたのに、さっきみたいに気づかなかったのではありませんか」

「そうですね」

二人は空しく笑う。

「宿は取ってあるんですか？」

「はい。ハルビンに来たらいつも泊まる所なんですが、松花江のそばにあるHパレスホテルです」

「ああ」

「どことなく陰気に見えますけどね」

「ここの建物は大体そうです」

「それが気に入ってるんです。部屋に入ると密閉されたみたいで落ち着くんですよ」

「よく旅行するんですか」

「はい、しょっちゅう。大抵の所には行きました。最近は、ソ連と満州の国境が物々しい雰囲気で行く気になれませんが、前は黒河からエフン、満州里までかなり頻繁に行っていました。厳しくて険しい自然のある所は、人から逃げていく先としてぴったりです。お互いに寄りそっている感じがしますから。国境という切迫感もありますしね」

「緒方さんは、今でも純粋でロマンチックなんですね」

「ロマンチックか……」

苦々しく笑う。

「ロマンチック、ロマン」

とつぶやくと、

「そんな余裕が僕にあったでしょうか……」

と言い、ぞっとしたような顔になる。まるで寒さに震えるように。彼は心の中でこう考えていた。

（仁実さんは遠くへ行くのですか？　なぜ僕に会おうとするんでしょう）

日が落ちる頃、広吾は緒方を連れて家に帰った。リビングのドアを開けると、仁実は窓の外を見つめて立っていた。

「仁実さん」

広吾が小さい声で呼んだ。仁実が振り返る。

「お久しぶりです」

仁実は広吾の隣でぼうぜんとしている緒方に言った。

「ちょっと着替えてきます」

広吾はそそくさと寝室に入っていった。

「どうぞお掛けになって」

緒方は仁実を見つめたまま座る。

樹鶯が茶を運んできて黙って置いていった。

「本当に久しぶりです」

つぶやくように緒方が言った。

「お茶をどうぞ。冷めないうちに」

しかし、緒方はたばこをくわえる。彼は口を縫い合わせたように何も言うことができず、得体の知れない悲しみが込み上げるのを感じる。そして、いくら見つめても仁実から感情というものを見つけられないことが彼を萎縮させた。

「僕たちには話すことがないんでしょうか」

やっと緒方が口を開いた。一瞬、仁実の瞳が揺れる。

「何年か前、ハルビンの駅前で仁実さんが馬車に乗っていくのを見ました」

緒方は昔のように、仁実を「ひとみ」とは呼ばず、「インシル」と呼んだ。

(私もあの時、あなたを見ました)

仁実は目で語っていた。

「追いかけたけど、無駄でした」

たばこの灰が膝の上に落ちる。

(知っています)

「仁実さんの姿を想像すると、それはいつも、顔は黒くて目は光り、手は荒れてごつごつしていて、みすぼらしい中国服を着た女性でした」

「なぜですか?」

「闘士だから」

初めて仁実はかすかに笑った。

「そんな女と一緒に、黒河や満州里の凍り付いた都市に行く夢を見ていました」

仁実は目を伏せる。

「そんな夢はもう見ないで下さい」

「それはどういう意味ですか」

「明日、話します」

「なぜ明日なのですか」

「今日は、尹先生の招待を受けていらしたお客様ですから」

寝室から出てきた広吾は、またそそくさとダイニングに向かう。長い沈黙が流れた。

「趙先生は東京に帰ったのですか?」

「いいえ、僕を待っているはずです」

「……」

「彼に会ったのですか」

「ええ」

「なのにどうして、仁実さんに会ったと僕に言わなかったのか」

「あの方はそういう方です」

「満州は」

言いかけて、緒方は話題を変えた。

「日本が負けてもここを離れたくない」

「どうしてですか」

「僕は死ぬべきなのに、死なずにぐずついているみたいに思えるからです」

緒方はそう言うと何かが込み上げてきたかのように言葉を切る。

広吾が樹鶯を連れてリビングに戻ってきた。

「うっかり妻を紹介するのを忘れていました」

うっかりという表現が示すとおり、広吾の心は不安定だった。時間が過ぎれば過ぎるほど気まずくて不安になっていくようだった。他人のことだから黙って見ていればいいという気分には到底なれず、いろんな事情のせいで混乱していたのだ。樹鶯も同じ心情だった。それでも、緒方とは初対面だからそれなりに冷静さを保っていたけれど、心は重かった。

「僕が関東大震災で死なずに生き残ったのは、緒方さん、この人のおかげだ。君も感謝した方がいい。緒方さん、この女性は僕の世間知らずの妻です。ロシア語と中国語は達者ですが、日本語は全然駄目で」

多少大げさに冗談めかして言ったものの、雰囲気は少しも明るくならなかった。緒方が立ち上がり、

「緒方次郎です」

と自己紹介をして頭を下げる。

「よくいらっしゃいました」

樹鶯は下手な日本語で心を込めて言った。

「では、ダイニングに行きましょうか。夕食の用意ができています」

ダイニングは美しくしつらえてあった。悲劇の恋人たちのために樹鶯は細かいところまで心を砕いたようで、花瓶にはみずみずしい花が生けられていた。そして、ささやかな夕食が用意されていた。

「奥さんはすばらしい料理の腕前をお持ちのようですね」

沈んだ気持ちを奮い立たせるように緒方が褒めた。

「いいえ、本家から料理人に来てもらったんです」

また、下手な日本語でそう言いながら、髪が垂れ下がった緒方の額を見つめる。

「戦争はどうなるでしょうか」

話題に行き詰まった広吾が聞いた。

「勝っていれば悪口を言うところですが、劣勢のようですから何も言えません。悲劇です。戦争に負けるのも悲劇だし、僕の故郷、僕の祖国という認識も悲劇です」

緒方は、何も言わずにただ食べ物をのみ込んでいる仁実を見つめる。

「亡命すればいいではありませんか」

樹鶯が突拍子もないことを言った。そして、こう付け加える。

「私の父は朝鮮人ですが、ロシアに帰化しましたし、伯父は清の時代に清に帰化しました」

緒方は樹鶯を注意深く見つめた。

「仁実さんは帰化するような人ではありません」

その言葉に皆、口をつぐむ。雰囲気はさらに硬直してしまった。しかし、仁実はそれを全く気にしていないかのように何か考え込んでいた。

「お姉さん！」

「あ、うん」

びっくりしたように答えたが、彼女の視線は緒方に向かっていた。

「何とか言って下さい」

「ええ、母は亡くなっただろうなって考えてたのよ」

仁実も突拍子もないことを言う。

「緒方さん、日本に帰る途中にうちの兄を訪ねてみてもらえますか？」

「わ、わかりました」

緒方は箸を置く。

「私が生きていることを話すかどうかは、あなたの判断にお任せします」

「そうします」

「本当にきつい人だ」

広吾は思わずそう吐き出していた。

「では、どうしろと言うのですか」

「僕が何か言ったところで聞き入れるつもりもないくせに。緒方さん、よくこんな人を愛せましたね」

緒方は空笑いをし、それに答えはしなかった。

「とはいえ、僕たち夫婦に告白する前に人の肝を冷やすほど泣いて、それから何日か寝込みましたけどね」

仁実に断りもなく広吾がそう言ったのは、緒方に対する深い同情心からだった。

「わかっています」

緒方の言葉に広吾が聞き返す。

「どうしてわかるんです?」

「わかります」

「本当に謎だ」

皆、沈黙する。

「仁実さんも、緒方さんのことをわかっていると言いました。ただ、わかるのだと。遠く離れていても以心伝心というわけですか?」

「自分自身を信じる気持ちでしょう」

樹鶯が代わりに答える。

「そうだろうな」

夕食が終わった。四人とも食事を味わう余裕はなく、どうやって食べたのかすらわからなかった。しばらくして、翌日の午後二時に松花江のほとりで仁実と会う約束をした緒方は、それ以上そこにいる勇気がなかったのか、暇を告げて帰っていった。

窓辺で緒方の後ろ姿を見ていた仁実は、何も言わずに自分の部屋に入っていく。

樹鶯と広吾は見つめ合ってため息をつき、広吾がテーブルをたたいて言った。

「何がそんなに難しいんだ。体中がうずくほどつらい時間だったよ。もう二度とこんなことはごめんだ」

翌日の午後、約束の時間に仁実は松花江沿いにある広場に現れた。風が少し吹いていた。壮大な石造りのHパレスホテルが広場から少し離れた所に見えていた。仁実は立ち止まってしばらくHパレスホテルを見つめる。すっかり新緑に染まった樹木は、透き通るような薄緑色の羽を空に向かって大きく広げているみたいだった。紺色のコートに赤紫色のフランネルのマフラーを巻いた仁実の装いには春の気配は感じられない。彼女はまだ微熱があり、顔もひどく青ざめていた。

川辺の散歩道は三つに分かれていた。街路樹も道と道の間に伸びていて、所々にベンチが置かれていた。仁実は川側の道に入る。行き来する人は多くなかった。少し離れた所にあるベンチにうずくまるようにして座っていた緒方が、歩いてくる仁実を見つめている。仁実はコートのポケットに両手を入れたまま近づき、緒方の隣に座った。

「顔色が良くないですね」

緒方が言った。そういう彼も昨晩眠れなかったのか、血の気のない顔をしている。仁実の横顔を見つめていた緒方の視線も、仁実と同じく川の方に向けられた。二人は長い間黙っていた。何も言わなくても、彼らは昨日よりはるかに伸び伸びとしていて、朝鮮人でも日本人でもないただの男と女に、恋人同士に見えた。

緒方がたばこを取り出して火をつける。

「実感がありません。会えなかった時の恋しさが少しばかばかしくも思えるし」

実感できないのは仁実も同じだった。

「夕べ、考えてみたんです。仁実さんは僕を避けることもできたのに、なぜ会おうとしたのかって」

「一度は会わなければと思っていました」

「なぜ一度なのですか？　どこか遠くへ行くつもりですか」

「……」

「サンカ〈燦夏〉さんにはどうやって会ったのですか」

「偶然、薬を買いに来られたんです。運会薬局に」

「その偶然がなかったら、僕たちは会えなかったのですね。サンカさんに説得されたのですか？」

「そんなところです」

仁実は、川から視線をそらして緒方を見つめる。二人はじっと見つめ合う。

「誰かに説得されるような仁実さんではないだろうに、何か理由があるんですね」

仁実はうなずいた。

「あなたは私にとって最初で最後の人でした。あなたを忘れたのは意志であって感情ではありません」

緒方の質問とは関係ないことを言う。それは、仁実の消息を知ってすぐに訪ねてきた、絶望的な顔をした緒方に対して初めて明かされる仁実の温かい真実だった。

「それで」

緒方はかえって不安になったのか、それには反応せず次の言葉を促す。

「それで、意志を曲げたのですか?」

「いいえ」

「そうでしょうね。仁実さんが意志を曲げるはずがない。あなたはその崇高な意志を一度は曲げましたが、再びそうすることはないでしょう」

自嘲気味に言った。

「そんなことを言わないで。本当にお願いします。私は命よりも大事なものを後悔することなくすべてあなたにあげました。今の私は抜け殻なんです。わからないんですか」

仁実の話はことごとく軌道からそれる。あの年の夏、日比谷公園で燦夏に会った時、仁実は、「私はあの人に、命より大事なものをあげました。もう何もあげるものはありません」

と言ったことがあった。命より大事なもの、それは単純に女の純潔を指しているのではないことを、あの時燦夏はわかっていた。仁実にとって命より大事なものをあげたというのは、祖国と同胞を裏切ったということ、まさにそれだった。

「わかっています。だから、仁実さんを永遠に失ったことも知りました。あのことがなければ、あなたはこの北満州まで来たりはしなかったでしょう」

「緒方さんに会おうと思ったのは」

「……」

「必ず伝えなければならないことが一つあるからです。どうしても伝えるべきことが。趙先生をこれ以上苦しめるわけにはいかない、それは恩人に対する道理ではありません。ええ、そうです」

そう言うと、仁実はすぐに自分の言ったことをひっくり返した。

「いいえ、それは違います。趙先生に対する道理を考える余裕なんてありませんでした。あまりにも切迫していましたから。でも今は、心がこんなに穏やかなのはなぜかしら。本当に良かったと思っています」

その瞬間、仁実は漠然としていたものがはっきりしたのを感じる。孤児院にも行かず、名前も知らない他人の所にもらわれて生死すらわからない状況になることもなく、燦夏が子供を育ててくれたという事実、それがどれだけありがたいことか。仁実の目からそっと涙が流れた。そして、仁実は自分が息をしているということに気づく。生きているということにも。

「十年前の、春でした。私は東京に行きました」

「東京に来ていたのですか?」

「はい」

「十年前といえば、僕が朝鮮から戻って札幌で中学校教師をしていた頃だな。サンカさんを訪ねていけば、僕の居場所がわかっただろうに」

「趙先生に会って、あなたが札幌にいるということも聞きました」

「だったらなぜ、僕に連絡をくれなかったんだろう」

「私が知らせないでくれと頼んだんです」

仁実は簡単にその時のことを話し始めた。緒方は顔を紅潮させたり青ざめたりして口もきけない状態だったが、彼は急に立ち上がった。そして、とっさに仁実の頬をたたいた。

「き、君に僕の子を捨てる権利はない！」

叫んだ。

「ひどい女だ！　ひど過ぎる！」

緒方は怒りに体を震わせる。だが、それは長くは続かず、急に川辺に走っていくと、仁実に背中を向けたまま微動だにせず立っていた。彼は自分が恥ずかしくて仕方なかった。仁実が望もうが望むまいが、それは問題ではなく、仁実と苦痛を共にできなかったことを緒方は後悔したのだ。それでいて、仁実を許せないという激情を抑える方法が見つからなかった。

「私、帰ります」

仁実が近づいてきて言った。緒方はすまないと言えなかった。そして、哀れみを示すこともできなかった。彼の目は怒りに燃えるばかりだった。

「帰ります」

仁実が再び言った。そして、ぐいと緒方の腰を抱き、胸に顔を埋めた。

「日本が負けるまで、それまで生きていれば、私たちはまた会えるでしょう。あなたを忘れません」

仁実は緒方から去っていった。

石のように立っていた緒方は、

「僕は君を忘れる！」

絶叫した。

緒方は日が落ちるまでハルビンの街をあてもなく歩いた。ひたすら歩いた。そして、知らない飲み屋に入って夜遅くまで酒を飲んだ。彼が新京に戻ったのは翌日の午後だ。汽車を降りた彼はまっすぐ会社に向かい、休暇願を出して燦夏が泊まっているホテルに電話してからそこに向かった。部屋に入るなり、

「恐ろしい人たちですね」

と言った。

「鳥肌が立つほど恐ろしい」

「とにかく座って下さい」

「あなたたちの心臓は鉄でできているのですか？　なのにどうして国を失ったのか、理解できません」

燦夏は緒方にたばこを勧めた。

「サンカさんの家を僕が訪ねていくたびに、良心がとがめなかったのですか」

「良心がとがめるなんて。ただ、胸が痛んだだけです」

燦夏はたばこの煙を吐き出しながら、話が深刻になるのを避けようとするかのように笑いを浮かべながら答えた。

「言語道断だ！」

「国を滅亡させた高官の子孫で、日本の女と一緒に暮らしている僕はつまらない人間ですが、僕が朝鮮人であることを忘れないで下さい。仁実さんがああなったのは僕にも多少責任があるし、彼女との約束を守るべきだと思ったんです。彼女は普通の道を行く女性ではありません。考えてみて下さい。緒方さんは現実を批判し、軍国主義を嫌っていますが、自分が日本人であることを否定できますか？」

「それは別の問題です」

「所有したいと思う人と一番大事なものを捨てなければならなかった人、どちらの苦しみが大きいでしょう」

それには答えられない。

「わからないでしょう。あの夏、仁実さんが味わわなければならなかった苦痛は、新派劇みたいな感傷的なものではなかった。僕はあの時、避けられるものなら避けたかったし、避けることもできたんです。仁実さんは、すがりついて訴えたわけではなかったから」

緒方の勢いは次第にしぼんでいった。とてつもない展開、想像もできなかったこと。だがそれは、緒方にとって希望のある事実だ。僕は君を忘れる！　そう絶叫したものの、仁実は緒方に真実の余韻を残していき、仁実が産んでくれた自分の息子がいるということは、緒方にある種の喜びを抱かせた。彼の心の中には得体の知れない嵐が吹き荒れていた。落ち着きを失い、激怒したのもある意味、状況の変化に対する逆説的なものだったのかもしれない。

「あなたには息子ができ、僕は息子を失いました。僕を慰めようともしないなんて、図々しいにも程がある。僕はあなたに祝いの酒をおごりますから、あなたは僕に慰労の酒をおごって下さい。さあ、行きましょう。新京の最後の夜に思いきり飲もう」

三章　ソウルと東京

緒方は燦夏《チャンハ》と一緒に仁実《インシル》の実家の前まで来た。主《あるじ》の性格に似てこぎれいで端正に見えたかつての様子とは違い、外から見た家は年老いて苦しんでいるような印象で、暗く冷たい風が吹いているようだった。緒方はしばらく目を閉じた。過去のことが、足元から巻き上がる北風のように彼の意識の中を通り過ぎていく。それは、事件というよりも歳月だったと思えた。そうした感覚の中には、一人の子供の明るい顔があった。

燦夏に仁実の実家に同行するよう頼んだのは緒方だ。随分前のことだが、鶏鳴会事件《ケミョンフェ》の時に刑務所暮らしを共にした柳仁性《ユインソン》との関係もそうだし、満州からの帰り道だからひょっとすると当局に目をつけられるかもしれないという心配もあった。だが、何より緒方は、かつて仁性を訪ねてきて蛮勇を振るった時とは違い、一人で行く勇気がなかった。子供のことは仁性に知らせる必要はないし、むしろ知られてはいけない。子供の存在は緒方にとって驚異であり、希望だったが、柳家にしてみれば恥辱だろう。それに、燦夏も仁性とは全く知らない間柄ではなかった。死んだ兄の容夏《ヨンハ》と仁性は同じ時期に東京に留学していたから、特に親しくはなかったものの友人だと言うこともできた。だから燦夏は仁性と面識があり、ほかの後輩たちと同じように燦夏も仁性の学識と人格を尊敬していたので、訪ねてきても不思議ではなかった。

燦夏が下男に来意を告げた。

「今、ご病気で寝ておられます」

燦夏と緒方は同時に緊張する。

「容体が良くないのですか？」

「それほどでもないのですが、最近、お客様にお会いにならないんです」

「そうですか。では、僕たちが来たことを伝えて下さい。待っていますから」

燦夏は名刺を取り出し、裏面に何か書いて渡す。下男は中に入っていき、かなり時間が経った頃に、

「お入り下さい」

と二人を舎廊に案内した。その間に布団を畳み、部屋の中もざっと片づけたようだ。仁性はキャラコのパジチョゴリ〈男性の民族服〉を着ていて、昔と変わらない端正な姿で二人を迎えた。かなりの月日が流れ、年を取ったのも確かだが、仁性はひどくやつれていた。

「お久しぶりです、先輩」

緒方は床に両手をついて挨拶をした。緒方としては万感込み上げる対面だった。燦夏は軽く目礼をして座る。

「久しぶりだな」

仁性はそう言うと、今度は燦夏に目を向けた。

「いったい、何事ですか」

燦夏が訪ねてきたことは意外だったようだ。

「この人が一緒に行こうと言うもんですから、ご挨拶がてらついてきました。体調が良くないと聞きましたが、無理やり押しかけてすみません」

「大した病気でもないんですが、気がめいってしまって。ここのところずっとこんな調子です」

めったに感情を表に出さない仁性の口から気がめいるという言葉が出たのは珍しいことだ。表情も少し揺らいでいるようだった。彼は、二人は仁実の消息を知らせに来たのだろうと予感しているようだ。

「家を潰したと聞きましたが、なぜそんなことを」

やはり、彼らしくない質問だった。不安で仕方ない様子だ。燦夏は苦々しく笑う。

「諸文植《チェムンシク》が苦戦しているようですが、あの人も思ったより義理固いみたいだな」

仁性は、容夏が死んだ後に紡織会社を引き継いだ文植の話を持ち出した。

「苦戦しようがしまいが、どうせ資本主義も社会主義もみんな終わりじゃないですか。こんな時局では……戦争があるだけです」

燦夏の答えに仁性は妙な表情を浮かべたが、

「それもそうだな」

と同意を示す。

「すべて僕の不徳の致すところです」

下男が不慣れな手つきで茶を運んできた。湯飲みを手に取りながら仁性は緒方に視線を移す。

「君は何の用だ。君とはもう話すことはないと思うが」

そうは言ったものの非難している様子ではなかった。わずかな哀れみがあり、緒方もそれを感じる。

「いろいろ面目ありません」

「うむ……」

「実は、ハルビンで偶然、仁実さんに会ったんです」

そう聞いた瞬間、仁性は茶をひと口飲んで湯飲みを置いた。顔色は変わっていたが、何も言わなかった。

「元気そうで、信念を貫いて生きているみたいでした」

「……」

「お母様のことを心配していて」

そうして長い沈黙が流れた。

「そうか……だったらいい」

仁性はそう言ってまた湯飲みを持つ。

それ以上、長居できる雰囲気ではなかった。想像以上に仁性は心を痛めていたようだ。だったらいいと、そのひとことだけだったが、後悔を抑えつけているような彼の目を二人はそれ以上見ていられず、挨拶をして部屋を出た。

「妹さんに対する気持ちは普通じゃないみたいです。仁性さんみたいに気難しそうな方でも家族に対する執着は捨てられないようですね」

　燦夏が言った。

「いつも、仁実さんのことを誇りに思っているみたいでした、以前は。とにかく、僕は悪い男です。僕が彼女を朝鮮から追い出したようなものです」

「そうとは言い切れません」

「すみません」

「僕に謝っているのですか」

「いろいろと多くの人に迷惑をかけました」

「過ぎたことは忘れましょう。どんな形であれ、歳月は僕たちのそばを過ぎていくしかないのですから」

「取り返しがつかないから苦しいのです」

「忘れるんです。忘れましょう」

　そう言って燦夏は話題を変える。

「久しぶりに会ったからか、かなり意気消沈して見えませんでしたか？　あんな方ではないのに」

「そうですね。ほかに心配事でもあるのか、僕も内心驚きました」

　そう言いながら緒方は、自分と仁実の間に生まれた子供がいるということを知ったら、仁性は果たしてどういう態度に出るだろうかと考える。その瞬間、緒方は冷や汗が流れるような気がし、自分は何者なのだろうという疑問に襲われた。

二人はまっすぐ山荘に向かった。

燦夏の両親がこの世を去った後、本家には姉夫婦が住んでいて、燦夏は朝鮮に戻ってくると山荘に泊まっている。山荘は文植も時々使っているので、きちんと管理されていた。容夏が自殺した場所だが、そのまま残しておくことについて文植と燦夏の考えは同じだった。以心伝心とでも言おうか。二人は、互いの心の中に容夏に対するわずかな哀れみがあることを感じていた。子供も妻もおらず、彼のことを大事に記憶しておこうという人もいそうにない。容夏が最期を迎えた山荘までなくしてしまったら、彼の痕跡はほとんど消えてしまう。ある意味、ぞっとする場所だ。容夏の血が飛び散った洗面所で、文植はその現場を目撃した。しかし、だからこそ、二人はできるだけ山荘を利用して人の温もりを残しておこうとした。弟として、友人として、それが彼らの最低限の弔意であり、冥福を祈る気持ちだったのかもしれない。

今夜は、文植が燦夏のためにその山荘で酒の席を設けることになっていた。

二人が到着すると、既に料理人が来て準備をしているようだった。

「諸社長以外にも誰か来るんじゃないですか？」

緒方が尻込みするように聞いた。ほかの人たちが来れば気まずいし、立場が苦しくなる。

「何が心配なんですか。何も悪いことはしていないのに」

「罪人扱いされるのは事実です」

「罪人扱いされるのは朝鮮人だけかと思っていたが、悪い気はしないな」

もちろん冗談だ。

「心配しないで下さい。諸社長と一緒に来るのは鮮于信《ソヌシン》〈鮮于は二文字姓〉……」

「ああ、信さん！」

緒方は喜ぶ。

「僕と親しいことをなぜ知っているのですか」

「大学の同期だと聞きました」

「そうです。彼は誠実な人です」

「失業していたところを諸社長が助けてあげたらしい。信さんとは、鶏鳴会事件の時に一緒に捕まったそうじゃないですか」

「ええ。もう長いこと会っていませんが」

燦夏はリビングのソファに座ってたばこに火をつけた。ほとんど忘れていたが、ここに来ると兄のことを思い出す。自分の人生を進んで変え、長男の特権を使って独裁的にすべてのことを制圧しようとした容夏。自ら招いたことだとはいえ、孤独だった彼の生涯を思うと憎悪の念は消えていく。誰のことも、何も愛せなかった人の不幸、それは、突き詰めれば自分自身も愛せない不幸だった。命あるすべてのものは、誰かの蔵に押し込まれた財産の目録ではなく、剥製《はくせい》にしてそばに置いておくものでもない。蔵の鍵を唯一の友とする支配者の孤独はすさまじいものだ。支配者は支配するから不幸なのであり、支配される者は財産の目録となり、剥製にされ、破壊されてしまうから不幸になる。結局、両者とも不幸なのだ。燦夏は兄と明姫《ミョンヒ》のそんな関係を回想しながら、それを客観的に見つめられるようになったのを感じる。そして、不幸だった兄と兄嫁の明姫に対する哀れみが純粋なものになっていることに気づく。その純粋さは他人の立場から見た客観的な純粋さだった。

（忘却というのはこんなに非情なものだったのか。そうであるなら、僕とお兄さんは何が違うというのだ。結局のところ人間というのは、自分が生きることしか考えない利己的な生き物に過ぎないのか……）

あの海辺の分校で、自己防衛のためにずる賢さをむき出しにしていた明姫と、その自分勝手さに傷つき、明姫とは何の関係もない他人になってしまった自分。突き詰めれば、利己的だという面においては何ら変わりないように思えた。燦夏は、明姫の消息を誰にも尋ねたことはなかった。知りたくもなかった。文植から恵化洞《ヘファドン》かどこかで幼稚園を運営していると聞いたが、涸《か》れてしまった井戸のような心は空しいだけだった。燦夏はただ、自分のために悲しんだ。

（歳月が非情なのか、忘却が非情なのか。人は誰でも少しずつ何かを失いながら生きていく。自分自身も失いながら生きていく。失ったものの屍《しかばね》が思い出だ。そして、最後に死をもってすべて失うのだろう）

明日、燦夏はソウルを離れる。東京で彼を待っているのは、十年という歳月の無常と愛の無常だ。大事に、大事に育てた息子。大きな慰めだったあの子と別れなければならない。時が経てばいつか忘れるだろう。燦夏は軽くため息をついた。

（お兄さん、あなたは空しく生きて逝ってしまいましたが、どうやら僕もそうなるみたいです。お互い様ですね。ははは……）

一方、緒方はベランダに立って山の尾根に日が沈むのを見つめていた。真っ赤に染まった空と尾根の上の太陽は壮観だった。その空を横切っていく鳥の群れ。か細い翼で、もの悲しく鳴きながら飛んでいく。夕日がたっぷり差し込む庭にはサンシュユと椿が盛りを迎えて咲き誇り、モクレンは弾けんばかりにつぼみを膨らませ、ライラックも色づき始めた。吹雪が去り、風が去り、雨も去りゆくといつの間にか自然は、それこそ自然に華やかな姿を現していた。

ハルビンから新京まで、新京からソウルまで来る間、緒方はずっと浮かれていた。腹が立つ時も自責の念にかられる時も、気分が沈む時も絶望感を噛みしめる時も彼は浮かれていた。地下深く流れる水のように心の中を流れるあの声のために浮かれていた。山荘で過ごす間ずっと上の空で、心は東京の空をさまよっていた。そうかと思えば、得体の知れない恐ろしさが襲ってきた。それは運命にも似た恐ろしさで、ソウルでいったい何日ぐずぐずしているのだろうと思ったりもした。燦夏の家に行くたびに、おじさん、おじさんと言ってよく懐いていた子。散歩に連れていったり、一緒に百貨店に行ってプレゼントを買ってやったりもした子。それとなく二人で出かけるよう仕向けていた燦夏の態度。今になってみると、ああそうだったのかと思えること、そう言われれば変だったと思うことは一つや二つではない。なぜあの時は全く気づかず、これっぽっちも疑問に思わなかったのか。

「日本が負けるまで、その時まで生きていたなら、私たちはまた会えるでしょう。あなたを忘れません」

突然、仁実の声が耳元で熱く響いた。

(日本が負けるまで……)

同時に、さっき仁性の家を出た時、自分は何者なのだろうと思ったあの強烈な疑問が、仁実の声とぶつかって恐ろしい音を立てる。その音が頭の中に響き渡って波紋を広げる。とてつもない事実のせいで思い出す余裕もなかった仁実のあの最後の言葉が、今になって実体を現したのだ。反戦主義者であり、日本の敗戦を予感する緒方。緒方自身もあの言葉にこんなに衝撃を受けるとは思ってもみなかった。こんなにも鋭く突き刺さっているとは知らなかった。仁実の口から出たその言葉によって緒方は断崖絶壁に立たされていた。

リビングに入った緒方は燦夏と向かい合って座った。

「サンカさん」

燦夏を見つめる。

「仁実さんはこんなことを言いました」

「……」

「日本が負けるまで、その時まで生きていたなら、私たちはまた会えるでしょうと」

「それで」

「その時は、僕が逃げる番ですよね」

「怒っているのですね」

「ええ、そうです」

「それなら、仁実さんのすべての行動を理解するのは難しくない」

「そ、そうでしょうか」

「人は本質的に自分を否定することはできません」

「……」

「仁実さんが、誰の子かわからないように子供を捨てようとしたのも、理解できる気がします」

「サンカさんならどう言ったと思いますか？」

「僕だったら、そうですね、僕は、たぶん日本が負ける時までというよりも、戦争が終わる時までと言ったでしょうね。僕は仁実さんみたいな闘士ではありませんから」

燦夏は苦笑いした。

「サンカさんも日本が負けるのを望んでいるのですか？」

「僕が？」

彼はまた苦々しく笑う。

「大日本帝国から爵位を受けた家の人間で、日本の女性と結婚した僕に何が言えますか。社会主義の側から見れば人民の敵であり、独立運動の側から見れば民族の敵です。僕の立場をよくわかっているではありませんか。でも、だからといって、日本の安泰を祈ることはできない」

「……」

「日本が負けるのを望んでいる緒方さんも負けることを期待している朝鮮人も、考えてみれば同じです。日本を批判し、抑圧される民族に深く同情する緒方さんも祖国の敗戦を見るのは耐えられない。それと同じで、図らずも親日派にされてしまった人たちの胸中に後悔はないと思いますか？　誰も日本への従属を望んでなんかいません。民族の尊厳というのは変わることのない普遍的な倫理ではありませんか。しかもそれは、深い感情だから」

「愚問でした」

「悪質な親日派がいないわけではありませんが、そんな奴らは、自国が栄えれば愛国者になって忠誠を誓う。いつだって強者志向の奴隷たちです。いつの時代にも、そんな奴隷根性を持った人間や僕みたいな優柔不断な傍観者はいるもので、実際、朝鮮人の大部分が親日にならざるを得ないという残酷な現実にうめき苦しんでいるのが実情ではないだろうか」

「僕たちはいつまでたっても平行線で、敵なのでしょうか。永遠に」

「そんなことはない。その答えは、あなた自身が持っているのではありませんか」

「僕がですか？」

「世界が一つになる、それがあなたの主義であり理想ではなかったのですか。そして、隣人として僕たちに被害を及ぼさないなら、敵になる理由はありません。あなたの反戦思想はそれではないのですか」

「そのとおりです」

「だったら、僕たちは敵ではありません。友です」

燦夏がそう言うと、文植と信が現れた。

「深刻な顔をしてどうしたんだ」

文植が聞いた。

「信さん、久しぶりだな」

緒方が立ち上がる。

「ああ、元気だったか？」

信と緒方は固い握手を交わした。信の笑顔は昔と変わりなく甘くて爽やかだったが、どこか疲弊して見えた。文植は年のせいか貫禄がついたようで、嫌悪を感じさせたかつての印象はだいぶ薄れている。

「緒方さんがソウルに現れるなんて、どういう風の吹き回しですか」

遠慮のない口ぶりだけは変わりなかった。緒方は容夏の生前、この山荘に設けられた酒宴で文植と同席したことがあった。辛辣に日本を批判し、天皇という称号についてからかうように話していた文植のことを緒方は記憶している。ひどく気分を害したことも。その後も燦夏の頼みで、満州へ行く途中に文植に会ったことがあった。燦夏の態度も随分変わっていた。ほとんど忌み嫌うようにしていた文植に対して兄のように接し、信頼しているようだった。

四人は奥の間に用意された酒膳の前に座る。

「我々全員の健康を祈って、全員の無事を祈って乾杯しよう！」

文植が言うと四人は乾杯して酒を飲む。

「みんな堅物だから妓生を呼ぶわけにもいかないし、おい、信。ちょっとお前が盛り上げろ」

文植が言うと、

「俺がですか？　そんな才能はありませんよ。兄さんが妓生のまねをすればいい」

「この礼儀知らずめ。社員が社長にそんなことを言ってもいいのか」

という応酬があり、全員大声で笑う。信は緒方に杯を渡し、酒をついでやる。

「ソウルの状況はどうですか」

燦夏が文植に聞いた。

「今にも死にそうだ」

「世情はどうですか？」

「言うまでもない。お互い取って食ってやろうって躍起になっている」

「利害関係があるからですか？」

「ああ、そうだとも。庶民はとっくの昔に諦めていて奪う能力はもちろん奪われるものもなく、身を守るのに必死だ」

表現が過激だ。同じ内容でも文植の口から出ると過激になる。とにかく、彼の言うとおりなら、それこそ同族相食《は》む状況だ。

「それは庶民だけではありません。身を守るのに必死なのは皆同じです」

「まあそうだな。だが、そうではない所が一つある」

「それはどこですか？」

「知識層の遊び人が集まっている所だ」

「え？　知識層の遊び人ですか？」

「ちょっと学のある奴や口のうまい奴は多少使える情勢だということだ」

それについては誰も反応しない。初めて聞くことではなかったからだ。しかし、文植は話を続ける。何でもいいから話を途切れさせずに雰囲気を和らげ、場を盛り上げなければならない。離れていた時間が長かっただけに距離を縮める必要があり、実際、うれしくもありながら気まずい空気もなくはなかった。後輩に当たる三人の男はそれぞれ性格が異なり、生きている環境も違っていたが、共通点があった。内省的で生真面目で、冗談を言ったりおどけたりする男たちではないということだ。結局、信の言うとおり、いつものように文植が妓生のまねをするしかなかったが、話の内容は酒の肴にふさわしい軽いものではなかった。口が荒い方で、いつも皮肉るような言い方をし、大げさではあるものの、実際、文植なりの鋭い視点はいつも核心を突いていた。

「朝鮮半島の人員構成を見ると、韓国併合後に朝鮮時代の上層部と中間層のうち、非常に少数の知識人と地主を除くほとんどが、形はどうあれ農民や労働者に吸収されてしまったと言える。その二つの巨大な集団のどん底にへばりついてかろうじて命をつないでいるのが零細商人や漁師、都市の雑多な業種の経営者と従業員、そして、下級事務職だ。知ってのとおり、最近になって農村から多くの人が賃金奴隷として朝鮮の都市や日本、満州に出ていき、労働力が補充されないまま前と同じ面積の農耕地で農産物を生産している。労働力は減ったのに農地面積はそのままで、結局、貧困と劣悪な生活環境が、落ちる所まで落ちてしまったのが農村の実態だ。そんな状況で供出という、農民にとって新しい収奪方法が出現した。これまで、日本の庇護を受けて安楽に暮らしてきた地主たち、もっとも、それは企業を経営させないようにするための日本の政策だったんだろうが、とにかく、供出という新しい制度のせいで収奪者だった地主階級が被収奪者に転落したのは明らではないか」

「ところで、なぜ話がそっちの方に行くのですか、話をそらしてるんですか?」

信が皮肉った。

「おとなしく聞いてろ。周辺の事情から話しているところだ。夜は長いから急ぐことはない。とにかく、日本はそうやって農民を片づけた。その次は労働者だが、全くひどいもので手も足も出せないようにされてしまって、今では自ずから言うことを聞くようになっている。翼の折れた労働者は何もできない。彼らにとっては職場を失いかねないことが問題で、どうか首を切らないで下さいと言わざるを得なくなってしまったんだ。なぜか。職を失えば、徴用が待っているからだ。それから、さっき話した、どん底にへばりついている可哀想な雑多な業種の従事者たちについては、既に根を張った二つの巨大な集団と運命を共にしているからこれ以上何も言う必要はない。さあ、これで明瞭になったが、農地と農民を合わせた農村は日本の軍糧米の貯蔵庫であり、労働者は一人残らず軍需品だ。それも、軍需品の部品ってわけだ」

文植はいったん言葉を切って酒を飲み、ほかの三人も酒を飲む。燦夏が小さな声でつぶやく。

「新しい話でもない」

多少の誇張はあったものの、文植の話は嘘ではなく、緒方は彼が日本語を流暢に話すことも知っていた。そして、燦夏の言うとおり、新しい話でもなかったが、文植の話には新たな刺激を与える力があった。

「そういう面においては、日本国内も大同小異ではありませんか」

緒方が言った。

「もちろん、そうだろう。戦時体制というのは、まさにそういうものだから。だが、この戦争は朝鮮人の戦争ではない。朝鮮人の生き残りと利益をかけた戦争ではないということだ。もっと正確に言うなら、自滅と自殺を強要されている。朝鮮人を拘束し、消滅させるために、我々の膏血《こうけつ》が絞られているんだ。緒方さんはそんな悲劇を理解しているのかな。もう一つの理由は、上流層と中間層が日本には厳然と存在しているという事実だ。まさに彼らが主戦派であり、司令部だから」

「……」

「何だか、報復するための会議でもしているみたいですね、兄さん。いったい、俺たちは何なんでしょうか。知識層の遊民？　ははははっ……」

信がもの悲しげに笑った。

「これからは昼間に出る昼の化け物だ*」

「昼間に夜の化け物が出ては困ります」

信が応酬する。

「こいつを連れてきたのは失敗だった。信、お前はいつからそんなひねくれ者になったんだ。新聞社を首になったからか？　そうでなければ、新聞社で日本人に媚びる癖がついたのか」

「みんな頭がおかしくなっているのに、俺だけまともではいられませんよ。とにかく、お先真っ暗です」

「ソウルの状況でも話して下さい」

燦夏が言った。

「狂気の沙汰も、どうぞどうぞと勧められるとできないものだと言うが。本当にやる気が失せるな」

「萎縮するような柄ではないでしょう。兄さんの一番の武器は肝っ玉じゃないですか」

「ふん、わかってもらえてありがたいことだ。俺が全部食い潰してやろうと思ったんだが、それもままならない情けない時代だ」

「誰も止めませんよ」

燦夏が笑いながら言った。

「わかってないな。それができないのは俺が無能だからじゃない。何もかも使い物にならなくなったからだ。ポンコツだよ。すっかりポンコツだ。容夏が生きていたってどうしようもなかっただろうよ。誰かみたいに逃げる所でもあれば逃げてたが、にっちもさっちもいかなくなった」

「大げさな。台洙《テス》兄さんは上手くやってるじゃないですか」

「満州進出のことか？　あれはひどい間違いだ。近いうちに元金も失って手を引くだろう。今はじっとしている方がいい。誰であれ、じっとしているのが得策だ」

文植はまた話を続ける。

「とにかく、昼の化け物が横行しているソウルの話は終わりにして。どこまで話したかな。ああ、そうだ。ほんのわずかだけ残してある部分、つまり、企業は軍需工場として徴発されるか献納するかのどちらかで、利益追求のための競争はもう不可能だ。運よく難を逃れた企業は、おとなしく言うことを聞いていればいい。学生？　ああ、そうだ。学生がいたな。学生は兵営に閉じ込められている。学校が兵営だ。つまり、動員令さえ下れば、いつでも出兵できる準備が整っているってわけだ。補充兵にされるか、あるいは、日本軍の最前列で銃弾除けに立たされるか、それも時間の問題だろう。二つの新聞社が潰れたが、官報や愛国忠誠の美談を大きく載せ、大胆にも虚偽の戦果を羅列したり、献金や献納、志願兵を督励したりするだけなら、御用新聞一つあれば十分だよ。紙が不足してるんだから、正しい判断だ。その分、親日の記事が減るだろうし。ところで、いよいよ拡声器が必要な時が来た」

信がその言葉の意味を理解してげらげら笑う。

「ほほう、信よ。笑ってる場合じゃないぞ。お前の首にも剣先が向けられているのがわからないのか。泣いてもどうにもならない状況だっていうのに」

「ええ。だから、南天沢《ナムチョンテク》、あの兄さんが一目散に逃げたじゃないですか」

「南天沢って誰ですか」

燦夏が聞いた。

「知らないのか」

文植が聞き返した。

「知りません」

「そんな怪物が一人いる」

と言うと、信が続けた。

「二大怪物の一人です。諸文植に南天沢、ソウルの妓生も皆知っている人物だが、諸社長はグロテスクな鬼神で、南天沢は広大の鬼神です」

「怖いもの知らずな奴だ。飯の種を失いたいのか?」

「兄さんの飯の種はすぐになくなりますよ」

「まったく、信も偉くなったもんだ。南天沢は、徐義敦《ソウィドン》の後をついて回っていたかと思ったら、つまらないことばかり覚えて駄目になった」

「南天沢という人は今、どこにいるんですか?」

「姿を隠して六、七カ月ぐらいになるか、信」

「そうですね」

「捕まったんですか?」

「あのこざかしい奴が? まさか」

「いろいろささやかれてます。中国に行ったと言う人もいるし、ソ連に行ったといううわさもあります」

「どこに行っても騒がしい奴だ。正体がつかめないし、彼は共産主義者だといううわさだ。一度も臭い飯を食ったことのない共産主義の中心人物だとさ」

「誰も確かなことは知りません。やたらと頭が良くて天才と言えるけれど、私生活がこれまたかなり奇妙だからうわさの的になっているようです。しばらく専門学校の教授をしていたが辞めてしまい、結婚もしていないのにいつも女がいて、会うたびに違う女を連れていたそうです。それなのに、怨んだり、彼にすがりつく女はいないらしい」

「身なりはタンタラ〈旅芸人を蔑む語〉以上だ。それに、一生人の金で暮らしていて人の懐から金を出させるのも天才的だとか。ところが、金を出してやった人たちが最後まで彼を見捨てないっていうんだから、まるで、ドン・キホーテだ」

「諸社長は会ったことがあるんですか」

燦夏が聞いた。

「会ったどころか、何度も一緒に酒を飲んださ」

「諸社長から見てどんな人物ですか？」

燦夏が関心を示す。

「天才であることは間違いない。彼の博識ぶりは、右に出る者がいないほどだ。ところが、正体がさっぱりつかめない。実際、性格はひとことで言い表せないし、人を魅了する力がある。とにかく、そんな秘密めいたところが人を引きつけるのか。臭い飯を一度も食ったことのない共産主義の中心人物というのは、人々の臆測だろうが」

「天沢兄さんについて皆があれこれ言うのは、もしかすると、心の中にある自分自身を投影しているからかもしれません」

天沢の話に深く入っていくのを望まなかったのか、信は文植を遮るように言った。

「それはどういう意味ですか」

燦夏が聞いた。

「表面上は平穏なようでも、ソウルの空気は不安定で、皆がうろたえています」

「うろたえない方がむしろおかしいだろう」

文植はそう言って酒を飲む。

「去年の初めに創氏制度が施行されてから『東亜日報』と『朝鮮日報』がご存じのとおり廃刊され、続いて九月には、反戦運動団体だといってキリスト教徒たちを一掃するように検挙したではありませんか。それに、国民総力朝鮮連盟*を創設しました。それは、さっき文植兄さんが言った農村は軍糧の貯蔵庫であり、労働者は一人残らず軍需品の部品だというのと同じ脈絡です。それをより強化するために皇民化政策*とか何とかいうのが盛んに行われているが、ひとことで言って漫画です。至る所で漫画みたいなことが起きています。ウィリアム・テルみたいに圧政者の帽子に敬礼しろと言われれば、敬礼するぐらいは何でもない。朝鮮人は、最も野蛮で最も無知な種族に転落しなければならない状況です。日本人はそんなことにはほとんど関心がないみたいですが、現人神を信じない朝鮮人にしてみれば、腹の皮がよじれるほどです。しかし、朝鮮人がその悲劇の観客ではなく役者であるという点が残酷なんですよ。とにかく、今年に入って以前にはなかった朝鮮思想犯保護観察令*が改正され、予防拘禁令として公布されたのはさらに朝鮮人を追い詰めようということで、想像の範囲内ですが、人々が心理的に追い詰められるのは当然です。どこでもいいから国境を越えたいという誘惑を、ほとんどすべての人が感じているはずです。意識しているかしていないかの違いがあるだけで。そんな心理状態が、天沢兄さんがソ連と満州の国境を越えたというとんでもないうわさを生み出しているのではないでしょうか」

ようやく結論が出た。

「言ってみれば、脱出心理だというのですね」

燦夏が言った。

「そうです」

「ほとんどすべての人という言葉は正確ではないな」

文植が言った。

「俺は知識人のことを言ったのです。そもそも、文章を書いたり偉そうな口をきく人たちの話ではなかったのですか」

「わかっている」

「親日派は脱出したがらないと言いたいのですか？」

「まあ、親日派もいろいろだからな。しかも、その複雑なことといったら並大抵じゃない」

「兄さんは、人間の機微を知らないからそんなことが言えるんです。いつも完璧な理論を持ち出してくるのが兄さんの特技ですが、それは単なる絵であって立体ではありません。それでは人の心理を十分に理解できない。もっとも、恋愛の一つもしたことがないんだから、人の深層心理を理解できるはずはないでしょうが」

皆、笑った。

「なぜそういう話になるんだ。こいつめ、俺だってしたくなくて恋愛をしないわけじゃないぞ。そもそも、恋愛っていうのは美男美女のお遊びで、俺みたいな面をした人間には恋愛する資格がないんだから仕方ないだろう」

「ノートルダムの鐘つき男もいるじゃないですか」

「美女をさらってくる鐘塔もないし。信、お前が知らないだけだ。うわさになる恋愛なんてほとんどが偽物だ」

文植は大声を上げて笑う。

「くだらない話はそれぐらいにしよう。お前が酔ってるせいで話がやたらとそれてしまう」

「もともとそれが兄さんの話術じゃないですか。周りから徐々に詰めていく……。なのに、今回は速度が遅過ぎるからそうなるんです」

「こいつめ、お前だってそうだ。ぐるぐる回っていたかと思ったら、話の要点を隅っこに押し込める。あいつらと付き合って悪いことばかり覚えやがって」

「兄さんが言おうとしていたのは、日本の羽織袴を着て朝鮮神宮*に行き、神官の前で結婚式を挙げる純粋な親日派のことではないのですか？」

「少しはわかってるじゃないか」

「脱出なんて考えもしない彼らの忠義について話そうとしたんですよね」

「そのとおりだ」

「兄さんの話には矛盾があります。そうでなければ、健忘症か。兄さんはいつも言っていました。そんな連中は強い者に従う奴隷に過ぎない。自分の国が栄えれば愛国者にも忠臣にもなる連中だって」

「そうだな」

「奴隷たちは主人が変わっても忠誠を尽くすものだ、それが誰であっても縄をつかんだ人を主人だと思う彼らは犬だ、そう言っていたではありませんか」

「ああ、言った。それのどこが間違っているんだ」

「その純粋な親日派たちこそ、誰よりも先に脱出への誘惑を強く感じるだろうと俺は思います」

「……？」

「彼らが生き残るための秘策は何だか知っていますか？　力の重さを測るとても正確なはかりを持っていること。俺はそう思います」

「ふむ……」

「日本が負けるという気配を真っ先にかぎつけるのは彼らだということです」

「だが、彼らは今も先頭に立ってふざけたまねをしている」

「その中には情勢分析もできない馬鹿や臆病者、そして、愚直な奴らもいるでしょう。急に方向を変えることのできない大馬鹿者は結局、討ち死にするんです。しかし、彼らはそうではないはずです。純粋な親日派たちが独立軍の裏金を用立ててやっているかもしれないし、形勢をうかがいながら独立万歳と叫んで何カ月か勾留された後、朝鮮が独立する日に大手を振って通りを歩くことを考えているかもしれません。

彼らは最も賢明に、抜け目なく生きる人たちです。どこにでも適応する植物のようにしぶとく。本来、生物は皆、そうなるようにできているのかもしれませんが。俺は人間だと叫んでみたところで何にもなりません」

信は辛辣だった。緒方は驚いたように信を見つめる。信はこれまで、自身が目撃してきた現実に何度も身の縮む思いをさせられてきたが、おりのように体にたまった汚れを意識するように、彼の目は絶望的な悲哀に満ちていた。緒方は、信の目とぶつかった視線をかろうじて外すようにうつむく。

「李源鎮《イウォンジン》はどうですか」

燦夏も憂鬱そうな顔で何気なく聞いた。

「あの人は諦めたのではないでしょうか」

「どういう意味ですか」

「自分はどちらからも抜け出せないと」

「そうでしょうか」

「わかりませんよ。ひょっとすると愚直な人かもしれないし、方向転換できずにいるのかもしれない」

「僕の目にはむしろ、狂信しているように映りました。満州で発行されている新聞で彼の新年の挨拶を読んだことがあります。何をおいても日本人になっていただきたい。天皇陛下に忠実な臣民になるよう努力し、志願兵にもどんどん応じて内地式の氏名に改名なさることを望みます。そんなことが書かれていました。僕みたいな者でもこれはひどいと思いました」

沈黙が流れる。しばらく何も言わずに酒を飲んでいるうちに、彼らは急に孤独に襲われた。

「拡声器の話はどうなりましたか」

既に知っていることを燦夏は、沈黙を埋めるかのようにぎこちない口調で聞いた。

「信、お前が話を締めくくれ。割り込んできた者が責任を持って終わらせないと」

文植がたばこをくわえて言った。

「まったく、ばかばかしい。どうせみんな知ってるんだし、青筋を立てて怒ったところでどうしようもないのに。わかりました。話しますよ」

信はかなり酒を飲んだみたいだった。

「さっき、文植兄さんが、農民がどうとか労働者がどうとか言い連ねましたが、そのとおりです。あの話は正しい。だが、それは陰でこっそり進められたことです。水面下で行われたことだとでも言おうか。大騒ぎする必要はなかった。銃を見せれば済むことだったんです。水の中で銃や刀を振り回したところで音はしませんから。でも、おおっぴらにやるんなら、音楽隊を呼んできてちょっと驚かせる必要があります。拡声器も設置して。創氏改名に志願兵に皇民化政策、そこに知識人の意見は欠かせないでしょう。この先、徴兵があるだろうし、学徒動員もあるだろうし、愛国心に燃え真理を探究する学者や、人生の意味を考える文学者、大日本帝国の兵士を育てる教育者が黙っていません。そこにも主導権を握る派閥があり、疎外される部類がいるかと思えば、何としてでも中に入り込もうとする輩《やから》がいる。気配を察して田舎に都落ちしようとする良心派、満州や中国の知人を頼って逃げる人、病気を装って家に閉じこもる人と、実に離合集散に忙しい。俺みたいな存在は、いつどうやって予防拘禁されるかわかりませんから、かえって気が楽です。こんな世の中、本当に生きる価値があるのか、死んだ方がましなのか……。冬が過ぎて春になれば大勢死んでいくでしょう。志操のある人こそ風前のともしびで、変節しやすいものです。親日で甘い汁を吸い土壇場になって独立万歳を叫ぶ愛国者と、苦難に耐えてきた末に屈してしまった変節者。どんな計算法で解答を出すべきなのかわかりません」

「それこそ大騒ぎですね」

燦夏が言うと、信が答える。

「大騒ぎでもあり、めでたいことだと言う人もいます」

「そういえば、仁性さんはお元気ですか」

それとなく聞いてみる。

信は、一瞬にして酔いが覚めたように燦夏をじっと見つめ、自分の言動を恥ずかしがるような表情に変わる。

「趙さんは柳先生と……知り合いなのですか」

と聞いた。

「顔を知っている程度です。死んだ兄とは仲の悪い友人だったとでも言おうか」

「そうなんですか。まあ、そうでしょうね。文植兄さんともあまり仲が良くなかったですから」

決まり悪そうに笑いながら、信はうつむく。

「今まで何を言っても許してきたが、信よ、お前の頭の中にはなぜそんなに確固たる階級意識があるんだ。仁性のことはいつも先生と呼んで、俺のことは兄さんと呼ぶ。嘘でもいいから俺の機嫌を取ってみろ」

冗談半分、本気半分だった。

「やめて下さいよ、兄さん。こんなに貧しい俺に妓生を呼んでもてなせとでも言うんですか」

「腹が減っては戦はできぬ。それが人生ではないか。生きるとはそういうことだ。深刻になったところで、妙案を思いつくわけでもない。妓生の歌でも聞いて楽しもうじゃないか。これまで妓生屋が繁盛していたのも、四方八方がすっかり塞がってしまったせいだ。行く所がなかったのさ。そうだろう。はした金があって親日だからといって、日本人がうまい肉を分けてくれるはずがない。全部自分たちのものだ。涙の代償にもならないはした金や利権を得て媚びへつらっている親日派も、考えてみれば哀れな連中だ。それにしても、羨ましいぞ。柳仁性が羨ましい。こんな時代に、お前みたいな子分がいるなんてな」

「仁性さんに何かあったのですか」

燦夏が文植に聞いた。緒方の表情は緊張していた。

「柳家はひどいことになっている」

「どんなふうにですか?」

文植はしばらく緒方を見つめた。視線をそらしながら、

「不幸というのは、いつも一度に押し寄せるものらしい」

「……」

「一人息子は今、馬山《マサン》にある結核療養所に行っている。それもかなり重症だという話だ。娘たちは嫁に行ってそれなりに暮らしているみたいだが」

文植は話を省略したようだった。

「当局はもちろん、親日派たちにもいじめられている。過去の論敵たちも、ここぞとばかりに隠し持った錐や針で刺してくる始末で、つまらないまねをして仁性に批判された者たちは、後ろ手を組んで彼の不幸を見物している。しかし何よりも、彼が信じていた人たちが順番に変節していくのを目の前で見るのが一番つらいことだろう。それこそ孤立無援で、冷たい風がびゅうびゅう吹いている。義敦の場合は台洙が後ろ盾になっているし、弟の永敦《ヨンドン》が会社の幹部で義敦の家族の面倒を見ているから、明日捕まることがあってもどうせ金笠《サッカ》*の身の上だ。そのうえ、図々しくて口が上手くて、どこへ行っても自分の居場所を見つけられる。だが、仁性みたいに原理原則から逃れられない人は生きづらいな。こんな乱世ならなおさらだ。仁性の性格は、彼が可愛がっていた後輩の緒方さんもよく知っているでしょう」

「もちろん、し、知っています」

緒方は針のむしろに座らされている気分だった。日本を非難されるのはいつものことだが、文植が省略した部分が気になった。きっと、自分と仁実に関することに違いない。緒方はそう思わずにはいられなかった。もちろん、仁性が傷つくだろうと考えなかったわけではないが、自分たちのせいで何かもっと深刻なことが起きていると思ったのだ。しかし、それは緒方の思い違いだった。省略されたのは仁性の妻、石《ソク》氏のことだった。娘を嫁にやっていよいよ年老いていくだけという時に、姑が亡くなってたがが外れた石氏は頻繁に外出し、目に余る浪費を重ね、それによって家が荒廃していった。口では息子のせいで心を病んでしまったと言っていたが、そうではなかった。不思議なことに彼女にはもともと母性愛がなかった。姑が子供たちを育てたからかもしれないが、石氏は全く子供たちを愛していなかったのだ。仁性は時々、息子に会いに馬山に行ったけれど、結核がうつることを心配してか、石氏は一度も息子を訪ねていかなかった。食べたいものを食べ、着たいものを着、ちょっと体が弱ったかと思うと補薬を飲み、行きたい所にはどこにでも行った。結婚のために中退したものの、名門女学校に通っていたのが自慢で、考えが浅く、日本の通俗小説を読んで低俗な雑誌をぱらぱらめくるだけなのに、自分は知的な女だと錯覚していた。そういう面も寛容な心で受け止めて石氏を愛していた仁性だったが、息子が病気になってから母性愛のない彼女にいや気が差し始めた。

「どうしてそんなことができるんだ。獣だって、自分の子供のためにははらわたがちぎれるほど鳴き立てるっていうのに」

仁性は嘆いた。いや、妻を憎悪した。病気の息子を放ったらかしにしていることに怒りを感じ、浮気される方がまだましだと思っていた。石氏は石氏で夫を大事に思っていなかった。学歴があり、人格者で、愛国志士である夫を誇りに感じ、仰ぎ奉っていた純情な昔のことを今になって家に閉じこめられて空しく過ごしていたみたいに悔しがり、二度とあんなふうには生きないと言いながら、小金のある暇な女たちと付き合っていた。度重なる散財によって自然と借金をするようになり、裕福な実家の兄弟にも無心していた。彼女は仁性を甲斐性なしとみなし、彼の立場が弱まれば弱まるほど役立たず扱いして身勝手に振る舞った。一つ屋根の下で他人のように暮らすようになって既に数年が経っていた。疲弊しきった仁性は実際、老いさらばえて牙の抜けた虎だった。

「それでも、土地を少し持っているだろう？」

「わかりません」

文植の問いに信が答えた。

「息子のために材木屋は売ったんじゃないのか。確か、人の手に渡ったと聞いたぞ。信、そうだろう？」

「そのとおりです」

燦夏と緒方は昼間会った仁性の姿を思い出す。

「今すぐどうこうなるというわけではないだろうが、気の毒だな。剛直な性格で、人の助けを受け入れるような人でもないし」

「拘禁されるのを一番恐れているのは柳先生だと言っても信じませんよね」

信は突然、言った。

「どういう意味だ」

「ですが、あの人は最後まで転向しないはずです。持ちこたえるでしょう」

「なぜそんなことを言うのだ」

「ひとことで言って、つらい闘争です。それに負けないくらい自責の念も強いし。先生は自分が拘禁された後の息子の運命を心配しているのです」

仁性が自責の念にかられるのは、母が仁実に会えないまま自分を怨んで死んでいったことと、仁実に独立運動の道を歩ませたのは自分だという深い後悔のせいだったが、信はそのことについては触れない。

「息子のことが心配なんですね」

燦夏がつぶやくように言った。

「死ぬかどうかは天に任せているのでしょうけど、どんな姿で死に、どんな姿で生きるのか、それを心配してるんです」

「つまり、奥さんのせいなんだな」

文植の言葉を受けて信は、

「そうでしょうね。奥さんは、すべて一人で食い尽くしてしまうことでしょう。髪の毛一本傷つかないように風が吹けば布団の中に入り、腹が減ったら中国料理の出前を頼んで、肉が食べたくなったら豚肉をゆでて食べ……。そうする間も息子は窓ばかり眺めていて、誰にも気づかれることなく一人死んでいくかもしれない。そうならないように、柳先生は自分の胸に抱いて息子を見送ってやりたいのでしょう。惨めなことです」

信はそんな形で仁性の家の事情に少し触れた。

「そうそうある話ではないな。一種の性格的欠陥だと言えるだろう」

「娘を女郎屋に売り飛ばす親もいますからね。そんな人間は呪われてこの世に生まれてきたんです」

「貧しいのは罪だ」

「子が親孝行するのが当たり前になっているのが問題です。当然の権利のようになっている。『沈清伝《シムチョンジョン*》』をこの地から永遠に追放し、抹殺しなければなりません。最も醜悪なエゴイズムの極致ではありませんか」

「そうかと思えば、高麗葬《コリョジャン*》もある」

緒方は、便所にでも行くかのようにそっと立ち上がった。廊下に出るとめまいを感じ、頭が割れるように痛かった。小さい頭にあらゆるものをくしゃくしゃにして押し込んだような気分だ。彼は、昨夜寝た部屋に戻った。月の光を受けた窓辺のベッドに、荷物を下ろすように自分の身を投げる。月は、窓の外にあるケヤキの小枝の間にかかっていた。

波が押し寄せては返し、また押し寄せるように、何も終わらなかった。終わりのない持続であり、終わりのない変化だ。

夜鳥の鳴き声が聞こえてくる。

(このまま行っては駄目だ。このままでは行けない)

目を閉じる。網膜に子供の顔が浮かぶ。深く考えられなかった。深く考えてみる余裕もなく、時間があっという間に過ぎていく。やみくもに新京を発った。もしかするとそれは、もがいていただけだったかもしれない。子供に会わなければ！　子供に会うのだ！　その思いは遠い所でまたたく明かりに向かうようでもあり、すぐ近くで胸を焦がす火の玉のようでもあった。緒方は子供の運命を考えていなかった。会う前に子供の運命について十分考えなければならない、緒方はそんな厳しい現実にぶち当たった。

(感情を排除しなければならない。子供は果たして僕についてくるだろうか。変わってしまった運命を受

け入れるのは容易ではないはずだ）

緒方は一睡もできなかった。それなのに、文植と信がいつ出ていったのか気づかなかった。出発の朝はひときわ慌ただしい。燦夏と緒方はそれぞれ旅行かばんを持って駅に行った。燦夏はコートの襟を立て、ずっと黙っている。汽車の切符は事前に買ってあったので、二人は二等席の待合室で立ったまま出発の時間を待った。緒方は、話しかけるなという無言の圧力を燦夏から感じる。いや、燦夏は自分の世界に閉じこもっていたのかもしれない。汽車に乗り込んだ後も、睡眠不足だった二人は眠ってしまい、特に何も話さなかった。食堂車で昼食を取る時に、ひとことふたこと交わしただけだ。

緒方が深刻そうに話を切り出したのは関釜連絡船*に乗船してからのことで、甲板で夜の海を見つめていた時だ。

「奥さんはご存じなのですか」

「子供のことですか？」

「はい。僕があの子の父親だということを」

「知りません」

「なぜ話さなかったのです」

「秘密を守るために」

「奥さんを信じていないのですか」

「信じています。最初は……ただ、話したくなかったんです。秘密を守るというのは言い訳で」

「混血だからですか？」

「そうだと思います。芙美《ふみ》も同じですが……。でも、後になって理由が変わりました」

「……」

「妻を失望させたくなかったんです。父親があなただと知れば、彼女は子供を奪われると思ったでしょう。僕もそのまま自分の息子にしてしまいたいと思ったぐらいですから。妻は荘次を愛しています。時には、僕がよそで作って連れてきたのではないかと疑いもしましたが、それは彼女にとって何の問題もありませんでした。妻も私も、あの子を育てながら幸せでした」

「今も同じ気持ちですか？」

「言葉にならないほど寂しいです。どこかにぽっかり穴が空いてしまったような気がして。妻のことを考えると怖いです。ショックを受けるでしょう。青天の霹靂《へきれき》でしょうから」

「そういう意味ではなくて、子供に対する愛着、愛情です」

「本当に変なことを聞きますね。数日で愛情が変わったりはしませんよ」

「羨ましくて、嫉妬してしまいます」

「……？」

「僕の役割を奪ったことに対する憎しみもありますし」

「また変なことを言う」

燦夏はたばこをくわえて苦笑いする。

「冗談ですよ、サンカさん」

「ここからは本当の話ですか?」

「ええ。僕はまだ五十歳になっていません。四十半ばですが、召集されないとは言い切れません」

「それで?」

燦夏は驚いた顔で緒方を見つめる。

「昨日、夜通し考えました。子供の将来を。あの子を満州に連れていって、僕一人で育てたらどんなことになるかと。気持ちとしてはあの子と離れていたくはありません。僕はこれから、人生をまじめに考えるつもりです。でも、それはあくまでも僕の気持ちであって、僕の人生だから……。あの子は優しい両親やお姉さんと一緒に幸せに暮らしてきました。それを壊す権利が僕にあるのか。明日をも知れぬ流れ者のような父親についていてくれば、新しい世界を経験しなければなりません。もちろん、こんな戦時でなければ僕は決してこんなことは考えなかったでしょう。サンカさんが望むなら、大きくなるまでこのままにしておいてはどうかと思って」

「本当にそう思っているのですか」

燦夏の声が弾んだ。

「戦争が終わって僕が生きていたら、その時は返して下さい」

「よく決心しました。本当によく決心しましたよ。僕も似たようなことを考えていましたが、自分からはとても言い出せなくて」

「本当に悲劇ですよね」

「そんなふうに思わないで下さい」

「母親も父親も生きているのに……とにかく数奇な運命です。それより、今まで言えずにいたことがあります」

「何ですか」

燦夏は急かすように言った。

「ありがとうございます。本当にありがとうございました」

緒方は頭を下げた。

「とんでもない。僕の方こそお礼を言わないと。本当に荘次を手放したくなかったんです。いろいろと、僕を許して下さい」

いつもの燦夏に似合わず取り乱しているようだった。緒方はたばこをくわえる。

「僕たちも本当に腐れ縁ですね。ハルビンで尹さんに会った時、彼は仁実さんと僕のことを切っても切れない縁だと言っていました。僕たちは生きて会えるでしょうか」

月光の下で緒方は、自分の将来をはるか遠い水平線のように感じる。

「いいえ、必ずそうします。戦争が終わって仁実さんに会えたら、僕たちが生きていたら、あの人と僕の息子を連れて北の国に行きます。氷河を越えて」

緒方は信じられない夢を見ているように言うと、大声で笑った。ひとしきり笑って笑いやんだ瞬間、緒方の耳に連絡船の汽笛が轟音のように響いた。金属がこすれて摩耗するような、規則的に聞こえてくる轟音。心臓が破裂するようだった。それは、自分の心臓が鼓動する音でもあった。波を切り、夜の船は朝鮮海峡*を過ぎていた。関釜連絡船「金剛丸」。朝鮮人を次々と労働者として運んでいった巨大な船。その船で次々と運ばれた植民地移住者や満州開拓民、兵士たち、そして、軍部と結託した搾取目的の各種事業者。緒方は自分もその事業者にぶら下がって暮らす一匹のゴキブリのようだと感じる。自信と誇りに満ちた金剛丸は陸地と陸地をつなぐ巨大な機械で、海を渡る間、それは絶対的な君主だ。現代文明の産物であり、暗闇の中でもきらびやかな光を放ち、その威容を誇る船。しかし、緒方は前が見えないと思う。巨大な機械の拍動、エンジンの音ばかりが空と海を覆い尽くし、前が見えないと緒方は思う。それは恐怖だった。この機械の無数の双生児たち、タンクや大砲、飛行機、汽車、汽船、自動車、軍艦——そんなものたちに制圧され、おとなしく従い、あるいは悲鳴を上げる人間たちは、ただ時間を計り、数値を注意深く観察していればいいだけの、また一つの機械なのか。

「いったいいつまで荒れ狂うんでしょうか。どれだけ人が死ねば戦争は終わるんでしょう。戦争に狂った奴らのために科学が発達し、富を蓄積するために科学が発達し、なくてもいい、いや、なくすべきもののために資源と人力が動員され、生産に血道を上げる。この果てしない浪費は結局、人類が全滅しなければ終わらないのでしょうか。そうです。軍国主義は滅ぶべきです。植民地政策は終わらせなければなりません。浪費と蓄積の病的な状況を克服しない限り人間らしく生きることはできず、命が保たれることもないでしょう。諸社長の言うとおり、農村は巨大な軍糧の貯蔵庫で、労働者は皆、軍需品の部品です。それだけではありません。労働者を消耗品と見れば、地主たちが農民に転落するように、労働者ではない人も労働者として供給されることになるでしょう。もはや抵抗はありません。滅びるしかない。人間らしく生きることのできる歴史の変革のために、人類のために滅びなければならないのです」

緒方の声は悲痛だった。

「そのとおりです。神国ではない地球上に生まれた人として、誰も皆、そうやって生きるべきです。現人神ではなく、人として崇められるべきです。ええ、それを打破しなければ……荒唐無稽な論理は壊さなければなりません。富の散失であり象徴でもある機械文明も止めなければなりません。だけど、いつ？　最も合理的な科学が人の理性を破壊しているなんて皮肉なことです。とはいえ、いったん現れた以上、それらは行きつく所まで行かなければ引き下がることはないでしょう」

燦夏は悲観的に言った。

二人の男が調布にある燦夏の家に到着すると、則子《のりこ》が暖かい春の日差しを浴びながら、はさみを手に花壇のスイセンを切っていた。

「まあ！」

則子は驚いて立ち上がり、

「お帰りなさい」

と挨拶してから聞く。

「何事ですか？　お二人一緒だなんて、本当に意外です」

則子は灰色地に黒みがかった赤紫の花模様が入った大胆な着物に金色の帯を締めていた。黄色の帯締めと大ぶりのヒスイの帯留めが目に付き、白い足袋と半襟が清潔に見えた。彼女が着物を着ることは滅多にない。燦夏に気を使っているのか、普段はほとんど洋服で、久しぶりの着物姿は色っぽかった。

慌てて出てきて丁寧に挨拶する下女の春に旅行かばんを手渡しながら、

「そういうことになったんだよ。偶然に」

燦夏が言い、お市にかばんを渡した緒方は、

「お久しぶりです、奥さん」

と則子に挨拶する。

「よくいらっしゃいました。さあ、どうぞお入り下さい」

と則子が言うと、

「子供たちはどこにいる」

燦夏が低い声で聞いた。

「宿題をしています」

一行が応接間に入ると、

「芙美ちゃん、荘ちゃん！　お父さんが帰ってきましたよ」

則子はよく響く大きな声で言った。部屋の戸が騒がしく開く音と共に、芙美と荘次が飛び出してきた。

「お帰りなさい。お父さん」

女学校に入ったばかりの芙美は、礼儀正しく挨拶をする。だが、荘次は、

「お父さん!」

と燦夏の腰に抱きついて燦夏の顔を見上げる。それは美しい光景だった。

「おじさんにも挨拶しないと」

則子は子供たちをにらむようにたしなめる。

「あっ……」

荘次が頭をぺこりと下げて言う。

「おじさん、こんにちは」

芙美はにっこり笑う。赤いセーターを着ているからか、恥ずかしいからか、顔が少し赤らんでいる。

「いらっしゃいませ、おじさん」

つつましくお辞儀をし、大人っぽい口調で挨拶した。

緒方は眼鏡の奥の目を細めて荘次を見つめていた。うれしくてウサギみたいにぴょんぴょん飛び跳ねる。衣服にはしわ一つなかった。初めて会うわけでもないのにまるで初めて会ったように思えた。荘次は、燦夏が仁実に言ったように明星みたいに朗らかな子だった。そして、その姿にはまるで刻印のように仁実の面影があった。特に鼻筋から目元にかけて仁実に似ていた。緒方は思わずため息をつく。この、神秘的な創造主からの尊い賜物をいったいどうすればいいのか、緒方には全くわからなかった。

「さあ、さあ。部屋に戻りなさい」

則子が言うと荘次が、

「いやだ」

と駄々をこねる。

「遊ぶのは宿題を済ませてからよ」

ヒヨコを追い立てる母鶏のように、両手を広げて子供たちを部屋に押し込む。

「いいじゃないか」

燦夏は緒方を横目で見ながらのらりくらりと言った。芙美はおとなしく自分の部屋に戻ったが、荘次は則子の腕の下をすり抜けて燦夏の脇の下に隠れる。則子は仕方ないというように笑う。

「お父さん、どうして遅かったの?」

「あちこち寄っていたら遅くなった」

「おじさんとはどこで会ったの?」

「うん、満州で」

と言って続ける。

「新京で会ったんだ。新京にいるって前に言っただろう」

「うーん」

全員ソファに座り、荘次は燦夏と則子の間に割り込む。

「お父さん、どうして遅かったの?」

荘次はさっき聞いたことを繰り返す。

「あちこち寄っていたら遅くなったんだよ」

燦夏も同じことを繰り返し答えた。お市が紅茶を運んできた。荘次は小学四年生だったが、まだ一年生みたいに甘えん坊だ。燦夏が帰ってきて荘次はただ幸せそうだった。

「まだまだ甘えん坊で。赤ちゃんみたいなんですよ。ねえ、甘ったれの荘ちゃん」

「はい」

「今日はお父さんが帰ってきたから特別だけど、お客様がいらした時はこんなことしちゃ駄目よ。わかった?」

厳しく言ったが、則子の目は笑っていた。

「だけど、お母さん。おじさんもお客さんなの?」

「うん、そ、それは」

「おじさんが来たのはものすごく久しぶりでしょう? ねえ、お父さん」

燦夏はうなずき、緒方は下を向く。

「おじさん」

「あ、ああ」

緒方はびっくりしたように答えた。

「ひげが伸びたね」

思わず緒方は顔をさする。

「そ、剃るよ」

顔を赤くしておろおろしながら答えた。緒方はしばらくひげを剃っていなかった。則子は、そんな緒方の様子を面白がり、声を立てて笑う。

「あらまあ。怠けるから荘次にしてやられたじゃないですか」

「おじさん、忙しかったの？」

「うん、忙しかった。ものすごく忙しかったんだ」

燦夏の家族と一緒に夕飯を食べた緒方は、翌朝また来ると言って帰っていった。

「緒方さん、何かあったんですか」

ニュースを聞いてラジオを消した則子が聞いた。

「何かって？」

燦夏は妻の方を見ないで言った。

「全然しゃべらないからですよ。どこか悲しそうに見えたし」

「疲れてたんだろう」

「まだ結婚はしてないんですか？」

「してないさ」

「どうしてかしら。理解できないわ」

「結ばれない相手を忘れられなくて……皆、それなりに事情があるんだよ」

「どんな事情があるのかわからないけど、男の人があの年で独身だなんて、可哀想です」

「適当に付き合っている相手ぐらいはいるだろう。たとえ結婚していなくても人生を諦めたわけじゃないんだし、心配することはない。彼は誰よりも人生を愛し、誠実に生きている」

燦夏の柔らかい声には緒方に対する深い理解と友情がこもっていた。

「あなた」

「……」

「私、嫉妬する時があります」

「それはどういうことだ」

「あなたたちの友情が羨ましくて」

燦夏はふっと笑う。

「純真さに対する憧れが、まだ残っているのかい?」

「もちろんです。人はみんなそうなのではありませんか?」

「純真さ、それは故郷のようなものだからな……。緒方と一緒にいると、千家元麿《せんげもとまろ》を思い出すことがある」

千家元麿は貴族出身でありながら民衆派を代表する詩人だ。純真無垢で、いつも明るくてきれいな魂と人間に対する愛をもって詩を詠んだ、日本の詩壇における独特の存在だ。

「私も千家元麿の『自分は見た』という詩を読んだことがあります。本来、詩人は純真でなければならないみたいですね」

「日本人には時々、そんな人がいる。実際、いやな人の方がずっと多いけどね。邪悪で残酷で、とんでもない怖がりで、小心者で、大人になってもガキ大将みたいに幼稚な。植民地への移住者にはそんな類いが多い。だが緒方を見ていると、そんな悪辣な連中もみんな許したくなるんだ」

「あなたの心の中にも怨みがあったのですね」

則子の声は小さかった。

「僕は親日派ではない。君は僕にとって一人の女であり、僕の妻だ」

しばらく沈黙が流れた。

「あの」

則子は気まずそうに話を続ける。

「以前、縁談があった緒方さんの従妹ですが……少し前に旦那さんが戦死したそうです」

「戦死？」

「本当にお気の毒です。千恵子さんは緒方さんを愛していたみたいなのに」

「戦死したのは一人や二人じゃない」

「戦争はもううんざりだわ。物資も随分手に入りにくくなったみたいだし。この先、食糧も配給制になると聞きました」

「君は今日、いつにも増してきれいだな」

燦夏は話題を変えた。

「着物のせいですよ」

「今日は何の日だ?」

「そんなんじゃありません」

「ずっと着ていなかった和服を着ているのはなぜだ」

「これから、なかなか着られなくなると思って」

「どうして?」

「戦争が激しくなれば……たんすにしまっておくのはもったいないでしょう」

「……」

「満州はどうでしたか? 話を聞かせて下さい」

「あっちに避難したいのか」

「何を言うの。あそこは最前線なのに」

「満州は最前線じゃない。前線は中国本土だ。それも内陸部で戦闘が繰り広げられている。王道楽土*、満州は日本人の天国だ」

「満州とソ連の国境のことは、みんな心配しています。ノモンハン事件*もあったし、ソ連がいつどう出てくるかわからないって」

「そんなこと、誰が言ってるんだ。真理子さんから聞いたのか?」

「新聞をきちんと読んでいれば、それぐらいは誰でもわかることですよ。満州とソ連の国境が一番重要だってことぐらいは。真理子姉さんももちろんそう言ってたけど。それよりも、彼女が言うには、結局アメリカと戦争することになるんじゃないかって。本当にそうなるんでしょうか」

則子はさらに小さな声で心配そうに言った。

「アメリカと戦争して、勝算はあるって？」

「そんなこと、真理子姉さんにわかるはずはないわ」

「高官の妻じゃないか」

「すべて軍部が決めているんだから、局長級のお役人には何もわかりませんよ。だけど」

「……」

「だけど、内緒だって言いながら真理子姉さんが教えてくれました。アメリカと戦争することになったら終わりだ。お義兄さんがそう話してたって言うんです」

「日本軍は、フランスがドイツに負けた隙をついて仏領インドシナに進駐した。言ってみれば空き巣を働いたようなものだ。一方で、アメリカに刀を突きつけたのも同然だから、アメリカは黙ってはいないだろうな」

そう言っておいてから、

「日独伊三国同盟があるから、お互いに助け合うさ」

と付け足す。燦夏は、則子にとって自分は他人だったと今さらのように思う。則子は国粋主義者でも感傷的な愛国者でもなく、とにかく論理的に考える人間だったが、燦夏は習慣的に、則子に自分の本心をさらけ出すこともなく生きてきた。それが申し訳なく、罪の意識もあった。

「私たちがよく知らないだけで、徴兵される人がたくさんいるらしいです。若い人がいる家にはほとんど赤紙が来たって。これからは、四十代も安心していられないと聞きました」

「流れに任せて生きるしかない。心配するのはやめておこう。大らかな人がどうしたんだ。そんなに焦って」

「戦死の知らせをあちこちで聞いて不安になったんです。本当に戦争中なんだなって実感が湧いてきて。子供たちのことも心配です」

「疲れたから、話はこれぐらいにしてもう寝よう」

「お風呂に入らないと」

「そうだな」

風呂に入った後、燦夏は久しぶりに則子を抱いた。

翌朝、それは日曜日だった。緒方はひげを剃り、小ざっぱりした格好で現れた。

「荘ちゃん、おじさんと遊びに出かけよう。天気もいいしな」

子供の顔を見るとすぐに緒方は言った。

「お父さんも一緒に行こうよ」

荘次の目はひときわ輝いた。

「い、いや。お父さんは忙しいから、おじさんと二人で行ってきなさい」

「お母さん、行ってもいい？」

「もちろん」

「おじさん、私も行きたい。一緒に行ってもいいでしょう？」

芙美が言った。緒方が何か答えようとした瞬間、

「お前は駄目だ」

燦夏が太い声で遮った。

「お父さん、どうして？」

「お前にはお使いを頼みたいんだ」

「一緒に行きたいの。お使いって何？」

「とにかく、お前は残りなさい」

「私もちょっと遊びたい。桜が満開できれいだろうに、お使いはお市か春に頼んでは駄目なの？」

「次の日曜日に家族そろって行けばいいだろう」

燦夏は頑として芙美についていかせないようにした。

「そうね、お父さんの言うとおりにしなさい。荘ちゃんは服を着替えて」

荘次も、姉と一緒に出かけられないことが多少不満のようだったが、靴下をはき、紺色のズボンと白いシャツに着替えて上着を羽織り、帽子をかぶって出てきた。

「坊ちゃん、行ってらっしゃい」

則子が手を振った。気分がいい時、則子はよく荘次のことを坊ちゃんと呼ぶ。緒方の手をしっかり握って歩いていた荘次がぴょんぴょん飛び跳ねる。

「荘ちゃん、いい天気だな」

「うん」

「気持ちいいだろう?」

「うん。とっても気持ちいいね、おじさん」

「ああ」

「去年ね、家族みんなで吉野山に行ったんだけど、桜がいっぱい咲いてて本当にすごかったんだ」

「それは山桜で、特に吉野山の桜は吉野桜っていって有名なんだ」

「今もあの時みたいにたくさん咲いてるかな」

「もちろんさ。花見の季節だからな。荘ちゃん」

「うん」

「おじさんが、ちょっと抱きしめてもいいかな」

「僕、子供じゃないのに。恥ずかしいよ」

緒方はけらけら笑った。笑っているのに鼻筋がじんとした。

「おじさんはお金をたくさん持ってるから、何でも買ってやるぞ。欲しい物があれば言ってみなさい」

「お父さんに怒られるよ」

「いいや、絶対怒られない。おじさんが保障する」

そう言いながら緒方は、荘次に物以外は何もあげられないことがやるせなかった。焼けつくような痛みを感じた。

「おじさん、そしたらね」

「言ってみなさい」

「公園に行って鳩の餌を買ってくれる？　たくさん、たくさん」

「ああ、そうしよう」

「わあ、うれしいな」

二人はタクシーに乗り、日比谷公園の前で降りた。緒方は最初から日比谷公園に来るつもりだった。仁実が荘次を身ごもっていた時、日比谷公園で燦夏に会ったという話を聞いたからだ。燦夏は、その時のことを詳しく話してくれた。それは、あまりにも胸の痛む話だった。緒方は荘次の手をぎゅっと握る。仁実が祝福されない命を抱えて燦夏に助けを請うた時の姿を、日比谷公園の片隅に探そうとでもするように。

（いや、この子は祝福された命だ。こうして無垢で尊い子に成長しているではないか。この子は僕たちの愛のともしびだ。世の中を照らしてくれるだろう。仁実さんの熱い涙と僕の悲願を受けて生まれた子。この清らかな生命は世の中を照らしてくれるだろう）

緒方の頬に涙が流れる。

「お父さん、何で泣いてるの？」

緒方は子供の手を離し、一歩後ろに下がった。

「荘ちゃん、今何て言った」

「ああ、お父さんって言うのが口癖になってるみたい。だけど、おじさん、どうして泣いてるの？」

「いや、風邪を引いてくしゃみが出そうになっただけだ」

二人は鳩の餌を買った。そして、地面にうずくまって餌をまく。

「たくさん食べるんだよ。たくさん、たくさん食べて、あの屋根の下で休んでおいで」

荘次は無我の境地に入ったように餌をまいていた。誰の目にも幸せで仲の良い親子に見えた。

「おじさん」

「うん」

「男は泣いたら駄目だって言うけど、何日か前に僕、ものすごく泣いたんだ」

荘次は餌をまきながら言った。

「どうして」

「話すと長いんだけど」

「話してごらん」

「野良猫がね、寒い日にうちの家の納屋で子猫を産んだみたいなんだ。僕が見つけた時は、もう目も開いてだいぶ大きくなっててね。納屋の壁板のすき間からのぞくと見えるんだけど、お母さんはのぞいちゃ駄目だって叱るんだ。のぞくとお母さん猫が子猫をくわえて逃げていって、新しいねぐらを探すのに苦労するからって」

「そうだな」

「だけど僕、お母さんに内緒でご飯と魚を近くに持っていったんだ。板のすき間からのぞきはしなかったけど」

「それで？」

「それなのに、子猫が鳴くんだ。ずっと。それで、行ってみたら二匹が並んで座って鳴いていて、僕を見ると逃げていった。お母さん猫がどこかへ行ったまま帰ってこなかったらしくて。鳴き声がとっても悲しそうで、夜も眠れなかった」

「……」

「きっと、お母さん猫はどこかで死んじゃったんだろうね。そうでなければ、帰ってこないはずがないでしょう？」

「それで、子猫はどうなったんだい」

「ご飯もあげて、おいしい魚もあげたのに鳴くんだ」

そう言うと荘次の目から大粒の涙がこぼれ落ちる。

「何日か鳴いてたけど、いつの間にか子猫はいなくなってた。お母さんを探しに行ってどこかで死んじゃったのかな」

「いいや。母猫が戻ってきて連れていったんだろう」

「そうだったらいいんだけど」

「きっとそうだ。間違いない。さあ、泣かないで」

緒方はハンカチで荘次の涙を拭いてやる。

「男だって悲しい時は泣くもんだ。それは恥ずかしいことじゃない」

荘次はうなずく。

「荘ちゃんは大きくなったら何になりたい？」

「山の番人になりたい」

「山の番人？」

「うん。お父さんにそう言ったら笑われた。お母さんは怒ってたし」

「どうして山の番人になりたいんだ」

「山に住んでる動物を助けてあげたいんだ。お金をいっぱい稼いで、動物たちがおなかをすかせないように餌もたくさんあげて」

「蛇も助けてあげるのか？」

「いやだ！　それはいやだよ。カエルを捕って食べるのを見たら気持ち悪くて」

荘次は思いきり眉間にしわを寄せた。

「荘ちゃんは動物が好きなんだな」

「可哀想だから。冬にスズメが垣根に止まって鳴いているのを見ると、ものすごく可哀想に思えて。スズメたちが遠い南の国まで飛んでいく間に、翼が破れてしまうんじゃないかって心配で涙が出るんだ」

「ああ、そうだな。可哀想なのが、この世で一番胸の痛むことだ。寒いこと、おなかをすかせていること、母親を失くしたこと。さあ、もっと餌を買ってこよう」

「うん！」

荘次は飽きずに餌をまいた。

（慈悲深い子だ）

荘次が山の番人になると言った時の、燦夏の笑い顔が目に浮かんだ。燦夏がなぜ荘次に深い愛着を持っているのか、わかるような気がした。明星のように朗らかな子だという表現も。

二人は午後一時になると立ち上がった。おなかがすいたと同時に言って笑う。

「さあ、行こう。おなかを満たして、次の計画を立てることにしよう」

「うん！」

二人は食堂を探して入り、親子丼を頼んだ。小さな食堂だったが、丼はおいしかった。おいしそうに食べる荘次を何度も見つめながら緒方も丼を平らげ、荘次が少し残した分も自分の丼に移して食べた。

「ああ、おなかがいっぱいだよ。おじさん」

「うん」

「今日は本当に楽しかった。おじさんはいつ帰るの？」

「もうすぐ帰らないと」

「今度はいつ来るの？」

「来年の今頃かな」

「だったら、その時も鳩に餌をあげようよ」

「そうしよう。ところで、日比谷公園に来たのは今日が初めてか？」

「ううん、何度かお父さんと来たことがある」

「お父さんと？」

「うん。お父さんと出かける時はいつも日比谷公園に来るんだ」

「そうか……」

緒方はしばらくテーブルを見つめる。

（いい人だ。温かくて……）

荘次を連れて日比谷公園に来ていたという燦夏。

「本当にいいお父さんだ」

四章　明井里《ミョンジョンニ》の椿

白くかすんだ霧の中で都市は夢遊病者みたいに動き始めていた。夜が明けようとしていた。

栄光《ヨングァン》は路面電車から降りた。軽そうに見える旅行かばんを持ち、ゆったりとした薄い灰色のジャンパーを着ている。鐘を鳴らしてのろのろ走っていく路面電車をしばらく眺めていた栄光は、駅の広場に出た。チンチンという鐘の音が軽やかに頭の中を巡っていたが、目に見えるすべての物は沈黙と霧の中で動いている。風呂敷包みを背負い、大きなかばんを持ち、子供の手をつかみ……老若男女が広場を横切って駅の待合室に消えていった。そうかと思えば、南大門《ナムデムン》や龍山《ヨンサン》から来た電車が人々を吐き出しては走り去っていく。軍用トラックが疾走し、貨物自動車が走り、時には牛車や馬車が通り過ぎる。栄光は交通量の多いにぎやかな通りに面した広場に出た。旅行かばんを脇に抱えてたばこをくわえ、両手で風を防ぎながら火をつける。胸が躍った。行き先がどこであれ、旅に出るというのは新鮮なものだ。もう一人の自分がまるで羽化するかのように、自分の殻を破って外へ出ていく新鮮な解放感がある。しかし、新鮮さを感じるのは不慣れだからであり、旅行は誰もいない広野に一人残された冬の鳥のように寂しいものだ。ある意味、その新鮮さが、栄光を自分の殻に閉じこもらせるのかもしれない。遭遇する物事と自分は全く無関係だ。それは徹底したもう一つの疎外なのかもしれない。

「駅馬煞《ヨンマサル》〈放浪する運命〉か……」

無意識につぶやく。しかし、今日の旅立ちは自分の意志によるものではなかった。

栄光は広場を横切って二等席の待合室に入る。煌々と明かりがともるそこはまだ夜だった。釜山《プサン》行きの切符を一枚買った栄光が振り向くと、見覚えのある女の後ろ姿が目に付いた。壁面に沿って設置された椅子にはかばんが所々置かれていて人々が座っている。彼らと向かい合うようにして両手で旅行かばんを持った女が、時間と運賃が書かれた掲示板を見上げていた。すらりとした体形で紺色のスーツを着ている。白いブラウスの襟が地味なスーツを明るく見せ、豊かな髪は茶色のリボンで結ばれていた。栄光はじっと女を見つめた。女がゆっくり頭を左右に動かして改札口の方を見る。鼻筋の通ったその横顔は良絃《ヤンヒョン》だった。その瞬間、栄光は傷ついた獣のような表情を浮かべて待合室から出た。二階にある構内食堂に入った栄光が窓際のテーブルに着き、近づいてきたウェイターにコーヒーを頼もうとしていると、

「お兄様」

と良絃が笑顔で呼びかけた。

「ああ、どうしたんだ」

ぎこちなく聞いた。

「待合室で、お兄様が食堂に上がっていくのを見たんです」

栄光が自分を見ていたことには全く気づいていないようだ。

「座って」

良絃は旅行かばんを置いて向かいの席に座る。栄光はそばにいたウェイターに、

「コーヒー二つ」

と良絃に聞きもしないで注文した。

「どこへ行くんですか？」

「統営《トンヨン》」

「何しに」

「ちょっと用事があって。お前は晋州《チンジュ》に行くのか？」

「はい。お母様の体調が良くないの」

「かなり悪いのか」

「いいえ。そうではないんだけど。お母様に会いたいのもあって、土曜日だから一日だけ学校を休んで発つところです」

発つという言葉が少し変に聞こえた。良絃は少し痩せたようだ。何か事情がありそうにも見えた。

昨夏、蟾津江《ソムジンガン》*の川辺で思いがけず、密かに生母を供養する良絃の姿を栄光が目撃したのが二人の出会いだった。そんなことがあった後、栄光は平沙里《ピョンサリ》の崔参判《チェチャムパン》家で十日間を過ごした。イーゼルやキャンバス、画材などが入った箱を肩に掛け、智異山《チリサン》一帯をさまよいながら絵を描いていた還国《ファングク》の後をついて回りながら、二人は自然の中で多くの話を交わした。そうしているうちに、良絃と栄光もいくらか親しくなったけ

れど、ぎくしゃくした雰囲気がなくなったわけではなかった。允国《ユングク》の態度にも問題があった。允国は三人より先にソウルに戻ったが、一緒にいた数日間はとても憂鬱そうで、触れたら壊れてしまいそうなほど敏感になっていた。還国は允国に何かあると察していた。単純に栄光が気に入らないせいではなさそうで、允国も感情を抑えようとしているように見えた。還国は絵を描くと言って、允国は釣りに行くと言って家にいるのを避けていた。とにかく、允国が先にソウルに戻ったので何とか無事に乗り越えたというわけだ。三人は、允国の態度が理解できなかった。そして、允国は、今年の夏休みに東京から戻ってこなかった。

良絃が栄光をお兄様と呼ぶようになったのは、親近感を表すためというよりも気詰まりだったからだ。還国の友達であり、良絃とは六つか七つ年が離れていたので栄光さんと呼ぶわけにもいかず、先生と呼ぶのも変だった。だから栄光お兄様というわけだ。皆がソウルに帰った後、秋になると吉祥《キルサン》と西姫《ソヒ》は主に平沙里で過ごしていたので、栄光は還国夫婦と良絃がいる恵化洞《ヘファドン》の家に時々立ち寄っていた。栄光にとって、恵化洞という地名はずっと心のしこりだったが、康恵淑《カンヘスク》はその街から姿を消した。彼女が良い人に出会って結婚したので、栄光は大きな肩の荷を下ろした気がしていた。彼は、恵化洞の還国の所に行くことを禁じていた心の呪縛を解いた。だから還国を訪ねていったのだが、意識の底に良絃への思いがあることも決して否定できなかった。にもかかわらず、栄光は良絃に対して不愛想で、時には意図的に良絃を避けることもあった。一方、どういうわけか良絃は、ソウルに来てから栄光に親しげに振る舞い、彼が来るといつも歓迎した。

二人は黙ってコーヒーを飲む。時折、蒸気を噴き出しながら走る機関車の音が聞こえてきた。

「朝ご飯は食べてきたのか」

「いいえ。お兄様は？」

「食べてない。俺は食べなくてもいいが、サンドイッチでも頼んでやろうか？」

「後で。食堂車でお昼を食べるわ」

しばらくしてから栄光は時計を見る。

「そろそろ時間だな。出よう」

「はい」

二人は立ち上がった。二等席の待合室に戻ってくると、改札はもう始まっていた。二人はプラットホームに出る。たすきを掛けた数人の兵士が見送りの人たちと別れの挨拶を済ませて汽笛が鳴り響く軍用列車に乗り込むと、車窓が覆い隠された汽車が長い尾を振るようにして駅を出ていく。残された人たちは遠ざかっていく列車を見つめながら万歳を叫び、力なく日の丸の旗を振っていた。

「大勢行くんですね」

良紘がささやくように言った。

「そうだな」

軍用列車が去り、見送りに来ていた人たちも帰っていった。乗客のまばらなプラットホームは、重々しい風が通り過ぎていったようだった。

「日本から乗ってきた兵士たちですよね？」

「召集を受けてきた新兵のようだ」

三等席の改札も始まったらしく、どっと人が押し寄せる。プラットホームは一瞬にして人でいっぱいになり、まるで夢の中みたいに騒がしくなった。

栄光と良絃は汽車に乗った。二等席の車両は外の雰囲気と違ってのんびりしていて、戦争、軍用列車、はためく日の丸、万歳を叫ぶ声――そんなものとは関係ないかのようにゆったりしていた。栄光は良絃のかばんと自分のかばんを網棚の上に載せて席に着いた。向かい合って座った若い男女は容貌《ようぼう》や服装の雰囲気からして目立っていて偶然会った感じもしないから、他人の目には連れと映っても不思議ではない。良絃は何とも思っていなかったが、栄光は少し気になるようだった。汽車は龍山を過ぎて漢江《ハンガン》の鉄橋を越え、永登浦《ヨンドゥンポ》を後にして野原の中を走っていた。村にはレンギョウが満開で、山の近くを通る時はツツジが夕焼け雲みたいに赤く咲いていた。身も心も痩せた地に春だけは華やかだ。

栄光が口を開いたのは、水原《スウォン》を過ぎた後だった。

「いつ卒業だ」

「まだ二年先です」

「卒業を待っていたら婚期を逃すぞ」

「そんなこと言わないで下さい」

良絃は眉間にしわを寄せる。少し怒っているようにも見えた。

「女医なら余計に難しいだろうな。良絃より能力のある男を見つけるのは簡単じゃないはずだ」

栄光は意地悪をするかのように言う。

「そんなこと言うのはやめて下さい。結婚なんて考えたくもないわ」

「何でだ」

「何となく」

「独身主義なのか？」

「じゃあ、お兄様は独身主義なんですか？」

「逆襲だな」

栄光は大声で笑う。決して愉快ではなかったけれど。話が途切れ、栄光はシートにもたれて目をつむる。良絃は車窓の外を見つめる。野原、村、坂道、川。留まることなく景色は流れ、また近づいてくる。良絃は、自分が定着する場所はどの辺りなのだろうかと思うと、突然目の前が暗くなった。義姉の徳姫《トキ》の冷たい目が思い浮かぶ。荷物をまとめて家出するかのように出てきた今朝のことが、何かの傷跡みたいに胸をひりつかせる。後悔でもあった。

「お義父様もお義母様も、家族全員が良絃さんをかばって、ガラスの器みたいに壊れるんじゃないかと恐れているけれど、いったいなぜなのか理解できないわ。それは良絃さんのためになるのかしら」

昨夜、教職員の集まりがあるので還国の帰りが遅くなると聞き、徳姫と良絃が二人で夕飯を食べている時に徳姫が言ったことだ。

「どうせ、良絃さんはお嫁に行くんだから、欲張っても仕方ないでしょう。木こりの娘が王妃になるのを夢見たところでかなうものではないんだし。時間の無駄だわ。私は、お義母様はあの縁談を断るべきではないと思う。隠していてもそういうことは外からうわさになるものでしょう。相手は秀才で男前だそうじゃないの。申し分ない相手よ。仮に、あなたがお義母様の実の娘であっても見劣りする相手ではないのに、お義母様は何を考えていらっしゃるのか」

「……」

「こんなことを言って、悪く思わないでね。私一人だけでも本当のことを言わないと。良絃さんはいつまで幻想に浸っているつもりなの？」

「幻想に浸ってなんかいないわ。お義姉様、私は自分が誰なのか、よくわかっています」

「私にはそうは思えないけど」

徳姫はあざ笑う。

「白馬の王子様がやってきて良絃さんを連れていくことは決してない。自覚を持たないと。この家から出て自分の道を行くべきです。正直言うと、今までが恵まれ過ぎで、それがかえって良くなかったのかもしれないわね。こんな状態は続かない。世の中は思いどおりにならないものだから」

「わかっています」

「だったら行動しないと。李《イ》良絃はこの家の花でしょう？」

徳姫は冷たく言い放った。

「お義母様も本当に気の毒だわ。一生、そばに置いておく気かしら。どうしてそんなに執着するのか、理解できない。実の娘でもそうはできないでしょうに。ついでに正直に言うと、私は気分が悪い。いったい私はこの家の何なのか。これじゃあ、主客転倒よ」

「私にどうしてほしいのですか」

「それをなぜ私に聞くの」

「私も苦しいんです。お義姉様の言うことを聞いてお義姉様の言うとおりにすれば、その矛先はどこに向けられると思いますか。いつもそこで行き詰まって、私も自分の感情をなだめるしかないの」

その言葉に徳姫は絶句する。

「私は、女中部屋にいてもいいし、生まれながらの身分どおりに振る舞うことだってできます。でもそうなったら、この家の和やかな雰囲気は壊れてしまうでしょう。お義姉様が思うのと同じぐらい、私も恵まれていることがつらいんです。以前は未熟だったから、当然のことだと思っていたけれど……。それに、私はお母様とお父様、お兄様たちを愛しています。私があの方たちのために何もできないことが」

良絃は胸が詰まり、言葉を継ぐことができなかった。

「誰もそんなことをしろとは言ってないわ。これは悪縁よ！」

徳姫は神経を高ぶらせた。

徳姫は決して悪辣でもずる賢い女でもなかったが、疎外感に苛まれ、良絃が悪いのではないとわかっていても憎まずにはいられなかった。自分の胸の内を吐き出せなくていらいらしていたのだ。彼女が望むのは、良絃が結婚してこの家を出ていくことだった。

車窓の景色を見つめながら、

（こんなことすべきじゃなかったのに）

良絃は心の中で後悔しながらつぶやいた。もし、この瞬間に汽車が止まったなら、汽車から降りて来た道を帰りたい心情だった。

「お義姉様、お母様の体調が良くないらしいので、土曜日だけ学校を休んでお見舞いに行ってきます。明日、帰ります」

紙切れにそう書き残してきたものの、きっと徳姫は誤解するだろう。

（お母様に言いつけに行ったと思われたらどうしよう。そうでなくても、お義姉様は後悔してるだろうに）

朝早く目が覚めた時、良絃は急に母〈西姫〉に会いたくなり、一方で、どこか遠い所へ逃げてしまいたいとも思った。それで、衝動的に家を出てきたのだが、軽率だったかもしれないという考えがしきりに込み上げてきた。

（結婚をして家を出れば、それが一番自然ね）

しかし、良絃は結婚というものがぴんと来なかった。学校を卒業したら医者になるという目標があまりにも明確だったからかもしれないし、異性に特に関心がなかったからかもしれない。

良絃は窓から向かいの席に視線を移した。栄光は眠っているようで、目を閉じたまま微動だにしない。形のいい眉毛と陰りのある目元は少年のように美しく、浅い傷のある頬に深い苦悩が表れていた。

荒っぽくて内気で、時には寂しそうに見える普段の栄光とは違い、眠っている姿は気品があって清らかで、男前というよりも美しく、どこか女性的だった。しばらくぼうっと見つめていた良絃は、思わずはっとして視線をそらした。眠っている男の顔を我を忘れて見つめていた自分が恥ずかしかったのだ。その一方で、訳もなくいら立ち、自分は独りぼっちだと感じていた。一人捨てられたみたいで、栄光が自分を軽く扱っているように思えて悲しくもあった。

（この人がいったい何だっていうの）

汽車は狭い渓谷のような所を走っていた。

（お兄様たちとは違う。全然違う。自分を内に閉じ込めて誰にも心を開かない人。冷たくて傲慢で、世の中を馬鹿にしたような目。突然、暴力的になりそうだし、お兄様たちのように優しくもない。孤島みたいでもあり、絶望して疲れ果てた旅人のようでもあり、もうすぐ死んでしまいそうでもあり……繊細で消えてしまいそうな虹のようだ）

良絃はひどく感傷的になっていたが、突然、暴力的になりそうだということだけは先入観だった。顔に残る浅い傷跡と脚を引きずって歩くことになった経緯を知っているからだ。

良絃は栄光について、還国の友達で軽音楽をしているということ以外ほとんど知らない。還国と允国は栄光について特に話してくれなかったし、そんな暇もなかった。晋州に戻ってから延鶴《ヨンハク》と還国の話を聞いて初めて、栄光が寛洙《グァンス》の息子だと知った。平沙里でも栄光の父親が亡くなったという話を耳にしたことはあったが、それが寛洙だとは思いもしなかった。寛洙ならよく知っている。良絃の思い出の中に残っている人だ。背が高くて痩せ細っていて、顔は真っ黒で目は小さく、かなり強情そうに見えた。ある春の日、垣根のそばで良絃が一人、レンギョウの花びらを拾って遊んでいた時、錫《ソク》と一緒にやってきた寛洙は哀れみの目で良絃を見下ろした。そして、優しく頭をなでた。

「鳳順《ポンスン》そっくりだ。そう思わないか、錫」

と寛洙が言った。

「こんな子を残していって、幸薄い女だ」

あの時、錫はうつむいていた。良絃にとって錫に対する記憶は、寛洙のそれよりもずっと鮮明に残っている。懐かしく温かい思い出だ。どこからだったか覚えていないが、母〈鳳順〉と一緒に錫おじさんのあとをついて平沙里に来たことが、彼に対する最初の記憶だ。その後も、母がいなくなると錫おじさんは、どこからか母を捜して連れてきた。母が死んだ時、錫おじさんは良絃を抱いて川辺に行き、むせび泣いた。最近になって良絃は、錫おじさんは母を愛していて、そのせいで成煥《ソンファン》の母と別れたということを知った。子供の頃は周辺の人たちを何気なく見ていただけだった。錫の息子の成煥が晋州にやってきて崔家で働きながら中学校に通うようになってから、良絃は昔のことを思い出した。そして、平沙里に帰ると時々、成煥の祖母を訪ねていった。いつだったか、同席していたヤムの母の不注意なひとことが端緒となって母と錫おじさんの過去を知ることになったのだが、二人の縁は複雑に絡み合っていた。そして、寛洙は白《ペク》丁《チョン》*で、独立運動か何かをして追われていると聞いた。誰か大人が言ったことを耳に挟んだのだと思うが、良絃は幼い頃の思い出を忘れようとする一方で懐かしく感じていた。栄光が恵化洞に来るたびに、お兄様と呼んで親切に振る舞うことができたのは、幼い頃の記憶と、その記憶に対する懐かしさのためかもしれない。しかし、それは痛みだった。

（栄光お兄様と私の運命は似ている。栄光お兄様が結婚しないのも、私が結婚というものについて深く考えないのも、二人が同じ悲しみを抱いているからだ。私たちの運命につきまとう、あの出自という怪物のせいだろう。それは、私の心の奥にいつもあるようにお兄様の心の奥にもあるはずだ）

良紘は、山の斜面に立つ、まるでぼろをまとって飢えているかのような草ぶきの家が窓の外を流れていくのを見ながら興奮し始めた。

（お義姉様の言うことは間違っていない。恵まれ過ぎているとかえって良くないんだわ。母さんが生きていた世界を私が生き、寛洙おじさんが生きていた世界を栄光お兄様が生きていたら、私たちはこんな疎外感を覚えることなく、似た境遇の人たちの中で生きていただろう。お義姉様の言っていることは正しい。神が与えた過分な恵みも……。ああ、そうだ。その恩を返さなくてはならないし、自分から遠慮すべき部分もあるはずだ）

家を建てては壊し、また建てては壊すように良紘はずっと考えていた。彼女は、茫洋とした大海を漂流していた。過去と現在を行ったり来たりし、幻想と現実の混沌の中に陥った。冷たい刃先を突き立てるような昨夜の徳姫の言葉は何であり、今、汽車の中で向かい合って座っている栄光の存在は何なのか。吉祥と西姫、還国や允国に囲まれ守られている自分は何者なのか。

「良紘」

良紘はすがるようにもたれかかっていた窓から体を離した。

「遅くなったな。腹は減ってないか」

栄光が時計を見ながら聞き、

「お昼を食べに行こう」

と言って立ち上がる。良紘も立ち上がった。食堂車はほぼ客が引けたようで、空席が多かった。テーブルに着く。食堂車は窓が大きいからか、眺めがいい。

「お兄様」

「……」

「本当に寝てたんですか？」

「うん。寝たり起きたり、うとうとしてた」

「死んだみたいに全然動かなかったけど」

「眠るというのはあの世への道を行くことだ」

「え？」

「夢路は現実じゃないだろう？　人は毎日、死んでは生き返るんだよ」

「死んだり生き返ったり……」

「さあ食べよう」

二人は運ばれてきた料理を食べ始める。

「お兄様、私の産みの母について知っていますか」

突然聞かれた栄光は食事の手を止めて良絃を見つめる。

「俺が知ってるわけないだろう」

「じゃあ、お兄様は私がお母様の本当の娘だと思っていたんですか」

「事情はよく知らないが、後になって違うと知った。だけど、なんでそんなことを聞くんだ」

「それじゃあ、お兄様のお父様とうちのお父様が幼なじみだってことも知らなかったのね」

「そんなことを知ってどうする」

「嘘言わないで」

「ん？」

「いつも私たちと一緒にいるくせに、そんな嘘は言わないで」

「……」

「私を産んでくれた人は針母《チンモ》*の娘で、大きくなってから妓生になり、私はその人と河東《ハドン》の李相鉉《イサンヒョン》という人との間に生まれたんだそうです」

「だから、それがどうしたって言うんだよ」

「嘘つかないで。お兄様だって自分の生い立ちを完全に乗り越えてはいないくせに」

「それで、卑しい者同士、仲良くしようってことか」

栄光は苦笑いする。

「卑しいですって？」

「……」

「過去を忘れて乗り越えた人の口からは、卑しい生い立ちだなんて言葉はすんなり出てこないはずよ」

「俺は乗り越えたなんて言ってない。そんなことを知ってどうすると言っただけだ」

「私も仲良くしようなんて言ってないわ。私は現実を愛しています。お母様、お父様、お兄様たちを痛いほど愛しています。でも、だからといって私たちの根っこが消えてなくなるわけではないでしょう？」

「何が言いたいんだ」

栄光はいら立たし気に眉間にしわを寄せる。

「可哀想だからです」

「誰が？」

「お兄様と私が」

「突拍子もないことを言うな。俺が可哀想だって？」

「はい。お兄様のお父様と私を産んでくれた母もです」

「だから、川に花を投げて泣いたのか」

からかうように言っておいて、

「そんなのはみんな、時間の無駄だ」

と突き放す。

「昨日の夜、お義姉様も同じことを言っていました。今日また、お兄様に同じことを言われるなんて、不思議ですね」

栄光はやっと、良絃に何かあったのだと気づく。実際、良絃は普段とは全然違っていた。栄光は、あらゆる祝福を全身に受けたかのように爽やかで美しく明るかった良絃に初めて暗い影を見た。だが、栄光はそれ以上何も言わなかった。良絃も少し落ち着いたようだ。食事を終えて茶を飲みながら、

「統営には何をしに行くのですか？」

「母さんに頼まれて」

「……？」

「妹が統営にいるし、それに」

と言いかけて栄光はふっと笑う。

「良絃が可哀想だと思うような人が来てる」

「いやみですか」

「そうじゃなくて、とにかく、何か手違いがあって満州から連行されてきたんだが」

「独立運動をしている人ですか？」

栄光は首を横に振った。

「罪名は密輸に関するものらしい。俺は詳しいことは知らない。母さんが怒って何度も手紙を寄こすから」

見たことのなかった表情が栄光の顔に浮かぶ。母親に叱られる息子によくある姿。少し甘えたような決まり悪そうな、そんな顔だった。

弘《ホン》夫婦が新京から連行されてきて以来、困難な日々が過ぎた。連れてこられたのは正月の初めだったから、もう四ヵ月になる。栄光の母は新京に残してきた栄久《ヨング》からの手紙を通じてそのことを知り、平沙里に来ている延鶴も山に知らせに来てくれた。栄光の母はすぐに統営に行き、役所の手続きにはまるで不慣れな婿の輝《フィ》と栄善《ヨンソン》を半ば叱るように、いったいどうなっているのかと急き立てた。栄光の母としては、言ってみれば生涯で初めて表に出たのだ。人に聞いて宝蓮《ポヨン》の実家にも訪ねていき、そこで子供たちの顔を見て栄光の母は泣いた。そうしてそれは自然と永鎬《ヨンホ》の知るところとなった。永鎬と弘はただの知り合いではない。純粋で情熱的だった頃、永鎬にとっては寛洙も錫も弘も皆おじや兄のような存在で、最も影響を受けた人たちだ。学生運動の先頭に立って農業学校を退学になったのも、彼らを尊敬していたからだ。永鎬は弘のために奔走した。担当刑事を訪ねていき、金も相当使い、栄光の母と一緒に面会にも行って留置場に食べ物を差し入れた。そして、平沙里の漢福《ハンボク》は、わざわざ統営まで訪ねてきたりもした。

最初、栄光の母は栄光に事件の経緯と一度面会に行くようにと書いた手紙を送ってきて、その次には、どんなに忙しくても万難を排して統営に来るのが人としての道理だと、哀願するような手紙を送ってきた。三通目の、つたない文字で書きなぐった手紙は怒りに満ちていた。

お前は、父さんがこの世を去った時に尚義《サンイ》の父ちゃんがあたしたちにしてくれたことを忘れてしまったのか。あたしたちが朝鮮に戻ってから後始末をしてくれたのは尚義の父ちゃんじゃないか。栄久の面倒も見てくれた。あの人はあたしたちと血もつながっていないし、親戚でもない。何の関係もないあの人があたしたちにしてくれたことを考えれば、そんなことでは駄目だ。誰よりも真っ先に駆けつけるのが道理ってもんだろう。何の便りも寄こさないお前は人間じゃない。獣だって恩を知ってるって言うのに、ずっとそうしてるなら、お前はあたしの子じゃない。親子の縁を切るからそのつもりでいなさい。

公演もあったとはいえ、なぜあれほど統営に足を向けるのが難しかったのだろう。母の手紙を思い出しながら栄光は、人の道理というものについて考えてみる。母の怒りに満ちた三通目の手紙にも気分は害さなかった。

レールの上を転がる車輪の音。風景は窓の外を流れていく。食堂車には客はほとんどいなかった。

「私、学校を辞めようかと思って」

良絃が言った。

「何だって？」

「学校を辞めたい」

「辞めてどうするんだ。結婚するのか」

栄光は自虐的に言った。

「戻るんです」

「どこに」

「元いた所にです」

栄光は黙って良絃の目をしばらく見つめ続ける。良絃は良絃でそう言った自分のことを思う。

(お母様は私がこんなことを考えてるなんて知らないでしょうね。知ったら何て言うかしら。やっぱり他人だって嘆くでしょうね。お母様と私が他人だっていうのは本当にむごたらしいことです。お母様の懐はとても温かくて安心できるし、私はお母様をとても愛しているけれど、他人という事実がどうしてこんなにうるさくまとわりつくのでしょうか)

「そんなこと考えるんじゃない」

栄光の声は優しかった。

「学校を中退するなんて考えるな。口を開けば卑しい生い立ちだと言うが、その生い立ちのせいで後ろ指を指されずに生きていくには職業という支えが必要だ」

「そんなこと、わかってるわ。だけど、どこにも所属していないことが怖い」

「どこかに所属していたいのか」

「ええ、そうよ」

川に花を投げながら泣いていた、夢うつつに見たような気もするあの時の姿を除けば、良絃はいつ見ても単純で清らかで幸せそうに見える女の子だった。しかし、今目の前にいる良絃は成熟した女性であり、人生の辛酸をなめ尽くした女の姿だ。医者という高級な職業は朝鮮の女としてはエリートだが、決してその階級に所属できないということと、エリートであるがゆえに自分の本来の居場所に戻れないという良絃の気持ちと判断は間違ってはいなかった。それは、かつての栄光の気持ちであり、判断でもあった。

「栄光お兄様はなぜ大学進学を諦めたんですか？　今の私と同じことを考えたんじゃないの？」

核心を突くように言う。

「考えたらきりがない。俺はどこにも所属したくない」

振り切るように栄光は冷たく言った。良絃は拒絶されたように困惑した顔でしばらく栄光を見つめると、視線をそらし、子供みたいに窓に顔を近づけて言った。

「こうして汽車に乗っていると、田舎の小さな集落が現れることがあってね。そしたら、ここに家を建てようか、いつもそんなことを思うの。そのうち、その場所が目の前から消えたらまた考える。私はどこに家を建てて暮らそうかって」

「良絃がそんなことを考えているとは思いもしなかった」

「風景みたいに通り過ぎていく考えだけど」

「それは、家がないという潜在意識のせいだ」

「そうかな。そんなこと考えてみたこともないけど」

そう言って笑顔を浮かべながら栄光の方に視線を向ける。

「人の本性について考えることがあります。変だと思うのは」

「……」

「自分と少しでも違うと、容赦なく排除することよ。それも人の本性なのかな。利害関係がなくても疎外してしまう残忍性がある。私は幼稚園の頃からそれを経験してきたわ。子供に利害関係なんてあるはずがないのに。そうでしょう?」

「良絃も、民族という認識を当然のものとして受け止めているじゃないか」

「それは、まあそうね」

「人種が違うからといって排除するのは必ずしも一方的とは言えないはずだ。お前自身の中にも排他的な感情はあるだろうから。人種より単位が小さくなっても同じことだ。だから、似た者同士が集まることになる。分けて、また分けて、一つになるまで繰り返す。単位が大きかろうが小さかろうが、違うというのは距離であり、異質なものじゃないか」

「だったら、違うという理由から生まれる敵対意識は当然のもので、どうしようもないのですか?」

「人だけじゃない。命あるすべてのものがそうだ。昆虫も植物も種《しゅ》が異なれば排除して闘うか降伏するかだ。利己的な生存本能だ」

「だったら、闘いは永遠に続くんですね。不平等も永遠に変わらないし」

「抑え付ける主体が違うだけで、昔から何も変わっていない。今さらそんなことを言ったって仕方ないだろう」

「達観してるのね。いつまでそんな世捨て人みたいな生き方をするつもりなの?」

彼らは三浪津《サムナンジン》で別れた。良絃は晋州行きの汽車に乗り換えるために降り、栄光は汽車に残った。汽車が動きだし、駅前の喧騒が遠ざかっていくと、栄光は言いようのない寂しさを感じる。兄の友人という立場から一歩も前に進めなかったあの強い束縛の中で、ある憤りを感じもした。もちろん進んで縛り付けられた自分に対する怒りだ。プラットホームに立ち、まぶしかったのか、日差しを遮るように手を額に当てて窓の向こうから自分を見つめていた良紘のまなざしは、言いようのないほど悲しく見えた。原野に放り出された動物の子みたいに弱々しい。

（だからどうしようっていうんだ。身分が似ているからって、それが何だというのか）

心の中であざ笑うが、千載一遇の機会を逃したみたいに苦しかった。いつまたこんな機会があるだろう。逃げながら近づき、振り払いながらすがりつく気持ち。栄光はどうすればいいのか全くわからなかった。それでいて、良紘が自分にとって運命の女性であるという考えを払いのけることができない。これまで一度も経験したことのない感情だった。蟾津江の川原で奇妙な巡り合いをしたこと自体が運命だと思えた。もし、そんなことを考えなければ、栄光は良紘に気楽に近づくことができたかもしれない。

（良紘は恋愛をしたことがあるだろうか。誰かを愛したことがあるだろうか）

東京をうろついていた時の狂気がよみがえるように、栄光は熱い血が逆流するのを感じる。だが、次の瞬間、彼の上半身は硬直したかのように固まった。突然、敵意に満ちた允国の暗い瞳が目の前に迫ってくる。熱い胸が凍るような衝撃だった。あの時はわからなかった。良紘を還国、允国兄弟の妹だと考えていたから、允国の行動に特に疑いを感じなかったが、今は何となくわかる。それは弓矢のように突き刺さる直感だった。

（ひょっとして、良紘の悩みの原因は允国ではないだろうか。何かある、何か問題があるんだ）

疑いはより深い疑惑を呼び寄せた。

（考え過ぎだ。まさかそうだとしても、俺には関係ない）

栄光は座席に背中をもたせかけ、ため息をついて目を閉じる。

（考え過ぎだ。そんなはずはない。血のつながりはどうであれ妹なんだし……。しかし、良絃はなぜあんなにやつれてしまったのか）

ありとあらゆる考えが浮かんだ。それは妄想であり、混乱だった。妄想はより大きな妄想を呼び起こし、混乱はより複雑な混乱を呼び起こした。

（駄目だ、そんな考えはやめろ！　俺には彼らのことを推測する権利も理由もない。想像する権利も資格もない。それは醜くいやらしいことだ。恥ずかしいことなんだ）

いくらもがいても、まるで磁石に引き寄せられていく金属のように、良絃と允国の関係を巡る考えから抜け出すことができなかった。鉄塊のような物体、鉄粉のような霧雨、金属がこすれるような音、意識の底に非情の地獄が広がったかと思えば、一瞬にしてそれらが火の塊となって転がり、爆発して火花を散らす。栄光は心の中であぁ！　とうめき声を上げる。本当にそれは狂気であり、しつこく襲いかかってくる呪いのようだった。悪夢から覚めたように目を開くと、車窓に広がる田んぼのあぜに一羽のシラサギが見えた。白いハンカチのように、白い紙のように立っていた。栄光は意図的に避けてきた人たちのことを思い浮かべる。別れた時の恵淑の姿だった。栄光は石のようにうずくまり、去っていく恵淑を引き留めなかった。ふとそのことを思うと、胸がひりひりした。何も考えないようにするためにあんな姿勢を取っていたのだ。裵蓉子《ペヨンジャ》の毒気を帯びた顔も浮かんだ。部屋の外に押し出した時に声を上げて泣いていた蓉子、一夜限りの愛を交わした妓生たちのなまめかしい姿、小金を持っている女たちが死に物狂いで襲いかかってきた時の気持ち悪い感触。栄光は、彼のことを踏みにじるように脇を通り過ぎていった女たちを思い出していた。しかし、栄光はいつの間にか、まげを結った白髪頭の亡き祖父を見つめていた。南江《ナムガン》を何度も振り返りながら一家が晋州を離れた子供の頃のことを思い出していたのだ。

（あまりのひどさに目を開けて見ていられなかった。助かりそうになかったよ。顔はぺしゃんこに潰れてるし、抱き起こしたら、腕と脚が折れていたのかだらんと垂れて、まるでハンマーでたたき壊されたおもちゃみたいだった）

病院に栄光を負ぶっていき、還国を訪ねていった金秀奉《キムスボン》が後で聞かせてくれた話だった。空き地に引きずり出して栄光を取り囲んだ男たち、一歩一歩迫ってきた日本の日雇い労働者たちのあの悪魔みたいな顔。

釜山に到着して汽車から降りると、栄光は病人みたいになっていた。ひどく汽車に酔った人のようだった。人混みの中から押し出されて駅の外に出ると、海風が吹く港湾都市、日本風の文化が染み込んだ釜山の駅前通りが栄光を出迎えた。通りは騒がしく、活気にあふれて見えた。見慣れた通り、見慣れた都市、少年期から青年期を過ごし、南江を何度も振り返りながら晋州を去った時よりもさらに大きな衝撃の中で関釜連絡船に乗って離れなければならなかった所。日本から戻った後も何度か公演のために訪れた所だ。

市内をぶらぶらしてから、夜に麗水《ヨス》行きの船に乗るつもりだった。統営の栄善にも手紙でそう伝えてあった。だが、栄光は駅前にある旅館に入った。彼はひどく疲れていた。旅館の部屋でしばらく眠ってから外に出たのは、夕方になってからのことだ。港では汽笛の音が鳴り響き、通りには街灯が明るく灯り、空には星がまたたいていた。多くの人々が行き交い、埠頭の方から家に帰る労働者たちがやたらと目に付いた。作業服姿で空っぽの弁当箱を手にそそくさと歩いている。束ねた縄を頭に載せて歩く女たちも埠頭の労働者だった。高級商店が立ち並び、夜空に高くそびえる三中井《みなかい》百貨店*の白い建物が通りを見下ろしている。もう少し行くと釜山でもっともにぎやかできらびやかな永田《ながた》通りがあるが、埠頭や影島《ヨンド》*の方から、寒さに震えて腹をすかした労働者たちがズボンのポケットに両手を突っ込んで歩いてくる。栄光は彼らを見つめながら、東京の建設現場で働いていた時のことを思い出す。大勢の労働者が歩いていたが、ここは彼らの街ではない。暴れては袋だたきにされていた東京の街が朝鮮人である栄光の街ではなかったように。

栄光はカフェ*に入った。通りのきらびやかさとは対照的に、客は少なくがらんとしていた。まだ時間が早いせいだろうが、それにしても女給たちもどこかもの寂しそうだ。

「なぜこんなに客がいないんだ」

栄光は席に着きながらつぶやくように言った。

「不景気ですから」

「不景気？」

「最近は商売上がったりですよ」

女給は栄光の身なりをちらりと見ながら言った。

「戦時中だからな」

「そうみたいです。店を閉めた所が多くて。お客さんも減ったし、お酒を欲しいだけ仕入れることもできません」

栄光は酒を飲みながら女給を見つめる。濃い化粧のせいで一見若く見えたものの、相当年がいっているようだった。

「お客さん、ソウルからいらしたんですか？　どこかでお目にかかった気がしますけど」

女給はソウル言葉を使った。髪は下ろしていて化粧は濃く、黒地に銀色の模様が入った派手なドレスを着ていたが、醜くはなく、どこか教養が透けて見えた。

「世の中には似た人も多いし、あちこち歩き回る間にすれ違うこともあるでしょう。はて、会ったことがあったかどうか」

栄光は女給が年上らしいので敬語で話しながら適当に聞き流そうとすると、女給が態度を変えた。

「あなた、羅一城《ナイルソン》さんでしょう」

鋭く言った。

「そうでしょう」

「ファンだっていうわけだな」

栄光はうんざりしたように言った。

「ファン……公演には行ったことがないからファンだとは言えないけれど、サクソフォンの第一人者だって聞いたことがあるわ。越冬ツバメに会うように、時々昔の同僚に会うことがあって。実は私、一時だけど羅一城さんと同じ所にいたことがあるんですよ」

「同じ所にいたって？」

栄光は、酒を飲むのをやめて意外だというように女給の顔を見つめる。ソウルのどこかの飲み屋で会ったことがあるだろうかと考えていたところだった。女給はとても気分良さそうに声を立てて笑った。

「羅一城さんは私を覚えていないでしょう。私もあなたの脚を見て気づいたんです。そうでなければ気づかずに声をかけることもなかったでしょうから」

「脚で記憶される男か」

「気を悪くしないで下さい」

「気を悪くすることでも良くすることでもないが、少し面食らったな」

「羅一城さんが楽団に入って間もなく、私はそこをやめたんです。それに、前座を務めるだけの歌手だったし、随分前のことですからね」

率直に話しながら親近感を示す。

「それなのに、どうして女給に転落したんですか？　若くなさそうですが」

「女給も歌手も同じようなものよ。それに、厚化粧をしてはいるものの、こんな年のいった女給なんていないわ。私はここのマダムです」

女はたばこをくわえ、杯に酒をついだ。洗練された、慣れた手つきだった。

「景気が悪くて若い子を一人残してみんな辞めてもらったから、自然と私も接客するようになったのよ」

栄光は杯を空けて女の顔をじっと見つめる。

「そんなに見つめなくても、私はあなたよりも二、三歳年上でしょう」

「それで、どうしてこんな所にいるんですか」

女はまた、栄光の杯に酒をつぎ、自分の分もつぐ。手は透き通るほど白く、繊細に見えた。

「人はしょせん、どこかに行くしかない。そしてまた、どこか別の所に移っていく。飲んで下さい。酒代はいただきませんから、どうぞ好きなだけ」

「女に酒をおごってもらうと良くない事が起きるって言うが」

「心配しないで。私は寂しい女ではありませんから」

栄光は杯を手に取った。

「サクソフォンの第一人者、羅一城さんに乾杯！」

杯を持ち上げて見せてから酒を飲む。音楽が流れていた。「ボレロ」だ。光線のようなスポットライトが照らす移動舞台に、群舞の定番となった舞踊曲ボレロ。低く甘い旋律が流れていた。若い女給が客の相手をしているテーブル以外、相変わらずカフェの中はがらんとしていた。

酒を酌み交わし、話をしながらかなり飲んだ。ただ酒だからではなく、かつての同僚だという不意を突く話のせいでもなく、栄光はなぜか無性にその女に親しみを感じた。着飾ってはいるが、女の言動には飾りがなかった。ファンだと言ってべたべたと絡んでくるような気配も全くなかった。栄光は気を許して酒を飲む。

「哲学者みたいなことを言うんだな」

皮肉るように言うと女は、

「人はみんな哲学者なんじゃないかしら。自分の人生を本人ほど真剣に、徹底して考える人はいない。答えを得ることも得られないこともあり、取り返しのつかない年になって初めて気づいたりもして。羅一城さんは全然気にならないのね」

「何がですか」

「私の身の上。経験上、男はみんな身の上話を聞きたがるんだけど」

「そんなの口実だ。女の身の上話なんて、聞かなくてもわかりきってるじゃないか」

「あまのじゃくだからか、そう言われると余計に話したくなってきたわ。誰のことか聞きもしないだろうけど、今もその人はそこにいます。平凡な人で弟子もいたのに、捨てられたんです。まあ、だから楽団をやめたんだけど、結局、年寄りについてここまで来て、そして、私も年を取った。このカフェはその老人が持たせてくれたってわけ」

「年寄りか」

栄光がまねして言うと、女はけらけら笑った。相当酔いが回っているみたいで、無防備だった。気分がいいからそうなっているようだ。女は少しも過去にこだわっていなかった。

「お爺さんよ。そして、私は陰の女。妾《めかけ》で、いわゆる寄生虫」

「そうなんですか、記憶にもない楽団の先輩。だけど、先輩はたくましく、ちゃんと生きている。ははははっ、ははは……仕方ないでしょう。生きるしか、生きるしかないんです。生きると言っているのに誰が止めるもんか。閻魔《えんま》大王以外、誰にも止めることはできない」

栄光の声もだいぶ酔っぱらっていた。

「今まで聞いた中で一番かっこいい言葉だね。羅一城さん、そう来ると思ってたわ。男っていうのは大抵、これっぽっちも本気じゃないくせに同情するふりをして。まあ、それぐらいはこそばゆい程度だからいいけど、時々、しつこく迫っておきながら聖人君子みたいに道徳的にどうとかこうとか言って、恥ずかしげもなく二つの面を突き出す男がいるのよね。進歩的なモダンボーイはどうかっていうと、奴隷的環境から脱出せよって叫んで喜んでる。だけど、そいつらは決まって女給を飾り物扱いする。笑わせるでしょう。口先だけなら誰だって善人になれるわよ。まあ、笑わせることを心置きなくできるのがカフェって所だけど、うちは埠頭に近いから船員たちが常連で、マッコリを飲む連中は来ない。それに、格好つけたごろつきとか学のある若者たちが来るんだけど、酒幕や立ち飲み屋の客よりもかえって俗物で。朝鮮には『復活』のネフリュードフもカチューシャもいない。たかだか『ホンドよ泣くな』*を歌うのがせいぜいのくせに！」

「そうでもない。尹《ユン》何とかという歌手と金《キム》何とかという作家は玄界灘に身を投げたし*、釜山の海で大学生と女給が心中した事件もあったではないですか」

「そんなことを言うところを見ると、羅一城さんも随分ロマンチックな男みたいね」

「俺が、ですか？　ははははっ、ははは」

「違ってたかしら」

「そうなろうと今、努力しているところです。それよりマダム、かなり知識が豊富だけど、本を随分読んだみたいですね」

「私が、ですか？」

栄光の口調をまねしながら女は、自分の胸を指差す。そうして大声で笑った。

「カフェのマダムが本を読んだら、商売はおしまいよ。『復活』がどうとか言ったからそう思ったみたいだけど、映画を観たのよ」

「聞きかじりにしても、話もうまいし」

「まあ、いろんな人を見てきたから一つの生き方だけにこだわったりはしない。私は人が思うよりずっと気楽に生きている。泣いたって笑ったって何も変わらないから。世の中が変わらないのに執着することもないし。扉が閉まってたら引き返し、扉が開いてたら中に入って。それには誰も文句は言わないでしょ」

音楽が鳴りやんでからだいぶ時間が経ち、いつの間にかほかの客は誰もいなくなった。若い女給はテーブルに突っ伏して寝てしまったようで、バンドマンも座って新聞を読んでいる。よくあることらしく、慣れた様子だ。栄光もマダムも酒を飲み続けた。

「お客さん、起きて下さい。時間ですよ」

揺り起こされて栄光は目が覚めた。カフェではなく、旅館の部屋だった。昨日入ったあの旅館で、栄光は布団の中だった。

「どうなってるんだ」

「覚えてないんですか？」

旅館の小間使いの少年が聞いた。

「俺はここにどうやって来たんだ」

「男の人が連れてきました」

栄光は新聞を読んでいたバーテンダーを思い出した。

「ものすごく酔っていてろくに歩けないほどで。明日の朝、麗水に行く船に乗るお客さんだから、時間になったら起こすようにって言われたんです」

チップをもらったようだ。

「先輩はいいもんだな」

栄光は頭をかきながらつぶやいた。

「え？」

「何でもない。冷たい水を一杯持ってきてくれ」

少年が持ってきた水を飲みながら、栄光はカフェのマダムに随分慰められたような気がした。

汽船は港を出た。海は穏やかで、天気は快晴だ。船が加徳島《カドクト》の辺りに来た時、ざわついていた船内が静まり返った。甲板にいた人たちは船酔いして船室に入ったけれど、栄光は海風に顔をさらしたまま甲板に立っていた。昨夜の酒のせいで胸がむかむかしたが、気分はさほど悪くない。汽車から降りた時のあの惨めな気持ちに比べれば、気分はいい。

加徳島を過ぎ、船はすいすい進んでいった。目の前を無数の島々が過ぎていったかと思うと、また近づいてきた。すれ違う船から船員たちが手を振る。

決していいことがあって行くのではなかった。詳しい事情はわからないけれど、拘禁されている人たちの気持ちを思うと愉快にはなれない。だが、栄光はそのことについて特に何も考えずにやってきた。統営の港が近づいてきてようやく弘の顔が目の前にちらつき、申し訳ない気持ちになった。しかし、なぜか悪いことがあるような気はしなかった。

(楽観的なマダムの気分が俺に移ったのか。本当に変だな)

栄光は、いつも自分は憂鬱だったと今さらながら思う。過度に自分を守ろうとする意識の中が透けて見えるような気もした。気分が暗かろうが明るかろうが、世の中は変わらない。マダムの言うとおり、泣いても笑っても世の中は変わらない。栄光は海風に髪をなびかせながら大きく息を吸う。海の景色がこんなに美しくて新鮮だということを知らずに生きてきたように思えた。つつましく、清らかで、まるで自分の家の庭みたいにこぢんまりして見える海。点々と浮かぶ島々はすべて、この山河に生まれた人たちの土地であり、海はわが祖国、わが民族の巣であり、ゆりかごであり、生の基盤ではないか。誰にも譲ることのできない、尊い民族の生命だ。明鏡みたいな海の上に夢のように広がる島、過ぎ去り、近づいて、重なって次々と姿を現すさまざまな島。どの島にも青い松の木が茂っている。栄光は初めて命の神秘を感じ、自分の中に強い帰属意識がうねっているのを感じる。その一方で、松かさが落ちて育った木が並ぶあの小さな島で、良絃と一緒に世間に背を向けて生きることができたらという望みが、まるで傷のように痛々しくよみがえった。

汽船は汽笛を鳴らしながら港に入り、埠頭にその大きな船体を横づけた。汽船が立てる波に周りに停泊していた小さな船が大きく揺れ、船員が声を張り上げてロープを投げる。物売りたちがバッタみたいに船の中に走り込んでいく。しばらく停泊する間にキムパプや果物、飲み物を売るためだ。陸に上がる乗客たちも船べりに出てきてざわついていた。栄光は命の活気に満足感を覚える。そして、彼自身も元気よく船から埠頭に飛び降りた。出札口から出ようとした瞬間、

「兄さん!」

「義兄さん!」

と叫ぶ声が聞こえた。迎えの人たちの中に背の高い輝の顔があり、背伸びして上を向いている栄善の顔があった。出札口を出るとすぐに輝は栄光からかばんを受け取り、栄善は子供の時みたいに栄光の服の裾をそっとつかんだ。

「昨日の昼も来て、夜も来て、どれだけ気をもんだことか。兄さんはもう来ないのかと思ったわ」

栄善は鳥のようにぺちゃくちゃしゃべる。

輝も浮かれている。

「遅くなっても必ず来るって俺が言っただろ?　お前ったらそわそわして」

「釜山から夕方の船に乗るつもりが……」

酒を飲んだという話はせず、

「子供たちは」

と栄光は聞いた。

「家にいます。宣児《ソナ》は学校に行って」

「変わったことはないか？」

「あたしたちは変わりないけど」

「母さんは？」

「山に行きました。また来るって言い残して。十日ほどになるかな」

輝が答えた。

「俺が来ることは知らないんですね？」

「手紙が届いたのは一昨日だから、お義母さんに知らせることもできなくて」

栄善は鼻をひくひくさせながら自慢気な表情を浮かべている。兄を出迎えるために行李の底から新しい服を取り出して着てきたようだ。黒いチマ〈民族服のスカート〉に水色のチョゴリを着た姿は可愛らしかった。輝もキャラコのパジチョゴリにチョッキまで着ている。

「ちょっとここで待ってろ」

栄光は二人を遮るように腕を広げ、たまたま見えた洋菓子店に入っていく。心の中で手土産も持たずにやってきた自分を責めながら、栄光はあれこれ目に付くままに包んでくれと頼んだ。そして金を払うと、仰々しいほど大きな菓子の包みを抱えて店を出た。

「兄さん、どうしてこんなにたくさん買ったのよ。ご飯を食べればいいのに、無駄なお金を使っちゃって」

栄善は閉口しながら菓子の包みを受け取る。

「俺はもともと気が利かなくて、手ぶらで来てしまったからな」

「忙しいのに、あれこれ考える暇なんてないのはわかってますよ」

輝がおずおずと口を開いた。普段から口数の少ない輝だったが、義兄が誇らしく、来てくれたのがうれしかったようだ。当然だろう。妹を亡くし、きょうだいのいない彼にとって栄光は兄のような存在だった。

カンチャンゴル〈地名〉の入り口に差しかかった。瓦屋根の家のれんが塀の向こうに見えるザクロの木の新緑が鮮やかだ。

瓦屋根の家の向かいにある工房で、

「ここが俺の仕事場です」

輝が恥ずかしそうに言った。かんながけをしていた秉泰《ビョンテ》が振り返る。

「秉泰、挨拶しろ。宣児の伯父さんだ」

「え?」

秉泰の目が丸くなった。話には聞いていたが、こんなに男前だとは想像もしていなかった。ソウルの人たちは垢抜けていると言うが、秉泰はこんなに洗練された男を見たのは初めてだ。昨夜の酒のせいで栄光の顔は青ざめていたけれど。

「はい。お、俺は」

と言いかけてやめると、ぺこりと頭を下げる。

「仕事は多いんですか」

栄光が輝に聞いた。

「食べていける程度には」

「何してるの。早く行きましょう。兄さん、船でお昼は食べた？」

「いや。朝も食べてないから腹が減ったな」

栄光は笑って答え、秉泰にも声をかける。

「じゃあ、また」

「はい。ど、どうぞ気をつけて」

秉泰としては最大の敬意を表して頭を下げた。

「先に行ってるから、ゆっくり来てね」

栄善は腹が減ったという栄光の言葉に心がはやったのか、坂道を駆け足で上っていく。

「ところで、満州から連行されてきた人たちはどうなったのかな」

目下の者に向かって話すのに慣れていない栄光は、中途半端な言葉遣いで本論に入る。

「そのことなら大丈夫だと思います。李さんはもう釈放されたし」

「出てきたって？」

輝はうなずく。

「奥さんはまだ残っていて、裁判を受けることになるだろうって言ってました」

「裁判を受けたら？」

「手を尽くしてあるから執行猶予になるんじゃないですかね。無罪放免は難しいって聞きました」

「じゃあ、兄さん〈弘〉は今統営にいるのか？」

「はい、そうです。これまで二度も満州に行ってこられました。事業を整理すると言って」

「整理するってことはつまり、朝鮮に帰ってくるつもりなんだろうか」

「本人はどうするのかわかりませんが、家族はここに住まわせるつもりのようです。家も用意しましたから。義兄さんは前から李さんのことを知ってるんですか？」

「ああ、ちょっとな」

栄光も確かなことは知らなかったが、輝が弘のことをどの程度知っているのかわからず、言葉を濁した。

「お義母さんの話だと、亡くなったお義父さんとは兄弟以上の仲だったって。何とかならないかと随分気をもまれて、俺たちも叱られました」

「母さんがそんな態度に出るなんて、生まれて初めてのことだろうな」

栄光は苦笑いをする。

「最初は訳がわからず、困り果ててましたよ」

「兄さんの体の具合はどうなんだ？　拷問みたいなことはされなかったのか」

「そういうのはなかったみたいです。奥さんの実家が大層なお金持ちみたいで。統営の有力者もたくさんいて、みんなが手を尽くしてくれたおかげでうまく解決できたようです。そもそも奥さんがやらかしたことが原因だったからか、奥さんの実家は李さんに申し訳なく思っている様子で。とにかく、李さんは立派です。ひとことも怨みごとを言わず、むしろ、体の弱い奥さんのことを心配して、本当に立派ですよ」

「今、どこにいるんだ」

「子供たちのこともあるから、奥さんの実家にいらっしゃいます。奥さんが釈放されたら、買った家に引っ越すって聞きました」

　栄善の姿はもう見えなかった。飛ぶように坂道を駆け上がっていったようだ。

「ここはソウルよりずっと暖かいな」

　栄光は足を止めてハンカチで汗を拭く。

「冬も外套なしで過ごせます」

　坂道を上るにつれて道の両側にはみすぼらしい家が増えていった。家に入ると、淑《スク》まで駆り出されて台所は大忙しだった。鎮圭《ジンギュ》と宣一《ソニル》は既に菓子をほおばり、庭をはしゃぎ回っていた。庭に入ってきた父親と栄光を見た宣一は、

「母ちゃん、父ちゃんが帰ってきた！」

　と言いながら台所に走っていく。栄善が手を拭きながら出てきた。

「どうぞ中に入って。ご飯の用意はできてるから」

淑がそっと庭の方をのぞく。栄光と輝は部屋に入った。

「これからご飯を蒸らすところだけど」

しゃもじを手に淑が言った。

「少し待とう」

栄善と淑はかまどの前に並んで座る。

「お祝いみたいだね」

淑がくすっと笑いながら言った。

「兄さんが来たんだもの」

「宣児の母さんはいいな。あんな兄さんがいて」

淑は本当に羨ましそうだった。

「うちの兄さん、ほんとに男前でしょう?」

「きれいな顔立ちだね」

「脚のせいで……あの悪い奴らめ!」

自慢しようと言い出したことなのに、突然、怒りがよみがえったのか、栄善の目つきが険しくなる。

「うちの父さんは、刑事の奴らに追いかけ回されたせいで満州にまで行くはめになって、誰にも看取られることなく死んでしまった。兄さんも、悪いことはしてないのにあんな目に遭わされて」

「そんなに気にならなかったよ」

淑は慰めるように言ったが、それは事実でもあった。

「うちの家族が散り散りになってしまったのもみんな日本人のせいだ。不倶戴天の敵め」

そう言って栄善は洟《はな》をすする。

「過ぎたことは忘れなさい。首を長くして待ってた兄さんが訪ねてきたのに、そんなに悲しんでばかりでどうするの」

「話してるうちに悔しくなって」

チョゴリの結びひもで涙を拭く。

「宣児の伯父さんとは比べものにもならないけど、あたしはうちのモンチが可哀想で胸が痛む。宣児の父さんがかばんを持って、義理の兄弟が肩を並べて帰ってくるのがどれだけ微笑ましいことか。うれしそうに張り切ってる宣児の母さんも、ほんとに羨ましい。実家が貧しいのも悩みの種だって言うけど、あたしにはそんな実家もないからね」

「この頃は、鎮圭の父さん〈永鎬〉とモンチが仲良くしているじゃないの」

「鎮圭の父さんは前みたいにあたしの心を傷つけたりしないけど、ああ、モンチときたら牛みたいに頑固で困りものよ。まあ、モンチは人から丁寧に扱われるような人間じゃないけどね」

と言うと、

「宣児の母さん。ご飯、もういいんじゃない」

淑の言葉に慌てて立ち上がった栄善は、しゃもじを水に浸して釜のふたを開けた。釜から湯気がもくもくと上がる。

「食膳を運び終えたら、あたしは帰るね」

スープを釜からよそいながら淑が言った。

「何を言うの」

「寝ても覚めても忘れられなかった兄さんと、家族水入らずで仲睦まじく過ごしなさいよ。積もる話もあるだろうし」

「そんなこと言わないで。炊き立てのご飯があるのに。あたしたちは、小さい部屋で子供たちと一緒に食べよう」

栄善は麦がたくさん混じったご飯から米飯を選り分けて飯碗二杯分をよそい、残りはしゃもじで混ぜる。

「昨日、宣児の伯父さんが来なくて、うちの家族がおなかいっぱい食べさせてもらったのに、今日もご馳走になるなんてとんでもない」

「それはこっちの台詞だよ。お金が余ってるわけじゃないのに、魚やナムルの材料を買ってきてくれて」

料理はすっかり用意できたのに待っている客は来ず、家族が栄善の家に来ておなかいっぱいご馳走になったのが申し訳なかったのか、淑は朝早く市場に行ってメバル二匹に貝とワカメ、そして、ナムルの材料を買ってきたのだった。

「鎮圭の母さん、小さい部屋に先に行っててちょうだい。子供たちも呼んで」

食膳を運んでいきながら栄善が言った。しばらくして台所に戻ってきた栄善は、

「食膳を置いた途端に食べ始めたよ。ものすごくおなかが減ってたみたい」

報告するように言った。淑は、欠けた食膳に料理を載せているところだった。

「子供たち、ご飯食べないんじゃない？　お菓子を食べるのに夢中で」

淑の言うことは正しかった。子供たちは菓子を持ってどこへ行ったのか、庭に姿はなかった。淑と栄善は小さい部屋に入って食膳の前に座る。

「鎮圭の父さんも来ればよかったのに」

「お弁当を持っていったからあれで十分だよ。それより、料理が口に合うといいんだけど」

食べながら淑が言った。

「そもそも、うちの兄さんはあれこれ文句を言えるほどおいしいものを食べて育ってないし、みんなが腕前を認める鎮圭の母さんの作った料理をおいしくないなんて言ったら、それは兄さんの舌がおかしい」

ナムルもスープも淑が作った。料理の腕前に対する栄善の褒め言葉はお世辞ではなかった。淑が作った料理は、誰もがおいしいと言った。

（お婆さんがきちんと教えてくれたからだ）

淑は栄山《ヨンサン》宅のことをしばらく考えた。料理の腕前を褒められるのは今に始まったことではない。なのに、今日に限って淑は栄山宅を思い出した。栄山宅だけではなく、彼女と一緒に暮らしていた青く流れる蟾津江の川辺の風景が目の前をかすめていく。

「キムチがちょっと酸っぱくなったみたい」

客が来るからといって淑は一昨日、間引き大根のキムチを漬けておいてくれた。

「心配しないで、さあ食べて」

栄光は彼女たちにとって大事な客だった。栄善には兄であると同時に何か特別な力でも持っているかのように仰ぎ見ている存在であり、淑は栄善から多くの話を聞いていたのですごい人だと思っていた。ご飯を食べている間もスンニュン*を用意したり、間引き大根のキムチのおかわりを持っていったりと栄善は何度も行ったり来たりして興奮もしていたので、食事を味わう状況でもなかった。それにつられて淑も食べているような食べていないような感じだった。内房の食膳を片づけてしばらくすると、輝と栄光が部屋から出てきた。

輝は板の間の脇でうろうろしている淑に向かって、

「ご苦労様でした」

と声をかけてから栄善に、

「俺たち、李さんの奥さんの家〈宝蓮の実家〉に行ってくる」

と言った。栄光は何となく淑が気になっているようで、何も言わずに出かけるのは悪いと思ったのか、

「栄善、料理が上手だな。久しぶりにおいしい間引き大根のキムチを食べたよ」

と言って笑う。

「あたしが作ったんじゃなくて、鎮圭の母さんが」

その言葉に淑はひどく慌て、後ずさりして転びそうになった。輝が急いで言う。

「こちらは、李さんの件でとても力になってくれた、亡くなったお義父さんとも縁が深い人の夫人で」

と言いかけてやめる。夫人という慣れない呼び名に言葉が詰まってしまったのだ。淑も夫人と言われるのは生まれて初めてで――大きな家の奥様に対して使う呼び名だと思っていた――輝以上におろおろして顔を赤らめる。黒いチマに人絹のヒスイ色のチョゴリを着た淑の胸のあたりでおくみ*が揺れていた。

「そうでしたか。初めまして」

栄光は淑に頭を下げた。栄善が説明を付け足す。

「兄さんが来るからって市場に行って料理も作ってくれたのよ。あたしたちも後になって知ったんだけど、うちの父さんと鎮圭のお祖父さん〈漢福〉はとても親しかったらしくて。あたしたちも、本当のきょうだいみたいに付き合ってる」

「どうも。お世話になります」

栄光はもう一度頭を下げた。慣れない表情にぎこちない挨拶。栄光は淑と同じぐらい戸惑っている。栄光は、珍しく控えめな態度を取ろうとして心のバランスを崩したのだろうか。しかし、それは一種のコンプレックスだと考えることもできた。そこにいる人たちと同じような境遇に生まれながら、同じではなくなってしまった自分。彼らとの距離感に対する自責の念。明確ではなかったものの、確かにそんな思いがあった。栄善や輝に対しても。それが過度になると、栄光はまた自分の殻に閉じ込もって高慢で冷たい男になってしまうだろう。実際、栄光は自分の殻に閉じ込もりたいような誘惑にかられた。

輝と栄光が出かけた後、女二人は後片付けを放ったまま板の間に座り、雲が流れていく空を見上げたり、かめ置き場の辺りをひらひら舞う蝶を見つめたりしていた。栄善は予定より一日遅れた栄光を待ち焦がれ、あれこれ気を使ったせいで疲れ切ってしまったらしい。淑は衝撃を受けたみたいだった。それまで忘れて暮らしていた過去のことがよみがえったのだ。モンチが山でススキのように育ったとするなら、淑は絶壁にぶら下がって生きてきたとでも言おうか。栄山宅が愛情を注いで育ててくれたとはいえ、根本的には絶壁に咲く一輪の野の花のようだったあの頃。そんな彼女の人生にぜいたくな瞬間をもたらしてくれた人のことが、明るく清らかだった頃の記憶がよみがえったのだ。それが衝撃だった。栄山宅を思い出したのも、栄山宅と一緒に過ごした蟾津江の川辺の風景が目の前をかすめていったのも、彼女の意識がその記憶の周辺をさまよっていたからではないだろうか。

栄光の挨拶を受けた瞬間、鮮明に浮かび上がったのは允国の顔だ。尊くとても遠い存在だった崔参判家の次男。彼を異性だと思うことすら怖かったあの過去の日々。洗濯場に現れては声をかけ、自分を見つめていた少年。いや、少年から青年へと変わりつつあった秀才の貴公子は、近所にうわさが広がったせいで永鎬に劣等感を植え付けた人だった。彼の祖父が永鎬の祖父に殺害されたという理由で、允国は永鎬の心の傷となっていた。もちろん、淑はよくわかっていた。同情だということを。しかし、允国はどこかの良家の娘に対するように、これっぽっちの階級意識もなく淑を尊重してくれた。あの若かりし日の記憶。それが同情であれ思春期の恋情であれ、淑にとってはぜいたくな思い出であることに変わりない。そうして平沙里を去った後、彼は淑をすぐに忘れてしまったかもしれない。結婚してから井戸端で允国に会った時、彼の目には裏切りに対する軽い動揺が浮かんでいた。淑は無意識にため息をついた。栄光と允国には似ているところはない。もっと言えば、彼らは身分もかなり違う。だが、とにかく二人とも淑とは別世界の人だ。淑は、彼らが生きる世界の共通点を感じたために、胸にしまい込んでいた允国の顔を思い出したのかもしれない。

「鎮圭の母さん」

「うん」

「考えてみたら、うちの兄さんもほんとに可哀想な人だ」

「何をつまんないことを言ってんの」

「楽団なんかに入るような人じゃなかったのに、何でこうなったんだろう」

「楽団だって誰でも入れる所じゃないよ」

「本をたくさん読んでたし、大学に行こうと思えば行くこともできたのにどうしてそうしなかったのか。きっと、勉強したって仕方ない、無駄なことだって思ったんだろうね」

「……」

「いっそのこと、不細工だとか勉強が全くできなければ、ほかの人みたいに平凡に生きてたかもしれない。白丁の家に生まれながら、どうしてあんなに顔がきれいで、頭がいいのか。ほんとに恨めしいよ。あの容姿と頭の良さのせいで父さんと母さんは胸を痛めてた」

「仕方ないよ。運命なんだから」

「それでも、あたしは優しい旦那に恵まれて子供を産んでこうして暮らしてるけど、兄さんはいつまでああやって一人でいるつもりなのか」

「まさか、相手がいなくて結婚できないんじゃないだろうに」

「それはそうだけど……昔傷ついたことがあるから」

恵淑と交わした手紙の一件で学校を退学になったことを栄善は覚えていた。恵淑の母親が訪ねてきた後、あたしの可愛い息子と言って泣き叫んでいた母のすさまじい声も覚えていた。

その頃、輝と栄光は下り坂の路地を並んで歩いていた。カンチャンゴルから上がってきた時とは反対方向だ。竹やぶを通り過ぎ、国民学校*へとつながる道路を横切り、変電所の脇を通り過ぎてセト〈地名〉へ抜ける路地に入る。

「あの向こうに見える瓦屋根の家が」

輝が足を止めて指差した。

「李さんが買った家です」

瓦屋根の家は草ぶきの屋根に隠れて半分ほどしか見えなかった。屋根の脇には柿の木が一本ある。

「頑丈で、ほんとにしっかりした家です。昔、ある金持ちが一番下の息子にあげるために建てた家で、腕のいい大工が建てたんだとか。大きくはないけど、李さんはこの家を手に入れてほんとによかったと思います」

指物師として木を扱っている輝の目から見てもそれはとてもいい家らしく、輝は羨ましそうだった。

「兄さんもここに落ち着くつもりなのか気になるな」

歩きながら栄光が言った。さっき、輝の家に向かう坂道でも言っていたことだ。そのことについて栄光は、なぜかはっきりと知っておきたかった。弘が満州に行くにしても統営に定着するにしても、それは単純なことではなかったからだ。輝がどの程度実情を知っているのか、それも気になった。きっと、栄光と似たようなものだろうと思いながらも。なぜなら、輝は金カンセの、栄光は宋寛洙の息子だから、父親のやっていたことについては二人とも同じように感じているだろうし、二人の境遇はまるで違うけれど、立場は同じだったからだ。

「俺の考えでは、家族を残して一人で満州に行くのではないかと思います」

輝が答えた。

「兄さんは何も言ってなかったのか」

と言うと、急に栄光は立ち止まる。

「ああ、息が詰まる。もう限界だ！」

輝はきょとんとして栄光を見つめる。

「俺たち年も同じなんだし、敬語はやめよう。どっちつかずの言葉遣いをしてると窮屈でたまらない」

輝が声を立てて笑う。栄光も笑った。

「そうだな。俺も喉に糸が引っかかったみたいにうまくしゃべれない」

二人は人のいない静かな路地で、また笑った。他人の家の門柱に小便をしていた犬が、驚いてきゃんきゃん鳴きながら逃げていく。

「とにかく、李さんは何も言わなかったけど」

再び歩き始め、話を続ける。

「朝鮮に戻ってきて暮らすつもりなら、晋州に家を買っただろう」

と言いかけて輝はにっこり笑う。

「いやな思い出があるんだよ。李さんには」

輝はまた笑った。彼は、車庫の中で起きた嫱伊《チャンイ》との一件のせいで妻の実家に顔向けできなくなった弘の事情を、どこかで耳にしたらしい永鎬からこっそり聞いて知っていた。輝が笑ったのはおとなしい弘がなぜそんなことをしたのかと思ったからだ。しかし、栄光はいやな思い出は何かと聞かず、輝もそれ以上何も言わなかった。

「間違いなく李さんは満州に行くはずだ」

「俺もそう思う。兄さんはそんなに簡単に満州から戻ってくる人じゃない」

その言葉に輝は栄光を横目でちらっと見る。

「家族をみんな連れていこうにも奥さんの体が弱いから。実際、去年も病気になって実家で療養していて、満州に戻ったと思ったら今回の事件が起きた。そんな事件が起こらないに越したことはないけれど、結局罪を問われることになったのが奥さんだけだからまだよかったよ。あれが李さんだったら大変なことになってた」

今度は栄光が輝をちらりと横目で見、輝が続ける。

「まったく、こんな世の中がいつまで続くのか。会う人みんながそう言うけど、いつまでたっても終わらないし、朝鮮人はみんな死んじまうんじゃないか」

「こんな世の中を終わらせるために、何かしなければと思ったことはあるか」

突然、栄光が聞いた。

「俺には何もわからないけど、やらなければならないなら、やるさ」

「誰かに言われなきゃやらないって意味に聞こえるが」

しばらく答えずにいた輝は、

「俺は笛を一つ持ってる」

「……」

「幼い頃、それを俺にくれた人がいたんだ。笛は、その人の唯一の遺品だって父さんが言ってた。警察署の留置場で首をつって死んだそうだ。その人の顔や姿は今もはっきり覚えていて、その人に関する話も俺の頭の中に、まるで火で焼き付けたみたいに熱く残ってる。先生に文字を習う前までは、俺は一人で山の中をさまよっては笛を吹いていたんだが、その人の魂がその笛の中に入ってくるような気がして涙を流したりもした。父さんは俺が笛を吹くのを恐れるような目で見ていたけど」

栄光は驚きながら輝の横顔を見つめる。

「父さんはその笛が俺の運命みたいに思えて怖かったらしい。俺も……よくわからないけど、その人は自分の願いを笛に託して俺にくれたんじゃないかと思うこともあった」

「その人は広大だったのか？」

「いや」

「だったらどうして笛を持ってたんだ」

「広大にもらったって言ったかな。いや、奪ったんだったか。とにかく、俺にくれて、おもちゃにしろってことだったんだろうけど……。その人は東学の有名な将軍の息子だったんだ。全州《チョンジュ》の役所で斬首刑にされた父親の首を見てからは一生身分を隠して生きていた。だけど、智異山の辺りでその人、金環《キムファン》という人を知らない人はいない。顔を見たことはなくても、その人の行跡はみんな知ってた。父さんの一生もその人抜きでは考えられないし、うちの父さんもお義父さんも、その人を陰で支えていた」

一瞬、栄光の顔が赤くなった。父の寛洙がしていたことを知らないわけではなかったが、環のことは初めて聞いた。

（うちの父さんもお義父さんも、その人を陰で支えていた）

栄光の心の中で何かがほぐれていった。知らなかった一面を知ったことで、これまでとは違う、より複雑な事情を抱えた父の姿が目の前に現れたのだ。

それで会話は終わってしまった。輝はそれ以上説明しようとはせず、栄光も聞こうとはしなかった。

二人が宝蓮の実家に着いて弘に会った時、栄光は、ひと目でわからないほどやつれてしまった弘の姿に驚いた。

「わざわざ来なくてもよかったのに」

口ではそう言ったが、弘はとてもうれしそうだった。輝は挨拶だけして帰り、弘と栄光は舎廊で向かい合って座った。

「変わりはないか」

「俺は、何もありませんよ。もっと早く訪ねてくるべきだったのに、すみません」

「簡単に来られる所でもないからな」

「輝に大体の話は聞きました。うまく解決しそうだと」

「まあ、そんなとこだ。最悪の状況は免れた」

弘はたばこに火をつけて苦笑いする。

「満州に行ってきたそうですね」

「ああ、二回行ってきた」

「あちらは大丈夫ですか」

「おおむね整理した。栄久にも会ったが、元気だったよ」

「ええ。兄さんはまた満州に行くんですか」

栄光は妙にそのことに執着しているようだった。

「行かないとな」

と言ってから弘は続ける。

「実はちょっと焦ってる。宝蓮があんな状況だから。前に二度も入院してるし、俺もしばらくそばについていないといけないかと思って」

「いっそのこと、行かずにここで暮らしては駄目なんですか」

「それはできない」

尚義が柚子茶を運んできた。

「栄光、誰だかわかるだろ」

「はい」

「尚義、挨拶をしなさい」

「おじさん、こんにちは」

「ああ。学校はどうした」

「まだ」

と答えると、尚義はもう一度お辞儀をして出ていった。

「子供たちの学校はどうするんですか？」

「下の二人はここの小学校に転校したんだが、尚義は晋州か釜山に行かなければならないから、どうやら一年は休学することになりそうだ」

「奥さんの具合が良くないんですか？」

「薬も差し入れできるし、ものすごく体調が悪い時は病院にも行っている。公判まであと数日だし、皆、手を尽くしてくれているからうまく行くだろう。女だから執行猶予はほぼ確実だ」

「不幸中の幸いです」

「早く終わらせないとな。いつまでもここで世話になっているわけにはいかないし」

弘はつらそうな表情を浮かべた。

実際、妻の実家の人々は弘に対して丁寧な態度を取っていた。かつて、妻の母〈金《キム》訓長の娘チョマギ〉は平沙里で弘を見て娘の婿にしたいと思った。任《イム》の母の過去や龍《ヨン》が常民であるということを知らないわけではなかったが、それでも縁談を進めた。妻の父は心が広く、妻の弟三和《サムファ》は弘を尊敬していた。しかし、弘は結婚当初から妻の父の母方の親戚である両班たちに自尊心を傷つけられた。その人たちの助けを得て山《サン》清《チョン》からここに引っ越してきて以来、妻の実家が栄え始めたことはよく知っている。早くから新しい文明を取り入れて財産を築いてきた妻の実家と親戚一族の勢力が弘には重荷だった。しかも、嬙伊との一件で面目を失った弘は、これまで宝蓮だけを実家に寄こし、自分は足を運ばなかった。そんな中、今回の事件が起きた。言ってみれば、今回の事件によって車庫の件が相殺されたわけだが、それでも弘はすっきりしなかった。子供三人を預けて自分だけ新しい家に移ったりしたら絶縁されかねないから、一刻も早く宝蓮が出てきて引っ越すことをひたすら心待ちにしていた。

「日も暮れてきたみたいだし、どこかで一杯やるか」

弘が言った。

「そうしましょう」

二人は外に出た。通りは閑散としている。

「海とはあまり縁のない人生だからか、俺は海を見るとなぜか不安になる」

弘が言った。

「今は心配事があるからでしょう。俺は、海を見ると胸に風が通る感じがして、すかっとしますけどね」

「ああ、そうかもしれないな。生きていればいろんな目に遭うもんだが、去年はお前の父さんが死に、今年は思ってもみなかったことが起きたのを見ると、運気が悪い流れに入ったのかもしれない」

「だけど、その程度で済んでよかったですよ。もし、兄さんがほかのことで捕まったら、どうなってたことか」

栄光の言葉に弘は何か言い訳しようとしたが、やめた。

「飲み屋もよく知らないんですけど」

栄光が言い終える前に、弘が答える。

「俺の知っている店がある」

「いや、それはやめて、酒を買って輝の家に行くのはどうですか？　三人で一緒に飲みましょう」

「それはいい」

弘は同意した。二人は清酒の一升瓶を二本と牛肉を三斤〈一・八キログラム〉買い、カンチャンゴルの入り口にある工房で輝を呼び出して三人で坂道を上っていく。

「俺は仕事の邪魔をしに来たみたいだな」

栄光が言った。

「一日ぐらい休んだって死にはしないさ。めったに会えない人が来たんだから」

弘が大声を上げて笑う。

「それはそうと、二人は敬語をやめたのか」

「もどかしくて、俺がそうしようと言ったんです」

栄光が答える。

「形にこだわり過ぎると情が湧かないからな」

妻の実家の人たちのことを言っているようだ。いずれにせよ、弘は久しぶりに解放されたみたいに気分がいい。

「お前は義理の兄だからまだしも、俺はすっかり金さんに迷惑をかけてしまった」

弘は輝を金さんと呼んだ。輝はにっこり笑う。

「俺は別に。最初は、お義母さんがやってきてせっつくもんだから、俺も気が動転して何をどうすればいいのかわかりませんでした」

弘は栄光の方を振り返る。

「俺も驚かされたよ。俺はお前のお母さんの性格をよく知ってるからな。留置場に面会に来てくれた時、あのおとなしい人がわんわん泣くもんだから困ったよ」

弘の声は少し潤んでいた。

「それで、鎮圭の父さんが頑張ってくれたんです」

輝はすべて永鎬のおかげだと言うように急いで言った。

「永鎬ももうすぐ仕事を終えて帰ってくるだろうから、四人で夜通し酒を飲もう。こんな機会はまたいつあるかわからないからな」

結局、輝の家で酒宴が繰り広げられた。

栄善と淑が料理をしてひっきりなしに運んでいると、永鎬が現れて合流した。体格のいい男盛りの四人が座ると、部屋の中はいっぱいになった。

「こうして集まってみると、偶然にしては本当に妙な偶然だな」

弘が言うと、

「どういう意味ですか」

と永鎬が聞いた。

「みんな過酷な運命で、金さんはちょっと違うが、一つの場所に関係している人たちの子孫だという意味だ」

弘はかなり酔っていた。しばらく節酒していたせいでもあるだろうが、随分疲れていたうえに心理的な重圧も相当なもので、酔いがすぐに回ったようだった。酒碗を手にした永鎬の表情は沈鬱だった。弘が何を言おうとしているのかを察し、その一つの場所がどこなのかに気づいたのだ。

「ここに座っている男たちの身の上話を並べたら、それは平沙里の半世紀の歴史であり、まさに崔参判家の歴史を語ることになる。金さん以外の俺たち三人はみんな、そうだ。俺たちはまだあの劣等感を克服できずにいる。俺たちの心はいつも自然じゃなかった」

「何で俺はやたらと仲間外れなんですか」

そう言った時の輝の口調や身振りにはカンセの面影があった。栄光は冷笑を浮かべていて、永鎬の眉間には悲哀と憤怒が漂っていた。いつの間にか部屋の中には明かりがついている。

「俺たち、今夜は酒を飲みながら心の内をすっかりさらけ出そうじゃないか。この先、こうやって会うことはないだろうから。ないだろうな……」

弘は感傷的で、幼稚ですらあった。過酷な運命うんぬんは特にそうだ。絶えず心の均衡を保ち、緊張状態にあった彼は崩壊し、幼い子供みたいに弱さを露呈していた。まず、満州から抜け出して緊張がゆるんでいただろうし、数ヵ月間、妻の実家で過ごして息が詰まってもいただろう。病気の宝蓮が刑務所にいるため気苦労が絶えず、そんな混沌とした状況のせいで気持ちが乱れているのかもしれない。

いずれにしても、四人が集まったのは、弘の言うとおり妙な偶然だった。内実はどうあれ、とにかく大陸で成功した事業家の弘、サクソフォン奏者で作曲家の栄光、漁業組合に就職した永鎬。この三人は、主権を失い脇に追いやられた朝鮮の人々の立場からすれば、あるいは、面事務所の書記や駐在所の巡査ですら大した役人だと考える貧しい人たちの目から見れば出世した部類に入る。特に、弘と栄光は身なりからして都会の匂いがし、文化的な感覚と生活を享受している。工房を構えている輝にしても、家があり、食べていけているのだからましな方だ。四人はこのように職業も境遇も知識を積んだ過程も異なるが、共通点があった。いや、運命的に深くつながっていると言った方が正しい。それはもちろん、両親や祖父の世代から始まったものであり、盛衰を繰り返した崔参判家の命運と無関係ではなく、日本の侵略から派生する事件とも関連している。

もし、崔参判家の若い未亡人だった尹氏夫人が東学の将軍、金介周《ゲジュ》に陵辱されて環という隠し子を産まなければ、カンセは炭を焼いて火田を耕し、かごでも編みながら無知な山の人間として暮らしていただろう。もし、落ちぶれた武官の末裔である金平山《ピョンサン》が崔参判家の当主、致修《チス》を殺害していなければ、七星《チルソン》が連行され処刑されることはなかっただろうし、龍が七星の女房だった任の母を絶望的な欲望のために求めることもなく、弘はこの世に生まれていなかっただろう。父が刑場の露となり、母はアンズの木に首をつって思いがけず孤児になった漢福が道端の雑草のように育たなければ、物乞いの娘と結婚しなければ、永鎬もこの世に生まれていなかっただろう。もし、極悪非道の親日派、趙俊九《チョジュング》が崔参判家を乗っ取らなければ、寛洙があの家を襲撃することはなく、山に入って義兵になり、日本の憲兵に追われて白丁の家に隠れることもなかっただろう。もっと言えば、その家の娘の容姿に引かれたのか保身のためだったのか、理由はともかく、栄光の母と結婚することもなく、栄光はこの世に生まれていなかっただろう。

一方、日本の侵略がなければ、環は抗日の、あの血まみれの道を行くことはなかっただろう。カンセもまた環に導かれることはなかっただろうし、環の死後も彼の影となり、彼の恨を背負って炎天下や寒風の中を歩きながら、殺人をも辞さないような人生を生きることはなかっただろう。そう、日本が朝鮮の土地を侵しさえしなければ、寛洙が義兵になり、衡平社《ヒョンピョンサ》運動から社会主義に接近して満州の原野で人生を終えることもなかった。家族を連れて西姫の一行についていった龍は苦労を重ね、弘は、抗日の気運が湧き上がっていた間島《カンド》*の地で傷つきやすい少年時代を過ごした。漢福は、父や、愛国志士を悪魔のように連行した兄、巨福《コボク》の罪業を償うために、兄の地位まで利用しながら朝鮮と満州を行き来して資金を運搬し、抗日運動に携わる人々の手引きもした。日本帝国主義の野蛮な貪欲さは、どれだけ多くの朝鮮の人々の運命を変えてきたか。山奥の谷間に流れる小川のほとりから追われ、流民となってさまよい歩く人がどれだけ多いことか。満州、中国、沿海州、あるいはハワイ、日本へと安い労賃で働くために大勢の人々が去っていった。都市にはまだ物乞いがうろついていて、背負子一つに命を懸けた男たちが停車場や埠頭で飢えた目をして荷物を待っている。そんな階層に属していたのが、輝の家で酒を飲んでいる男たちの両親だ。正面突破であれ、後方支援であれ、彼らは同志として深くつながっており、彼らの情熱は清く澄んでいて、高官の職に就いた者、地主たち、親日派の子孫たちが東京留学へと旅立った時、人里離れた村で彼らは孤独に闘っていた。

　親日派が歴史の浅い日本の文化を「新式」だと言って広めていた頃、カンセは薄汚れたパジチョゴリを着てかごを編んでいた。そして、それを背負って活動写真館の前を通りかかった時に日本人にひどい目に遭わされた。貧しい独立闘士であるカンセは、酒瓶一つを持って雪の積もった智異山の谷間を歩きながら、二節しか知らない「ハン五百年」*を喉もかれんばかりに繰り返し歌っては死んだ娘のことを思い出し、死んでから随分になる環を大声で呼びながら悪態をついた。そして、雪道に膝をついて泣いた。そんなカンセが、海《ヘ》道士の山小屋を訪ねて酒を渡し、輝に学問を教えてくれと頭を下げた。

　数千年の経験の蓄積である朝鮮の歴史や、数千年にわたり風土に合わせて完成された文化を否定し、蔑視し、朝鮮の地で千年育った巨木を切り倒して西洋の種を植えた人々を、朝鮮のものを保存すべきだという反論でも出てこようものなら、そんなムーダン*のまじないみたいなものは気にすることはないと切り捨て、自分たちの思想を啓蒙主義だと言った人々を、寛洙は信じなかった。進歩的な識者という人たちも信じなかった。衡平社運動を通じて知った進歩主義者たちもまた、理論を並べるだけの者が大半だった。学識は処世術、あるいは衣服のようなもので、日本の流行を持ち込んだだけだった。結局、彼らが身に着けた知識の正体は、自分が持っていたものを壊してしまうことだった。いわゆる改造論であり、朝鮮の啓蒙主義だ。気づかないうちにそうなってしまった場合もあっただろうが、東京留学生とキリスト教と日本の啓蒙主義の三つは相性が良かったわけだ。

　日本は陰でどんな微笑を浮かべていただろうか。主権と国土は既に彼らの掌中にあったから、内容など問題ではなかったのかもしれない。創造の活力である思考と観念と思想、すなわち魂の産物である有形無形のものを壊して空洞にしてしまい、そこに現人神だとか万世一系という奇妙な考えを詰め込めば朝鮮民族は永遠に消える。李某や崔某らの追従者たちが啓蒙主義の旗を高く掲げ、見せかけのトゥルマギ〈民族服のコート〉を上品に着込んで憂国志士を気取っている時、北満州の雪原では独立軍がたった一枚の毛布をかぶって眠っていた。

　外は夜の雨がしとしとと降っていた。揺れる油皿の明かりとそぼ降る雨の音はどこか陰鬱だ。部屋の戸を開けて外に出れば、前方の山から火の玉が飛んできそうだった。

　淑は、外が暗くなると間もなく鎮圭を連れて家に帰った。栄善は酒と料理を部屋の外にたっぷり準備し

ておいてから、

「宣児の父さん」

とそっと呼んだ。輝の頭の影が障子戸に近づく。

「部屋の外に置いておきますから、お酒がなくなったら持ってって下さい」

「わかった。お前はもう寝た方がいい」

彼も小声で答えた。

小さい部屋に入った栄善は、子供たちと一緒に深い眠りについたらしい。もうすぐ鶏が鳴く頃だ。

輝は家の主らしく、節度を守って酒を飲んでいた。栄光は永鎬とは初対面であるだけでなく、心に引っかかるものがあったのか頻繁に酒をあおり、その場の雰囲気を見て見ないようにしている。永鎬は平沙里の崔参判家の話が出たからか、胸の痛む記憶と劣等感を紛らわすためにむやみに酒を飲んでいるようだった。弘は酔いが回っているが、さほど飲んではいなかった。

「永鎬！」

弘が呼んだ。すっかり泥酔状態だ。

「何ですか」

永鎬の声は鋭かった。

「酒を飲んでるのに、何でそんな不機嫌そうな顔をしてる」

「そんなことありませんよ」

永鎬は空笑いする。

「険しい顔をして、何がそんなに気に入らないんだ」

「兄さんの言うとおり、劣等感を克服できないからでしょう」

「ええい、気の小さい奴め！　男のくせに、もっと堂々としろ。この部屋に劣等感を持っていない奴がいるか？　いないだろう」

そう言って手を振る。すると、

「いいえ。この中で一番罪が重いのは俺みたいです」

と栄光が言い、酔った勢いで、

「さっきから兄さんの言っていることは幼稚だと思ってました」

と一発食らわせる。

「何だと、俺が幼稚だと？　そうだろうな。ああ、そうだろうとも。これが俺の本性だ。お前が満州で見た、まじめで真っすぐ前を見ている李弘は全くの虚像だ、虚像。実は女遊びをしたり、憲兵に捕まって死ぬほど殴られたり、家では財産を使い果たしたりして、栄光、お前の若い時と同じだよ。幼稚でも、下劣な男でも構わない……。今日はちょっと息抜きしようじゃないか」

「宋《ソン》さんもそんなことしてたんですか」

栄光は苦笑いを浮かべるだけで永鎬の質問には答えない。

「とてもそんな人には見えないけど」

「どんな人ならそう見えるんだ」

「それは……とにかく、寛洙おじさんもけんか早い人だったけど、道徳的には欠点のない人みたいでした」

「永鎬、お前は女遊びのことを言っているみたいだが、それは当然だ。あんな顔でもてるはずがない。ふん、あの世で思いきり女遊びをすればいいさ！」

「というよりは……悪口は次から次へと出てくるのに、女に関してだけは何ら後ろ暗いことがないみたいだったから」

「どうしてお前にわかるんだ。寛洙兄さんが男盛りの頃、まだお前は洟垂れ小僧だったじゃないか。いろんな苦労をしてきたんだから、一度や二度ぐらいそんなことがあってもおかしくないさ」

「兄さんがなぜそんなことを言うのか、やっとわかりました」

「お前に何がわかるんだ。このまぬけめ」

「輝さんも全部知ってます。あの事件がそう簡単に人の記憶から消えるわけがありません」

「ふん、あんなことぐらい！　寝た子を起こしたければ起こせばいい。俺はとうの昔に忘れたよ」

「嘘を言わないで下さい。宋さんは知らないでしょう」

「何をだ」

「何も珍しいことじゃない。ロマンスだ。ははは っ……」

「それは表向きです。実際は抱腹絶倒の事件でした。純然たる喜劇だったんです」

「黙れ！」

弘が声を張り上げた。しかし、永鎬は餌を見つけた犬みたいにわくわくし、気分が変わったようだった。

「腹を割って話そうと言っておきながら、どうしたんですか。しかも、兄さんはもう忘れたんでしょう?」

「ああ、そうだ! 大昔の話だからな」

永鎬は愉快そうに笑う。完全に永鎬の気分は変わっていた。輝は座ったまま目を閉じていて、眠っているのか何の反応もない。

「宋さん、ちょっと俺の話を聞いて下さい」

永鎬は酒を飲み、本格的に話を始めるかのようにつばを飲み込んだ。永鎬が率直な態度に出るのは珍しい。いつも心の中に何かが引っかかって居心地悪そうに見えていたのに。

「結婚する前、兄さんには恋人がいたんです」

話し始めると、弘は独り言のように、

「ふざけやがって」

とつぶやく。

「その話は晋州で有名でした。もちろん、兄さんを知っている人たちの間でです。近所に住んでた女だったんですが、駆け落ちしようって、兄さん、そう言ったんでしたよね」

「知らん」

「だけど、女の家はものすごく貧しくて、その女は自分の兄を結婚させるために別の男と婚約したんです。よくある話ですよね。嫁に欲しいと思った時には相手の家から送られてきた結納品を既に兄の結婚相手の家に送ってしまった後だった。駆け落ちなんかもうできませんよ。とにかく、あの頃の弘兄さんは乱暴で性格が悪くて、永八《ヨンパル》老人が嘆いているのを俺も聞いたことがあります。間島ではおとなしくて優しかったけど、どうしてあんなに変わってしまったのかわからないって言ってました。とにかく、良家のお嬢さんと結婚したからか、今は立派になりましたけど」

「ふざけたことばかり言うんじゃないぞ」

だが、やはり声は大きくなかった。

「みんな、性格が穏やかになったって口をそろえて褒めてたのに、事件が起きてしまったんです。その頃、兄さんはトラックで晋州と統営を行き来していて、あの日、統営にいたのが運の尽きでした。昔の恋人が日本から亭主の実家のある統営に来ていて、かつての情を忘れられず、夜中に兄さんが寝ている車庫を訪ねてきたんです。それで事件が起こらないはずがない。その後は想像にお任せするとして、問題は昔の恋人の亭主の親族が車庫に乗り込んできたことです。袋のネズミってわけです。抱腹絶倒の光景が広がったんですよ」

永鎬の話は一つも面白くなかった。もともと話がうまい方ではなく、表現力が足りないせいでもあったが、恋愛問題、男女関係、そんな微妙で繊細なことに対する感性が鈍いと言うか野暮と言うか、そこに問題があるようだった。低俗だとは言わないが高尚でもなく、だからといって常識的な人間でもなかった。何もかもが中途半端だった。永鎬が、光州《クァンジュ》学生事件の時に晋州農業学校で運動の先頭に立ったのは、完全に寛洙や錫の影響だった。彼にとって最も華やかで美しい時代だったと言える。死んだ祖母の咸安《ハマン》宅に似たのか一本気なところがあり、意地悪でもないのに不器用なせいで人を傷つけることがあった。不細工な漢福と、物乞いの娘とはいえ顔立ちの整った母親に半分ずつ似た永鎬は、ほかの三人に比べると容姿がやや劣っていた。

とにかく、そもそも話題自体が永鎬に似合わない。口の達者な人にかかれば、十分に腹を抱えて笑える話だ。男女が下着姿でトラックの下に隠れる光景に、乗り込んできた嬙伊の夫の親戚たち――両親はずっと前に他界していた――。男は弘を引きずり出して殴り、女たちは嬙伊の長い髪をつかんで引っ張ったかと思うと、見物人たちの前で男女の非行を列挙しながら生かすの殺すのとわめきちらした。見物人は見物人で、訴えるべきだ、慰謝料を払うべきだと騒ぎ立てた。知らせを受けて日本から駆け付けた嬙伊の夫がこっそり嬙伊を連れて帰ったので事なきを得たものの、弘に消えることのない傷と屈辱を与えた。

「結局、その女は離婚したんでしたよね？　それも、女の方から切り出したって聞いたけど」

永鎬が言うと、

「何も知らないと思ってたのに、一から十まで詳しいことだ」

弘が言った。

「その後、どうなったんです。会ったんですか？」

「お前なんかが、そんなに根掘り葉掘り聞いてどうしようって言うんだ。もう帰って寝ろ」

「人を馬鹿にしないで下さい。俺だって人間です。知りたがって何が悪いんですか」

「そうか、知りたいか。だったら話してやろう。死んだ人の願いだってかなえてやるんだから、生きてる人の願いを聞いてやれないことはない。それしきのこと、話してやるよ。新京に一度訪ねてきたことがあった。ひどいざまでな」

弘はすっかり酒に酔った様子で、片膝を立てて壁にもたれていた。それは、すべてをさらけ出したような姿だった。栄光は永鎬の話に耳を傾けていたというよりも、弘を注視していた。

（全然違う）

昨年、満州で会った時の弘を今の姿から想像するのは難しい。最初に会った時もそうだったし、二回目に会った時もそうだった。吉林で父の訃報を受け新京に引き返した時は、葬式に始まり一切を弘が取り仕切っていた。仕事ぶりは手際良く、神経が隅々まで行き届いていて何一つ問題はなかった。重厚な人柄で、自分の感情はよほどのことがない限り表に出さず、どこから見ても男らしかった。決して今のような姿ではなかった。栄光は、今目の前で自分を解き放ち、収拾できないでいる弘をとても理解できなかった。顔を見てもわからないほどやつれてしまったとか、感情が枯渇しているとかそういうことではなく、本質的に人が変わってしまったようだった。栄光の目には両手を上げて降伏した人みたいに見えた。過酷な運命だの女遊びだの、弘が使いそうにない言葉だ。病弱な妻が刑務所にいるから心配だとしても、あんなに弱い人ではないというのが栄光の考えだった。妻の実家の重圧も、多少の違いはあれ、これまで何度も経験してきたことだったし、警察で受けた心理的苦痛も、弘がしてきたことからしてみれば経済事件で済んでよかったと言えるからだ。

「ううっ！」

うつむいた弘の口からむせび泣きがもれた。座ってうとうとしていた輝は気絶しそうなほど驚いて思わず立ち上がった。

「どうしたんですか？」

「聞くまでもない。昔の恋人を思い出して泣いてるに決まってるでしょう」

永鎬が意地悪く言った。

「何てことを言うんだ。義兄さん、李さんはどうしちゃったんでしょう」

「さあ、だいぶ酔ってるみたいだな」

栄光が舌打ちしながら答えた。

「俺は酔ってないぞ」

「こんな人じゃないのに。誰か死んだ人のことでも思い出したんですか」

輝はそっと座りながら聞いた。

「言われてみれば、あそこに行って泣くのが先だな」

あそことというのは平沙里にある父の墓のことだ。もっともな話だった。それでも、弘はしばらく泣きやまなかった。

永鎬も口を閉じた。皆、尋常でない弘の言動に黙るしかなかった。

「俺は満州に行きたくない」

意外な言葉が弘の口から出た。

「行きたくないなら行かなければいい。家も買ったことだし、ここに定着したらどうですか」

栄光が言った。

「いや。ここに定着するだなんて、きっと耐えられないだろう。朝鮮に残るのはもっと耐えがたいことだ」

そう言うと弘は立ち上がった。

「俺は帰る」

「そんなに酔ってどこに帰るんですか」

輝も立ち上がって弘の腕をつかんだ。

「帰らないと」

「だったら、俺が送ります」

永鎬も立ち上がる。

「俺も帰らなきゃ」

最後に栄光がのろのろ立ち上がり、四人とも庭に出た。雨はやみ、近くでコノハズクが鳴いている。

皆が帰ると栄光は一人、部屋に戻って散らかった酒膳を脇に寄せ、腕を枕にして横たわった。コノハズクが鳴き続けていた。

(兄さんはなぜ泣いたのか。恨だろうか、自分の人生に対する悲しみか)

弱った姿もそうだし、むせび泣いたのもそうだった。普段の弘からは考えられない言動に栄光は衝撃を受けた。

（今度、満州に行ったら、帰ってこられないかもしれないと思ったのだろうか）

そんなことを考えているうちに栄光は、いつの間にか眠ってしまった。

目を覚ますと真昼だった。散らかった酒膳はすっかり片付けられていて、栄光は布団の中にいた。最初に浮かんだのは、むせび泣く弘の姿だった。どこかで弘みたいに泣いていた男を見たことがあるような気がする。どこだったか、誰だったのかはわからない。栄光はたばこをくわえて火をつけると部屋の戸を開けて板の間に出た。

「兄さん、起きた？」

栄善が台所の方から走ってくる。

「もう昼だな」

栄光は妹を見つめながら気まずそうに笑った。

「なんであんなにお酒を飲んだの？　体を壊すわよ」

「いつも飲んでるわけじゃない」

「それにしたって。朝、あの人を叱っておきました」

「亭主は仕事に行ったのか」

「兄さんが起きるのを待ってたんだけど。出かける時は工房に寄ってくれって言ってた。どこか見物したい所はない？」

「とんでもない。ソウルに帰らないと」

「何ですって、今日帰るの？」

栄善は責め立てるように聞いた。

「明日帰ろうかと思う」

「ソウルに？」

「……」

「母さんはどうするの」

不満そうな声だ。

「とにかく、もう少しいてよ。あたしも話があるから」

栄善は急いで台所に戻る。それから栄光は顔を洗い、栄善は食膳を持って台所から出てきた。

「腹は減ってないが」

「あんなにお酒を飲んで、胸やけしてるでしょう？　タラ汁を作ったから、ご飯を少し混ぜて食べて」

「ああ、板の間に置いておいてくれ」

栄善は食膳を下ろし、自分は板の間に斜めに腰かける。夜に降った雨のおかげで、辺りは洗い流したようにすがすがしい。向かいの山は青く爽やかで、鳥が空高く飛んでいた。

「明日帰るなんて、とんでもない。母さんに会わないで帰るって言うの？」

「……」

「会わずに帰ったって知ったら母さんがどんなに心を痛めることか」

「……」

「父さんが生きてた頃とは違うんだから。あたしも兄さんに会ったら話したいことがたくさんあったのに、こうしてると言いたかったことはどこかへ行っちゃって」

「どうせ怨みつらみだろう」

栄光はタラ汁を食べながら言った。

「過ぎたことを言っても仕方ないわね。でも、これからは、兄さんにもちょっと考えを変えてもらわないと困るわ。母さんの手紙を読んでわかってるだろうけど、父さんが残した財産がかなりあるらしいから、家を買って結婚もしないと」

「結婚？」

栄光は照れくさそうに笑った。

「じゃあ、一生一人でいるつもり？　母さんを寺に置いたまま？」

「……」

「母さんが寺にいたいと言い張ったとしても、放っておくわけにはいかないでしょう」

「母さんが帰ってこないことには家を買っても意味がない。俺は家なんて必要ない」

「だから、今回来たついでに寺に行ってきて下さい」

「母さんの頑固さには勝てないよ」

「勝っても負けてもいいから、とにかく母さんに会ってもらわないと困ります」

「わかったよ。何でそんなにうるさいんだ。お前、亭主にもそうやって小言を言ってるのか」

栄光は仕方ないというように笑った。

「あの人は小言を言われるようなことはしないわ。おとなしい人だし」

「亭主はおとなしいが、兄さんはそうじゃないって言うんだな」

「もう。そういう意味じゃなくて」

栄善は慌てる。

「気にするな。慌てることはない。事実だからな。輝は俺から見ても君子みたいだ。父さんは、目は小さくても婿を選ぶ目はあったな」

「兄さんったら、そんな意味じゃないのに」

栄光が食膳を押しやって聞く。

「子供たちはどこへ行った？　昨日、下の子をちょっと見ただけだが」

「宣児は学校に行ったわ。宣一はちっとも家にいなくて、鎮圭と小川に行ったみたい」

「生活はどうだ」

「裕福ではないけど十分よ。不満はないわ」

「だったらいい」

「母さんもお前は心配いらないねって言ってるし」

「じゃあ、どこかへ出かけるとするか」

栄光は立ち上がった。

「町へ行くなら工房に寄って宣児の父さんを誘うといいわ。おいしい食堂も知ってるし。ああ、お願いだからお酒はもう飲まないでね」

「遠くへは行かないよ」

栄光が枝折戸から出ようとすると栄善が呼び止める。

「兄さん」

「何だよ」

「母さんに会っていくって約束してね」

「ああ」

栄善は満足げな笑顔を浮かべる。

「この近所を回るんなら、忠烈祠《チュンニョルサ》*に行ってみるといいわ」

「忠烈祠？」

栄善が後をついて出てくる。

「あそこに見えるでしょう？　椿の木が並んで立ってる所。あそこに忠烈祠があるわ。李舜臣《イスンシン》将軍を祭った祠堂よ」

「そうか」

「でも、たぶん中には入れないと思う。椿の花が咲いてる時は見事なのにな。まだ少し花が残ってるとは思うけど」

栄光は栄善の声を背中に聞きながら坂道を下りる。石があちこちに転がっている、広くない道に沿って下りると大きな洗濯場があり、女たちが洗濯をしながらおしゃべりしていた。洗濯物を洗濯棒でたたく音、女たちの笑い声、こぼれる日差し。栄光は昨日、埠頭で見たあのみずみずしい生の活力を噛みしめる。栄光は、生きる意味と可能性とはまさにそんなものではないかと考える。だが次の瞬間、それは他人の人生だと悲観する。他人から見た今の自分は、決して真実ではない。栄光はもう一度洗濯場に視線を投げる。

（そうだ。俺の視界に入ってきたあの人たちの姿と耳に聞こえてきた音がまさに詩ではないか。だとすれば、詩は真実なのか！）

栄光は歩きだした。道の両側にこんもりと植わっている椿が濃い影を落としていた。栄光は椿のトンネルの中に入る。まっすぐ進めば忠烈祠だが、栄光は木の下に座ってたばこに火をつけ、煙をたなびかせながら考える。地域の聖地であるこの場所は、悪辣な日本からどうやって守られているのだろう。固く閉じられた祠の戸を遠くから見つめながら栄光は、まさにここの地形のおかげではないかと考えてみる。統営の中心部に行くには、ソムン峠を越えてカンチャンゴルを抜けなければならない。カンチャンゴル一帯やソムン峠にも家は立ち並んでいた。特に、ソムン峠は草ぶきの貧しい家が多く、そこから忠烈祠に至る坂道の下にあるのは、大抵貧しい庶民たちの住まいだ。忠烈祠はまるで、盆地の中で貧しい民たちに守られているように見えた。

（一人の偉人が生きて死んでいった意味は何だろう。それは情緒ではないだろうか。詩だろうか。透明で他人には見えない姿が、見る人によってさまざまな情緒として生き返るのではないだろうか。だとしたら、それ自体が見る人にとっては風景であり、詩だ。偉大だということそのものが）

栄光は、論理的には説明できず言葉でも表現しがたい考えにふけっていた。

五章　荒れ果てた故郷

「来るとは思っていたが、よりによってこんな騒々しい時に来るなんて」

カラムシ*のトゥルマギに古ぼけた夏の帽子をかぶった延鶴《ヨンハク》が言った。渡し舟から包み一つを持って降りた弘《ホン》は、村の入り口に差しかかったところで延鶴に会った。鳳基《ポンギ》老人が昨夜亡くなり、弔問してきた帰りだと言う。延鶴は宝蓮《ポヨン》の従兄の金範錫《キムボムソク》と一緒に統営《トンヨン》に行っていたので、弘が満州から帰ってきてから会うのは初めてだった。

「随分長生きでしたね」

弘が言った。

「そうだな、十分長生きした。昔は、欲深くて意地悪だと有名な人だったが、今の世の中を見てると、あの頃は良かったと思う。村には秩序があったし、范彊や張達*みたいな力自慢の男たちが趙俊九《チョジュング》を殺してやると言い、義兵にもなって……。あの時代の人で最後まで残っていたのが鳳基爺さんだったが、寂しくて、心に穴が開いたみたいだな」

「晋州《チンジュ》に永八《ヨンパル》おじさんがいるじゃありませんか」

「まあ、統営では、趙俊九もまだ生きてるって言うし」

「あの人ももう長くないと聞きました。息子に横暴に振る舞う元気もなく、頭もはっきりしてないらしいです」

「考えてみたら、すべてのことが砂浜に押し寄せる波のようだ。寄せては返し、寄せては返し、楽なのも一時で、今この村は禹《ウ》の奴の家のことで心が休まる日はない。それはそうと、お前はまずどこへ行くんだ」

「家に行かないと」

それは、今は成煥《ソンファン》の祖母が住んでいる昔の家のことで、かつて龍《ヨン》が暮らし、死んでいったあの家だ。

「出発前の挨拶に来たのか」

「まあ、そんなところです」

二人とも、しばらく黙って歩いていた。延鶴が足を止め、帽子を脱いで汗を拭く。

「墓参りするんだろう」

「はい」

「まあ、父さんの墓がなければ、お前がここに来ることもないだろうが」

「それはそうですね」

「それじゃあ、また後で会おう」

二人は分かれ道で別れた。延鶴は村が騒がしいと言ったが、弘にはひっそりしているように感じられた。

喪家や田畑に仕事に行った人もいるのだろうが、村はがらんとしていて誰も歩いていなかった。高い木の上にある巣の脇で時々カササギが鳴くだけで、辺りは不思議な沈黙の中に沈んでいた。石が転がる村の道に日差しが強く照り付ける。

庭でうろうろしていた成煥の祖母は、入ってきた弘を見て驚いた。

「成煥の祖母ちゃん、お元気でしたか」

弘は包みを板の間に置いて挨拶をする。

「あ、あんたは、その」

「ええ、弘ですよ」

「ああ、そうだ。弘だよ！」

「……」

「間違いない！　弘だ。死なずにいたからこうしてまた会えるんだね」

成煥の祖母は弘の手を握る。

「中に入りましょう」

弘は成煥の祖母を板の間に押し上げ、自分も靴を脱いで上がる。

「クンジョルを受けて下さい」

「そんな、やめておくれ」

「いいえ。さあ、座って」

弘はクンジョルをしてその場に座り、成煥の祖母はとめどなく涙を流す。もちろん、息子の錫《ソク》を思って泣いているのだ。

「家には誰もいないんですか？」

「成煥は晋州で中学に通ってて、南姫《ナミ》は」

と言うとむせび泣く。

「南姫は釜山《プサン》で女学校に通ってるよ。貴男《クィナム》の母ちゃんは葬式を手伝いに行っててね。だから一人なんだ」

チマの裾をまくって涙を拭いた成煥の祖母が聞く。

「お昼は済ませたのかい」

「町で食べてきました」

「統営に行ってきた漢福《ハンボク》から聞いたけど、奥さんはどうなった？」

「出てきました。もっと早く来ようと思ってたんですが、女房の体が良くなくて、引っ越しするのにも忙しかったし」

「体が悪くなるのも無理はない。あんな所にいたんだから。男ならともかく、女にはきつかっただろうよ。とにかく出てこられてよかった。ああ、お前が随分やつれてたって漢福が言ってたけど、あの男前がこんなになっちまって」

「俺ももう若くないから。朝鮮の水は俺には合わないみたいです」

弘が笑いながら言った。

「そうだ、鳳基爺さんが昨日の夜に死んでね」

「ここに来る途中に聞きました」

「そうかい。じゃあ、ちょっと座ってなさい。飲み物でも持ってくるよ」

「構わないで、どうぞ座って下さい。話もあるし」

話があるという言葉に成煥の祖母は緊張する。

「俺が満州に行ったら、成煥の祖母ちゃんにもなかなか会えなくなると思います」

「また満州に行くのかい？」

「はい」

「漢福の話だと、工場は整理したそうじゃないか」

「また新しく始めないと」

「ここで暮らせばいいのに。満州に行くんなら何で家を買ったんだ」

「家族は置いていきます」

家族を置いていくという言葉に成煥の祖母の顔がこわばる。

「錫も家族を置いて出ていって以来、何の便りもない。お前もそうするつもりなのかい？」

そうするつもりなのかというのは、独立運動をするのかという意味だった。

「実は、ここに来る途中も迷っていました。でも、やっぱり話した方がいいかと思って」

成煥の祖母の目が大きく開く。錫は死んだと言われるのではないかと思ったのだ。昨夏に寛洙《グァンス》が死んだように。

「錫兄さんは無事です」

「ほ、本当かい、錫は死なずに生きてるんだね！」

「はい」

「お前が直接会ったのかい？」

「俺も錫兄さんに会ってから随分経ちます。この間、事業を整理するために満州に行った時、ハルビンにいらっしゃる先生から聞きました。錫兄さんが何日か前に訪ねてきたって」

「そ、そうかい。ああ」

成煥の祖母はまた泣く。

「これだけは覚えておいてほしいのですが、絶対にこのことを人に話してはいけません。話せば、何人もの人が大変な目に遭うだろうし、子供たちにも害が及ぶでしょう。鳳基爺さんが亡くなったと聞いて、この話をせずに行くわけにはいかないなと思って」

「わかってるよ、よくわかってる。あたしにそれがわからないはずがない。漢福や張《チャン》さんは何も言わなかったけど、錫が満州に行ったことはずっと前から知っていた。でも、これまで一度も口にしたことはない。孫たちが危険な目に遭うかもしれないってこともみんなわかってるよ」

「余計なことを言ったかもしれません」

「心配しなくていい。死んでも言わないよ」

「何があっても歯をくいしばって生きなければなりません。錫兄さんに会うまでは」

「生きてるうちに会えるといいけど」

「近いうちに会えますよ。でも、そうなればまた大変だと思います」

「日本が負けるってことかい？」

成煥の祖母は声をひそめた。弘はうなずく。

弘は板の間に置いてあった包みをほどいてみやげを取り出す。

「町の市場で餅を買ってきました。固くなる前に食べて下さい。俺は山に行ってきます」

弘はそう言って残りの荷物を持ち、鎌を借りて出ていった。目に付きにくい所を選んで川原に下り、麻の上着も下着も脱いで体に水をかけながら川の中に入る。青く澄んだ蟾津江《ソムジンガン》。弘は、体を洗いながら周甲《チュガプ》のことを考え、鳥打令《セタリョン》*の節を思い出す。渡し舟が近づいてきたので、川の中に潜って隠れる。再び浮かんで顔を出すと、渡し舟は通り過ぎた後だった。

「ああ、気持ち良さそうだね！」

渡し舟の船頭の声が日差しを突き抜けて響いてくる。そして、舟は下流に向かって下っていった。川の向こうは全羅道《チョルラド》だ。川に迫る急な山には木々が生い茂っていた。シラサギが幻想のように、白い翼を広げて飛んでいく。川の水は山影のせいか緑がかった青だ。

（ここがあの桃源郷なんだな）

ハルビンから新京までの、丘一つない広大な土地が目の前に浮かぶ。息が詰まるほど果てしなく広い大地。それはある種の恐怖を感じさせた。弘は栄光に海は不安だと言ったが、それは、満州のあの果てしない原野を連想させるからだろうか。あるいは、港を出入りする船の汽笛のせいだろうか。去るのは不安だが、残ることはもっと耐えがたい。宝蓮が刑務所から出てきてから弘は以前のように落ち着きを取り戻し、ある程度安定していたものの、朝鮮を去るにあたって克服できていないことがあった。それはこの先、すべてをなげうって闘わなければならないのだろうかという懐疑だった。しかし、その懐疑は彼を朝鮮に留めておくほど強いものではなかった。もしかすると、懐疑というよりも弘自身の人間的な弱さだったのかもしれない。

「ここが桃源郷なんだな」

今度は声に出して言ってみる。そして、この地にこぼれ落ちた種から自分が生まれたことにあらためて気づいた。弘にとっては、記憶すらない幼少時代以外はほとんど思い出と呼べるもののない土地だ。父の生前、名節《ミョンジョル》*にここを訪ねてきて二人で墓参りしたことを除けば、けんかを止めに入ろうとして禹が振り回した刃物でけがをしたことが一番鮮明な思い出だった。

川から上がった。服を着ながら、山と川は桃源郷なのに、人は桃源郷に住んでいないという考えがよぎって胸が痛む。

山に着いた弘は、最初に祖父の墓の草むしりをし、供え物を並べてからクンジョルをする。そして、父の墓に供え物を並べると、クンジョルをしたまま長い間そこに伏していた。

(父さん、俺は満州に行きます。なぜ行くのか知ってますよね。これからは尚根《サングン》や尚兆《サンジョ》が墓参りに来ますから)

最後に雑草を刈って供え物を上げたのは、会ったこともない江清宅《カンチョン》の墓だった。

山を下りながら弘は、龍井《ヨンジョン》にある月仙《ウォルソン》の墓のことを思い、墓も作らずに火葬した生母に強い哀れみを感じる。

金訓長家に弘が立ち寄ると、

「まあ、李《イ》さんじゃないか！」

庭で麦を広げて乾かしていた妻の伯母、山清宅《サンチョン》がうれしそうに立ち上がった。

「範錫、範錫！　李さんが来たよ！」

農機具の手入れをしていたのか、範錫が小屋から出てきた。

「いらっしゃい」

にこにこ笑う。

「伯母さん、クンジョルをさせて下さい」

弘が言った。

「こんな格好でクンジョルだなんてとんでもない。舎廊に上がってちょうだい。挨拶は中に入ってからにしよう」

範錫が手を払いながら先に立って歩く。

「最近、具合はどうですか？」

「父のことか」

「はい」

「畑仕事はできないね」

舎廊に入った範錫が、

「お父さん、統営から李さんが来ました」

声をかけると部屋の戸ががらっと開いて漢経《ハンギョン》が顔を出す。髪が白くなっていた。本を読んでいたのか、老眼鏡の奥の目を上に向け、

「李君、入りなさい」

と言った。

部屋に入った弘はクンジョルをする。

「この度は、いろいろとご心配をおかけしてすみませんでした」

「それはこちらが言うべきことだ。済まない」

漢経はとても言いにくそうに言った。

「宝蓮が出てきたという話は聞いた。引っ越しはしたのか」

範錫が尋ねる。

「しました」

弘が答えると漢経は範錫に、

「酒膳を用意するように言いなさい」

やはり、言いにくそうに言った。漢経としては、最大限の歓迎の意を示したのだ。

「言わなくても用意していると思います。お母さんは李さんが来たのを知っていますから」

漢経はうなずく。満州まで行って金訓長の遺骨を持ち帰った漢経は、ちょっと足りない所があると言われていたが、養父に対する孝行と家を守ることにおいては抜かりはなかった。今も彼は、墓を守るために存在しているかのように、先祖の供養に関しては一寸の狂いも許さない厳格さを堅持している。彼は若い時に婚期を逃し、妻の山清宅とはかなり年の差があった。範錫も遅くにできた子供だ。

「満州には行かないのか」

漢経が何も言わないので代わりに範錫が聞いた。

「行きます」

「一人で？」

「はい」

「向こうの状況はどうなんだ。何か気配はあるのか」

「長くは続かないでしょう」

「そうだろう。長くは続かないだろう」

「お義兄さんは国内の状況をどう見ていますか」

弘は範錫の目を注視する。

「戦争が終わるかどうかにかかっている。力を合わせるなんて夢のまた夢だ。問題は、朝鮮人がどの程度被害を受けて終わるかということだ」

「父上が生きていたら、ひどく嘆き悲しむようなことが毎日村でも起きている」

漢経も言いにくそうに言った。そうして三人が黙り込んでいると、範錫の妻が弘に挨拶しながら酒膳を運んできた。弘としては、とても断れない酒膳だった。漢経がどんな思いで酒膳を出すように言ったかがわかるからだ。弘は、漢経の杯に酒をつぐ。範錫が酒瓶を受け取って弘の杯に酒をつぎ、今度は弘が範錫の杯に酒をつぐ。まるでそれは儀式のようだった。漢経は酒を飲み、杯を食膳の上に置きながら言う。

「私の願いは」

「……」

「日本が負けたことを父上の墓に行って報告することだ」

漢経が涙ぐむ。

「遠い異国に骨を埋めた父上の悲痛な思いを範錫も忘れてはならんが、李君はそれを直接見てきたではないか」

「はい」

「ほんのわずかでも、父上の遺志にそむくことのないようにしなさい」

「はい」

「李さんはやるべきことをやっています。お父さん」

「ああ、わかっている」

漢経は珍しく笑った。

しかし、笑っていた漢経が突然慌て始めた。片方の唇がぴくぴく動く。それは、胸が詰まりそうなのに適切な言葉が浮かばない時の癖だった。

「お父さん」

範錫が落ち着かせるようにそっと呼んだ。

「ん、ああ。なぜこれまで気づかなかったのか」

「……」

「おかしい。なぜ気づかなかったんだ……。じ、実は、亡くなった父上にとって李君は特別な人だということに、なぜ今頃気づいたんだろう」

「どういう意味ですか」

「わ、私はお前たちも知ってるとおり、この家の子孫が絶えそうになって養子になった。親等で言えば、父上と私は八親等以上になるはずだ」

「それは知っています」

「だが、李君は違う。父上の孫娘の配偶者ではないか」

「そうです」

「父上がこの世に残していった子孫の婿なんだ。それだけではない。父上が間島《カンド》にいた時、亡くなるまで近くにいたのも李君で、そう考えれば特別な人だ」

「そう言われると……そのとおりです、お父さん」

「私たちはあまりにも考えが足りなかった」

黙って聞いていた弘は、

「間島で直接お祖父さんのお世話をしていたわけでもないのに、そう言われると恥ずかしいです」

「いやそれは、君がまだ若かっただけで」

「李さん」

範錫が恥ずかしそうに笑いながら呼んだ。

「お父さんが言っているのは、血筋の正統性のことだ。李さんこそお祖父さんの遺志を継ぐべき人だという意味だよ」

漢経は何度もうなずく。髪が白くなっただけではなく、顔は青白く、麻の単衣のパジチョゴリは雨具のようにぶかぶかに見えた。

「穴があったら入りたいほど恥ずかしい限りですが、これからはお祖父さんの遺志を肝に銘じて生きていきます」

弘は決まり悪くてどうしていいかわからない。

漢経は酒に弱いので、範錫と弘も適当に切り上げ、挨拶をして部屋を出た。

「そのまま帰るつもりじゃないだろうね」

姪の婿も大事な客というわけか。その間にチョゴリを着替え、嫁と一緒に板の間に座っていた山清宅は、舎廊から出てきた弘を見て言った。

「行く所があって」

「そうなの？　夕飯には戻ってきなさい。きっとよ」

「はい」

範錫がついてくる。黙って田んぼのあぜ道を歩き、川の土手まで出た。二人並んで座って川を見つめる。川の色はさっき弘が来た時よりも濃くなったようだった。日が傾いてきたからだろうかと弘は思う。

「さっき、ここで水浴びをしたんです。山や川は桃源郷そのものなのに、人は桃源郷に住んでいない。そんなことを考えました」

範錫は黙っている。弘はたばこをくわえて火をつけた。範錫はたばこを吸わないので勧めもしない。

「鮎が食べたくないか？　酒幕に行ってマッコリを一杯飲もう」

しばらくしてから範錫が言った。

「ここで話しましょう。永鎬《ヨンホ》の家にも行かないといけないし、張さんにも会わないといけないから」

宝蓮と結婚する前、つまり、間島から帰ってきて弘の情緒が極度に不安定だった時、平沙里《ピョンサリ》にいる父の龍を訪ねてくるたびに会っていたのが範錫だった。若い頃から重厚な人柄で、普通学校を出ただけだが、漢学を学び、西洋の学問も独学で習得して大学卒業以上の識見を持っている。特に、農村問題についてはかなり詳しかった。彼の昼耕夜誦《ちゅうこうやしょう》の生活は、少年の頃から四十歳を超えた今日まで変わりなく続いている。永鎬も弘も、そして青少年期に平沙里に来てさまよっていた允国《ユングク》も、範錫から相当影響を受けた。弘は彼を兄のように尊敬していたが、先に近づいてきたのは範錫の方だった。間島での金訓長の行跡を知るためだ。そうして親しくなって家にも出入りしていた時、実家に来ていた宝蓮の母であり金訓長の一人娘だったチョマギの目に留まり、チョマギが切望して弘と宝蓮が結婚したのだ。

「お前が家族を置いていくと聞いて恥ずかしくなった。さっき、お父さんの話を聞いていた時も恥ずかしかったけど」

「そんなこと言わないで下さい。私は革命家でも独立闘士でもありません。なぜそんなことを思うんです」

「違うのか？」

範錫は微笑を浮かべながら弘の目を見つめる。弘は答えない。

「朝鮮で暮らすこともできるのに……。俺は安全な所にいて偉そうなことを言ってるだけだが」

「私だって、目の見えないロバが鈴の音だけを聞いて歩いている*ようなもんですが、これまでに多くの葛藤を経験し、柱が根こそぎ倒れてしまったような気分でした。当然、みんなそうなるんでしょうけど、あまりにも自分たちのことだけに執着しているような気がして裏切られたような気持ちになったり、つまらないことを言っていないで自分もそうやって生きようという強い誘惑に駆られたこともありました。でも、独立運動をしている人たちの苦労を見ているとたまらなかったんです。寛洙兄さんの死も衝撃が大きかったし」

「裏切りを感じたお前の心情は理解できる。大多数にとって執着すべきものは何もない。皆が被害者で、朝鮮という土地自体が何もない監獄なんだ」

「そう、そうですね。なのにどうして、みんな冷淡で、平気でいるような気がしたんでしょうか」

「波が目に見えないからといって海が静かなわけではない。サメが群れを成して暴れて雑魚の一匹も隠れる所がないのに静かであることの方がもっと恐ろしいのではないか。でも、絶望するな。民衆はまだ純粋だ。親日派は言うまでもなく、知識人たちも『日本人』と呼ぶけれど、大多数の庶民は『倭奴、倭女《ウェニョ》』と言う。彼らは、歴史に対する自負心と被害者意識を強く胸に秘めている。日本人を恐れながら侮蔑し、服従するふりをしながらも決して仕えはしない。彼らは朝鮮の大地であり、生命だ。監獄から脱出できる機会が与えられれば皆、それを逃さないだろう。義兵の意気はまだ彼らの希望のともしびとして残っている」

「お義兄さんは社会主義ですか」

「いや」

範錫ははっきり答えた。

「俺は農本主義だ。そもそも、俺は土地の国家所有に反対だ。日本が朝鮮の地を所有するのに反対なのは言うまでもなく、土地というのは耕作者が所有すべきで、いや、違う。土地は耕作する人が自然から借りるべきものだと考えている。人が命を借りてこの世に生まれてくるように、そうやって生命が誕生した以上、自然は耕作者に土地を貸してやらなければならない。生きている者の権利だ。土地の主は自然で、銃を抱えた異民族でないのはもちろん、国家のものでも個人のものでもない。自然から土地を借りることのできるのはもっぱら耕作者だけだと俺は考える。だから俺は、国家権力や銃を持った人々の権力を認めない。政府というのはただ管理者の集団であるべきだと思う」

「正しいけれど、理想論ですね」

「漢の時代に塩や鉄や酒などの専売政策の存続を巡る議論を記録した『塩鉄論』という書物があった。その中に出てくる官吏と在野の知識人の経済論争を大まかに要約すると、知識人は商業を抑制しようという立場で不必要なものを生産することに反対し、衣食の根幹として農業を奨励している。不必要なものの生産や交易によって国が強く豊かになれば、それは戦争を招くことになり、人民は道徳的に堕落してしまうという主張だ。それに対し、官吏は交易の必要性と国民生活の向上のために生産高を上げ、それによって軍備を増強し、国家を富強すべきだと力説している。例えば、器に模様をつけることすら人力の消耗だと見る極端でストイックな知識人は理想論者で、崑崙《こんろん》＊の外からヒスイを持ち込み、細工して利益を出すことを可と考える官吏は現実主義者だ。だが、なくてもよいものを無限に生産することと強兵策が人力と物資を大量に浪費することを否定できず、それによって人は堕落し、国家と国家、民族と民族、個人と個人の終わりのない競争が始まる。帝国主義の侵略がまさにそれだが、とにかく、最後まで互いが敵として存在し争うなら、果たしてそれは民のためになるのだろうか。現実が未来を潰してはならない。もし、俺たちが道徳と宗教を含めた理想を捨ててしまえば、未来はどうなるか。世の中は終わりだ。今、この時点で俺がこんなことを話せば笑われるだろうが、今日、世界各地で起こっている戦争を見てみろ」

「もし、戦争が終わって朝鮮が独立すれば、お義兄さんの考えていることが可能になると思いますか」

弘の口調には多分に皮肉が含まれていた。

「ならないだろう。外で誰かが武器を生産している以上はな。資本主義も共産主義も、中身はどっちも生産高至上の唯物論ではないか。単にどう管理して分配するかの違いだ。俺は、いつかそれは壁にぶち当たると思う。すべてにおいて利子だけで食べていくべきで、元金を食いつぶせば破綻するしかない。土地が元金だとすれば、その年に取れた農作物は利子だということだ。もっと卑近な例を挙げるなら、頭の中にある知識は元金で、就職してもらう月給は利子だ。何事もそういう物差しで測れば合理的だ」

範錫はなぜか声を立てて笑う。どこからどう見ても農民で、毎日の畑仕事で顔が真っ黒に日焼けしているせいか、ひときわ白く見える歯を見せて笑う。弘も適当に調子を合わせて笑う。

「さっき、独立したら俺の考えていることが可能になるかと聞いたか」

「……」

「ははははっ、ははは……。人が聞いたら捕らぬ狸の皮算用だと笑うだろうな。お前も、俺のことを田舎の妄想家だと思ってるだろう」

「あまりにも漠然としているからです」

弘はため息をつくように言いながら、またたばこを取り出し、川風を防ぎながら火をつける。

「漠然としていても、俺の話は妄想じゃない。神はいないと信じ、そう口にしてみると実際、俺にも神はいなかった。以前思っていたような神は信じない。ただ、自然と宇宙のあの絶対的秩序、循環する命の集合体が俺にとっての神なんだ。だが、偶像や心象の影を信じてきた人たちが実証的な科学によって揺さぶられるのが二十世紀の特徴ではないか。社会主義陣営では初めから麻薬だと言って神を追い出してしまい、資本主義陣営では物質を絶対視しながらうわべを飾るために神を利用している。とにかく、ほとんど死物と化してしまったその場所に挑戦者である科学は傲慢にも立ち入った。神の領域として保護されてきた神聖な場所に科学がメスを入れるのは当然だ。自然と宇宙を挑戦の対象、人間が克服すべき対象としてな。違うか？　生産によって地上の楽園を創出し、物資を水道水みたいに供給するようになるなんて妄想だ。彼らは今、何をしている。戦争をしているではないか」

「私たちも今、戦争をしていますよ」

反発するように弘が言った。しばらく会話が途切れ、だいぶ経ってから弘が聞く。

「社会主義も妄想だと言うんですね」

「人間の無限の可能性を宇宙の秩序と結びつけようとは思わない。傲慢な人間主義は暴力だ。頭がどうかしてるのさ。科学は合理性から出発したが、結局、理性を失った人間に刃物を持たせる結果になった」

「社会主義に対するお義兄さんの見解ですか」

弘は妙に社会主義にこだわる。

「それもこれも皆、縦か横かの違いだ。結局は、対決と人間至上のエゴイズムでしかない。地球と宇宙は生命の集合体で、さっき言ったように、それは共生し、同化し、誕生し、循環するが、調和どころかひたすら挑戦し、勝利することだけが今日の命題ではないか。自然の秩序をしのぐ人間の秩序を夢見ることは、妄想だというよりも破滅をもたらす結果になる。さっき、土地の持ち主は自然だ、耕作者だけが土地を借りることができると言ったのもそのせいだ。ところで、お前は社会主義者なのか」

今度は範錫が聞いた。

「わかりません」

「どういうことだ」

「私には判断がつきません。確信が持てないんです。お義兄さんの話の中には私たちの独立についての考えがあまり……いえ、ほとんど出てきません。私は目の前のことを見ていて、お義兄さんは遠くを見つめているからでしょうけど、ちょっと失望しました」

「……」

「とにかく、何としてでも私たちは生き残らなければならず、そのためには独立しなければならないということ以外、複雑なことは考えられません。でも、満州で独立運動をしている人たちは、ほとんどが社会主義者です。彼らの情熱はそれこそ清らかで純粋です」

「そうだろうな。彼らは民草《たみくさ》*だから……」

「彼らの中には相当な知識人もたくさんいます」

弘は範錫の言葉を修正するように付け加えた。

「わかってる。それでも彼らは雑草だ。俺たちみたいに」

と言うと、範錫は話題を変える。

「俺は時々思うんだ。東学がもう少し早く蜂起していたら、あるいは、百年後に蜂起していたらどうだったかと」

弘は範錫を見つめる。どういう意味かと聞きたい気分ではなかった。弘はもどかしく不思議に思った。

前に進めというのか後退しろというのか。範錫は悲しそうな目で弘の視線を受け止める。

範錫と別れた弘は、漢福の家に向かう。満州の原野よりも強く荒れた風が自分の体を突き抜けていくような気がした。

（いったい、俺は何を考えるべきなのか。逆さづりにされている気分だ）

心の中でつぶやくと、一つのことにはっきり気づいた。範錫は変わってしまった。何かにとりつかれた人のようでもあり、新興宗教の教祖のようでもあった。彼の言葉を肯定したかったが、そうできないものがあった。

（仙人みたいなことを言って。今は悠長に構えてる場合じゃない！）

弘は心の中で怒りを爆発させたものの、何かにつまずいて倒れてしまいそうな気がした。

漢福の家に入ると、永鎬の母と死んだ禹の女房が板の間に座っていた。永鎬の母はうんざりした様子で、禹の女房は眉間にしわを寄せて怒りをあらわにしていた。二人とも黙ってはいたけれど、ただ事ではない雰囲気だ。弘を見た永鎬の母は、うれしいというよりもほっとしたような表情を見せた。

「おやまあ！」

と言いながら立ち上がろうとすると、

「誰かと思ったら、李さんの息子じゃないか。敵には一本橋で会うって言うけど、全くそのとおりだね。いったいどうしてるのか、顔を見たいってちょうど思ってたところだよ」

禹の女房は毒づきながら立ち上がり、弘の前に仁王立ちする。

「お元気でしたか。お久しぶりです」

弘は感情を抑え、丁寧に挨拶する。

「ああ。そ、その、永鎬の父さんは奥にいるよ」

永鎬の母は面倒なことになりそうだと気づき、弘に退路を作ってやるように言った。

「姿が見えないと思ってたら、奥の部屋に隠れてたんだね」

禹の女房は作り笑いを浮かべながら、恐ろしい目で弘をにらんでいる。

「何もそんな言い方をしなくても。罪を犯したわけでもないのに、隠れてなんかいませんよ。よその女が訪ねてきたからって男がいちいち出てくることもないでしょう。冗談じゃない」

永鎬の母は少し腹を立てたように言った。

「何、冗談じゃないだって？　そんなことを言えた立場かい。それに何だって？　よその女が訪ねてきたからって男がいちいち出てくることもないだと？　いい年をして浮気でもすると思ってるのかね。笑わせるんじゃないよ。お互いの子供の縁談が持ち上がってるんだから、顔ぐらい出すのが道理ってもんだろう。あんたたちがあたしを馬鹿にするなんて、とんでもない」

「まったく、付き合いきれないね」

「こっちの台詞だよ。あたしに相手してもらえるだけでもありがたいと思いな」

だが、どういうわけか、それ以上は永鎬の母を責め立てることなく、代わりに、どうにもできずに立っている弘に矛先を向ける。

「さっき、久しぶりと言ったかい」

「……」

「ああ、久しぶりだ。ずっと会いたいと思ってたんだが、やっと会えたよ。それから、元気かと聞いたが、大事な亭主を亡くしたっていうのに元気なはずがないだろう？　お前は、洋服を着てしゃれ込んで大きな顔をして訪ねてきたが、人の心を傷つけたことを忘れたみたいだね」

「俺が何をしたって言うんですか」

「とぼける気かい。ほほう、月日は恐ろしいね。うちの家族は怨んでいるのに、あんたが忘れるなんてひどいもんだ。どいつもこいつも不倶戴天の敵だよ。首をへし折ってやりたいほど憎い呉《オ》の奴は堂々とお天道様の下を歩いてるのに、呉を助けた奴らのことをあたしたちが忘れるもんか。いつか仕返ししてやるから、覚えておくんだね」

　禹の女房はかんかんになって怒りはせず、ただ繰り言を並べ立てる。弘が満州に行く直前に平沙里に来た時、禹と呉がけんかしている、死人が出そうだと聞いて呉の家の庭に駆けつけると、鎌を持った禹と呉が取っ組み合っていた。二人を止めようとして弘は傷を負い、かなり長い間治療を受けていた。禹の女房が怨みを抱いているのは、裁判で弘がヨプの母と同じように見たままを証言したからだ。それが呉に有利な証言だったので、呉は死刑や無期懲役を免れ、過失致死罪で何年か服役して出てきたことを怨んでいるのだ。弘にしてみたら、とんだとばっちりだ。けがをしただけでも不運なのに、禹の女房に突然ののしられて面食らっていた。

漢福が出てきた。

「来たか。入れ」

漢福はわざと知らないふりをして弘の袖を引っ張る。

「ちょっと待ちなさいよ！　永鎬の父ちゃん」

禹の女房の矛先が今度は漢福に向けられた。

「後にしましょうよ。取り立てて話すこともないし、本人が再婚しないと言ってるんだから」

「嘘を言うんじゃない！　若い子がそんなことを言うはずがないだろう。とにかく、あたしたちは引き下がらないからね」

「客が来たから、失礼しますよ」

「客だって？　ものは言いようだね」

そう言いつつも、禹の女房はおとなしく引き下がる。漢福と弘が中に入ると、永鎬の母をつかまえてまた長々としゃべるつもりなのか、チマを整えて板の間に腰かける。用件は、婚家の暮らしに耐えられず離婚したイノと、女房に逃げられた一東《イルドン》〈禹の長男〉の縁談だった。

禹の女房は最初、福童《ポクトン》の女房を通してまるで恩でも売るように話を持ってきたが、漢福は顔を真っ赤にして即座に拒否した。

「何、イノはやれないだって？　まさか、聞き間違いじゃないだろうね」

禹の女房の顔が青ざめる。しかし何を思ったのか、村をひっくり返すような騒動は起こらず、あれこれ悪口を言いふらすこともなかった。間を置くようにしばらく静かにしていたかと思うと、再び福童の女房を寄こし、今度は最初とは違ってやたらと丁寧に、低姿勢で用件を伝えてきた。

「本人がいやだって言ってるのに、いくら親だからってどうしようもないでしょう。親のせいでああなっただけでも胸が痛むのに」

その時、永鎬の母はそう言った。その後も、禹の女房はいろんな人を寄こして永鎬の母を説得しようとし、しばらく穏やかに過ごしてきた漢福の家に心配事ができた。簡単に引き下がる禹の女房ではなかったからだ。近所でもこのことについては意見が分かれた。

「ああ、もしあんな家にイノが嫁に行ったら、永鎬の家はめちゃくちゃになるだろうよ」

畑の草むしりを終え、田溝で顔を洗った女が手拭いで顔を拭きながら言った。

「どうしてですか」

少し年下の女が溝に足を浸けて休みながら聞き返した。

「あのあくどい一東の母ちゃんが、まさか嫁が欲しくて縁談を持っていったと思うかい?」

「ほかにどんな理由があるんですか?」

「下心があるんだよ。あのキツネみたいな女め」

初老の女はやれやれと言うように首を振る。

「永鎬の母ちゃんからすれば、頭の足りない一東なんかにイノをやるなんてもったいないですよ」

「とにかく、イノは父ちゃん、母ちゃんの頭痛の種だ。息子たちはいろんな仕事をしながらそれなりに暮らしてるのに、イノときたら。一生小さくなって生きていかなきゃならない運命なのかね」

「そうですね。家の来歴を考えれば嫁に行けただけでも上等なのに、嫁ぎ先に骨を埋めろって言う父親に逆らって戻ってくるなんて、よほどのことだったんですよ。戻ってきた時はすっかりやつれてしまって。永鎬の母ちゃんが泣くのを見てあたしも涙が出ました。それだけじゃありませんよ。離婚するのにどれだけ苦労したか。それはそうと、一東の母ちゃんは嫁が欲しいわけじゃないって言うのはどういう意味ですか？」

「何でわからないんだ。財産だよ。この辺りじゃいい暮らしをしてる家だってことさ」

「そ、それはそうですね」

「イノがあの家に嫁いでみなさい。禹の家族が永鎬の家を食い尽くしちしまうだろうよ。これでわかったかい？」

「ええ、言われてみればそのとおりです」

「大変なことになるだろうに。永鎬の母ちゃんは今、天井に蛇が入ったような気分だろうよ」

「ほんとですね。それだけじゃ済まないかもしれませんよ。聞いたところによると」

女は急に声をひそめる。

「ここに引っ越してくる前のことらしいですが」

「……」

「ここだけの話ですが、死んだ禹さんは性格は良くなかったけど、ちょっと冷たい感じでまあまあ男前だったでしょう？」

「顔はまあそうだったね。彫りが深くて体もすらっとしてたし、女の目を引く力はあった」

「とにかく、ここに来る前のことらしいんですが、禹の女房がわざと金持ちの後家と亭主をくっつけたっていうじゃありませんか。亭主がちょっと目をくれただけでも、相手の女の家に一晩中こぶしほどの石を投げつける嫉妬深い女が、自分から進んでそんなことするには理由があったんですよ」

「後家の金を吸い取ろうって魂胆だね」

「そのとおりです。その時は、田畑を耕してたわけでもなく、あちこちさまよい歩いてたそうですが、その後家に取り入って家族全員、金をせびりながら暮らしてたらしいですよ。恐ろしいったらありゃしない」

「それだけじゃ済まないだろうね。すっからかんになるまで、ヒルみたいに吸い尽くしたに違いない」

「誰にも言わないで下さいよ。このことが知れ渡ったら、あたしは殺されるかもしれません」

急に怖気づいたのか、慌てた顔をする。何気なく言ったことをひどく後悔している様子だった。

「心配しなくていい。あたしだって、あの女の性格はよくわかってるからね。いちいち聞いたことを話してたら、毎日村がうるさくてやってられないよ」

そう言ったかと思うと、話を続ける。

「若い子にずっと一人でいろって言うわけにもいかないし、話がある時に再婚させてやった方がいい。イノも親が生きているうちに……。きょうだいは親とは違うからね。一つでも若いうちに再婚して、子供でもできれば昔のことも忘れられるだろうに」

「そうですよ。いくらよくしてもらったって親よりも亭主の方がいいに決まってます。一東は頭は足りないけど、力は強いし畑仕事も全部一人でやるし」

「確かに、あの家の田んぼと畑は、一東と介東《ゲドン》の女房がいなけりゃどうにもならない。禹の女房ときたら口が達者なだけで、近所の家に行って愚痴を言うことしか能がないからね。しかも最近は、面事務所の書記の母親だって威張り散らしてるし」

その禹の女房が、永鎬の母を頭のてっぺんから足の先までじろじろ見ながら長話を始めようとしていた。鉄砲を構えたからには仕留めなければならないというように口を開く。

「これまであたしも随分我慢したし、おとなしくしてきたつもりだけど、こうなったらもう意地だ。聞かせてもらおうじゃないの。うちの一東の何が気に入らなくて娘をやれないって言うのか、耳をきれいにほじくってきたからわかるように説明しておくれ。今日こそは正直に理由を話してもらうよ」

「あたしたちが反対してるんじゃなくて本人がいやだって言うんだから、いくら親でもどうしようもないじゃありませんか。牛みたいに無理に引っ張って連れていくわけにもいかないし、何度言われたって無駄ですよ」

永鎬の母は前もって答えを用意しておいたかのようにすらすらと、彼女にしてはかなりはっきりと言い返した。

「一度嫁に行ったからって、親子の関係は変わらないはずだ。親の言うことを聞かない子供がどこにいるんだい。見え透いた嘘をついて人を馬鹿にして。考えてみなよ。再婚したくないっていうこと自体がちゃんちゃらおかしいじゃないか。大昔には両班だったらしいが、しきたりを守って一生に一人の男にしか仕えないってわけかい？　冗談じゃない。三叉路に立って行き来する人に聞いてみるがいい。亭主と死に別れた若い後家でもあるまいし、一人の男に仕えられなくて出戻った女が、節操を守って一生一人で過ごすなんて誓うもんか。そんな見栄を張ったら人に笑われるよ。そうだろう？　どうせならもっとましな嘘をついてもらわないと」

「……」

「さあ、再婚できない理由を聞かせてもらおうか」

「あたしにはわかりませんよ」

「だったら、イノに出てくるように言うんだ」

「みんな出かけて誰もいません」

「ふん、あきれた。こんなことなら最初から話を持ち出すんじゃなかったよ。感謝するどころか、人を馬鹿にして。人殺しの家の、しかも、市場で物乞いをしてた女の娘を嫁にくれと言われるなんて、それだけでもありがたいと思ってもらわないと。そんなこともわからないなんて、こんな失礼な話はないよ」

「そのとおりです。一つも間違っていません。人殺しの家だというのも、物乞いをしてたのもそのとおりですよ。それなのに、そんな卑しくてけがれた家と親戚になっても構わないんですか。将来、子供が生まれても結婚は難しいだろうし、しかも、面事務所の書記までいる家の恥になるじゃないですか。話にならないでしょう？　それがわかってるから、イノも再婚しないって言ってるんですよ。お願いですから、なかったことにして下さい」

永鎬の母もなかなかのものだ。窮余の一策とでも言おうか、勇気が湧いたようだ。

「ああ、よく言った。そう言えばあたしが引き下がるとでも思ったかい？　あたしを誰だと思ってる。ほほう。一度刀を抜いたからには古木でも切らないことには、さやには収められないね。こんな家に断られるなんて。恥をかかされて黙っちゃいられないよ。やろうと思えばあんな女一人ぐらい、負ぶって連れていくことだってできるんだ。下手に出てたらつけ上がって。出戻りの女を負ぶって連れていくのは法でも止められないって知らないのかね」

「負ぶっていこうが、逆さづりにして連れていこうが、風呂敷に包んでいこうが、それを法が止められないなら、人が自分の足で歩いて出ていくことも法では止められませんね」

「体が弱ってるのに、自分の足で歩いて出ていけるもんか」

「それは、法とは関係ないでしょう。無理矢理連れていったら刑務所行きですよ。面事務所の書記の家にそんな人がいてもいいんですか」

その言葉に多少ひるんだが、禹の女房は戦闘態勢を整える。

「黙って聞いてたら言いたい放題じゃないか。人を馬鹿にするにも程がある。痛い目に遭ったことがないから、そんな強気に出られるのかね。おとなしいって聞いてたけど、猫をかぶってたんだね。こんなに口が達者だなんて。だけど、あたしに逆らっていいことは一つもないよ。大目に見てやってる間に言うことを聞いた方がいい。臭い飯を食わされるかどうかは見てのお楽しみだ。ふん！　禹家の人間を馬鹿にして。

法っていうのは人次第なんだ。呉の奴は死刑になるか、一生刑務所暮らしをするかのどちらかだった。あの時はあたしたちに力がなかったからそうならなかったけど、今は違う。事情が変わったんだよ。あたしは息子を一人国に捧げたし、もう一人は面を治める書記なんだ。それでも、臭い飯を食わされると思うのかい」

そう言った時、禹の女房は意気揚々とし、まるで馬に乗った将軍みたいに堂々としていた。顔は喜悦にあふれていた。

「ええ、わかってますとも。それを知らなきゃ平沙里の人間じゃありませんよ。でも、一つはそうだとして、もう一つはどうでしょうね。あたしたちにも強い味方がいるってことを知らないんですか。子供たちの伯父さんが誰か、うわさを聞いて知ってるはずです。あまりにもひどいことを経験した故郷だから帰ってこないけど、電報を一本打てばすぐに駆けつけるはずです。あたしたちにも強い味方がいるんです。み、味方が」

永鎬の母の顔から血の気が引いた。目が大きく見開き、瞳孔が動かなくなった瞬間、永鎬の母は板の間の端から地面に転げ落ちた。口から泡を吹いている。

「ああ、あたしのせいじゃないよ」

禹の女房は少し慌てている。部屋の中から外の気配に耳を傾けていた漢福が飛び出してきた。弘も後から出てくる。台所に飛んでいった漢福は水を一杯持ってきて永鎬の母の顔にかけ、残った水を知らん顔をしてパガジ〈ヒョウタンで作った器〉ごと禹の女房の方に投げる。

「わっ！」

禹の女房が悲鳴を上げた。そんなことはお構いなしに、漢福は永鎬の母を抱き起こして頬をたたく。永鎬の母はやっと目を開いた。

「ねえ」

「ああ、しっかりしろ」

「ねえ、あたしにはできない。イノがまた苦労するのを見ることはできないよ。ううう……ああ、可哀想なイノ。親に恵まれなかったばっかりに、ううう……」

永鎬の母は漢福の胸に顔を埋めてむせび泣く。

「ああ、まったく！　恐ろしいったらありゃしない。あたしは何にも言ってないのに気を失ったりして。人を悪者扱いするつもりだね」

禹の女房が言った。かかわりたくないので家の外から様子をうかがっていた近所の人たちが、いつの間にか庭に入ってきていた。弘は禹の女房をにらみつけている。近所の人たちもじっと見ているだけで、まるで無言劇のように怪しい雰囲気だ。

「ちょっと、あたしは指一本触れちゃいないよ。勝手に気を失ったんだ」

禹の女房は、永鎬の母が気絶したことなど少しも気にしていなかった。少し慌てたのも気絶したからではなく、永鎬の母が金頭洙《キムドゥス》のことを持ち出したからだ。禹の女房も、満州だったか朝鮮の北の方だったか、頭洙が警察で高い地位に就いているといううわさを聞いていた。だから、それを意識して禹の女房は最初から、自分なりに丁重に話を進めてきたのであり、漠然としてはいるけれど、その人の存在は、役人になった介東にとって決して悪くないだろうという計算をしていた。

誰かが知らせたのか、畑で草むしりをしていたイノと次男の嫁が駆けつけ、

「母さん！」

「お義母さん！」

イノと嫁が同時に叫んだ。

「大丈夫だ、心配するな」

漠福が言った。

「父さん、いつまでもこんなことが続くなら、あたしは頭を剃って尼さんになります」

イノが泣いた。

「尼になるだって？」

禹の女房が飛び上がる。捕まえた魚を逃したような顔だった。

「ふん！　誰でも尼になれると思ってんのかね」

近所の人は誰も口を開こうとしなかった。黙って見守っているだけだ。禹の女房は決まり悪かったが、一方で、誰も自分の味方をしないのはけしからんとでもいうように近所の人の顔を一人ひとりにらんでいる。そして、険しい顔つきの弘と目が合った。

「あたしをにらむんじゃない！」

禹の女房は突破口を見つけたようにわめきながら手を振り上げる。弘の目つきが鋭くなった。漢福が素早く立ち上がり、相手にするなと目くばせする。近所の人たちも弘に合図を送った。相手にするなと。

「ちょうど会えてよかったと思ってたが、はらわたが煮えくり返って仕方ない。何をにらんでるんだ！」

禹の女房は弘の方に近づく。その時、ゴロゴロ、ドーン！　と渇いた空から雷の音が聞こえてきた。禹の女房がたじろぐ。

「書記の母さんよ、それぐらいにしとけ」

誰かが言った。書記の母さんという言葉には皮肉がたっぷりこもっていたが、禹の女房が一番好きな呼び名でもあった。

「雷の音がこんなにやかましいのに、話は晴れた日にしたらどうだ」

また誰かが言った。止める言葉よりも雷の音が怖くなった禹の女房はぐずぐずと後ずさりする。ゴロゴロ、ドーン！　また雷の音がした。再び青い稲光が走って雷鳴が響くと、突然空が暗くなる。近所の人たちは一人二人と雨を避けて走っていき、禹の女房は、

「それじゃあ、イノの父ちゃん、話の続きはまた今度にしよう」

と言って帰っていく。

禹の女房が枝折戸を出た時、空から大雨が降ってきた。辺りが闇に包まれる。

「まさに青天の霹靂だ」

弘が急いで軒下に入りながらつぶやいた。

「久しぶりに来てくれたというのに済まないな。全く話が通じなくて困ったもんだよ」

漢福は弘を見つめながら苦笑いする。永鎬の母はずっとすすり泣いていた。

「おい、お前たち。母さんを部屋に連れていきなさい」

「はい」

漢福が言うと、ぼうっと立っていた嫁とイノが永鎬の母を抱き起こした。

「心配するな。嫁にはやらない。イノ、お前も頭を剃るだなんて、そんなこと二度と言うんじゃないぞ」

永鎬の母は娘と嫁に支えられて内房に入っていく。

「弘、俺たちも中に入ろう」

土砂降りの雨が庭に降り注いで水しぶきを上げていた。土塀のヨンマルム*につるを伸ばし、はかなげに咲いているユウガオが雨に打たれている。雨の中を二羽の鳥が懸命に飛んでいく。

小さい部屋で漢福と向かい合って座った弘が聞く。

「いったい、何があったんですか」

「ひどいもんだ。村中が大騒ぎだよ。一匹のドジョウが溝の水をすっかり濁してしまうということわざどおりだ。禹の家族があくどいのは、お前もあの時、殺人事件の巻き添えになってよく知ってるだろう」

殺人事件と口にする時、漢福は目を伏せた。

「知ってますよ。今日も顔を合わせた途端に随分悪態をつかれました。呉さんが死刑にならずに刑務所から出てきたのも俺が間違った証言をしたからだって言いながら。ほんとにあきれて、顔にげんこつを食らわせてやりたいほどでした」

「そんなことをしたら、お前は満州に行けなくなる。これまでお前は遠くにいたからよかったんだ。コプの母ちゃんはやられっぱなしで、それはひどいもんだよ。嘘の証言をしたから仕返ししてやると言って、ヨプの家の豆畑に牛を追いやって荒らしまくるわ、口にするのもおぞましいが、猫の首を切って庭に投げ入れるわとやりたい放題だ。顔を合わせるたびに悪口を言って殴りかかってくるし」

漢福は身震いする。

「呉さんと少しでも関係のある人を見れば歯ぎしりし、揚げ足を取って悪口を言うのはいつものことだ。禹の家族の中でも特にあの女はどうかしてる。誰も相手にしないし、しかも、一番下の息子が志願兵になったおかげで次男が面事務所の書記になれて、怖いものなしってわけだ。村でのさばって、駐在所の巡査なんかお構いなしで、去年の秋には、介東の奴が崔《チェ》参判家の奥様にまで偉そうな口をきいたらしい。それだけじゃないぞ。山清宅をののしったっていうんだからな。世も末だ。あんな奴ら、顔も見たくない」

「……」

「お前はよく知らないだろうけど、実は、禹の奴と呉さんがああなったのには深い訳があるんだ。病気の牛を禹がだまして売ろうとしたのを呉さんが止めたのが事の発端だ。買い手が気づいて取り引きが駄目になったんだが、牛を買おうとしたのはよその村の人だし、呉さんは買うのを止めはしたものの、近所のよしみで牛の病気のことは口外しなかった。なのに、禹は呉さんが邪魔をしたせいで牛が売れなかったと勝手に思い込んで、突然、呉さんが義兵だったと役所に告げ口したんだ。幸い、無罪放免になったが、その時からいがみ合うようになって」

「呉さんはどうなったんですか？」

「出てきた。あれからもう何年にもなるが」

「この村に住んでるんですか？」

「村に？　とんでもない。また人殺しが起きてしまう。家族を連れてどこでどうやって暮らしてるのか……。村から追い出されるのも棒でたたかれるのも、人に相手にされてる証拠だ。禹の家の奴らはそれもできないほどひどいからな」

「さっきの話だと、イノを嫁にくれって言ってるみたいだったけど」

「ああ」

漢福は力の抜けたような声で答えた。

「一東が女房に逃げられて、しばらく狂ったように捜し回ってたけど、もうそれは諦めてイノをくれと言うんだ。もし、イノが嫁いだら、うちの家は身ぐるみはがされてイノは死んでしまう」

そう言うと、嫁が部屋の外から聞く。

「お義父さん、酒膳をお持ちしましょうか」

永鎬の母が聞いてこいと言ったようだ。

「ああ、頼む」

漢福が答えた。だが、弘は驚いた様子で止める。

「体の調子が良くなくて酒はやめたんです。それに、行く所があるし。ああ、鳳基爺さんの弔問に行って、天一《チョニル》の母さんの所にも寄って挨拶しないと」

「そうか」

嫁は台所に戻ったようだ。

「明日、もう一日いてから帰っては駄目なのか」

漢福は名残惜しいからかほかに話があるからなのか、そう言って弘を見つめる。その気持ちがわかる弘は、知らないふりをしながらそっとたばこをくわえる。火をつけてマッチ棒を灰皿に投げ捨て、

「酒はやめたんですけど、たばこは全然やめられなくて。何だかんだと本数が増えてしまいました」

そう言いながら、弘は頭洙を思い出す。

「永鎬から話を聞いたが、また満州に行くのか」

「はい」

「これ以上苦労しなくてもいいと思うが」

「そうですね」

しばらく何も言わずにいた漢福がまた口を開く。

「さっき、うちの女房が気絶したのは、怖くなったからだろう」

「……」

「兄の話を持ち出してしまって」

もちろん弘も聞いていた。とっさに口から出た言葉だということもわかっている。しかし、妙な気分になったのは事実だ。

「お前を煩わせてたって話は聞いた」

弘は驚いて漢福の顔を見つめる。

「誰に聞いたんですか？」

「永鎬が三和《サムファ》に聞いたらしい。三和は何も知らずに話したんだろう」

「なぜそんな話をしたのかな。それに、三和がどうやってそのことを知ったのか」

「天一が話したみたいだ」

「……」

「申し訳ない」

「そんなこと言わないで下さい。そんなのは昔からずっとあったことで、兄さんが謝ることはありません。これっぽっちも」

「相変わらずひどいことをしてるのか」

「人は簡単には変わりませんよ。でも、日本の奴とは手を切ったみたいです」

「じゃあ、何をしてるんだ」

漢福は、愛憎入り混じった複雑な表情を浮かべる。

「金はたっぷり稼いだから生活の心配はないでしょう。それに、以前ほどの勢いはありません」

「前世で憎み合った相手がたくさんいたようだ。他人だけじゃない。親兄弟とも反目していたんだろう」

漢福の目に涙が浮かぶ。

「考えるのはやめましょう。忘れるんです」

「どうして俺の荷物はこんなに重いのか。いくら頑張っても荷物は減らない。寛洙兄さんがこの世を去って、胸にぽっかり穴が開いてしまったみたいだ。寛洙兄さんは俺を一人の人間として扱ってくれた。仕事もくれて、父さんの罪も兄さんの罪も俺の心から洗い流してくれた」

漢福の目から涙があふれる。

「本当に気の毒です。だけど、兄さんは何も悪いことをしていないのに、いつまでそうしてるつもりですか。兄さんがそんななら、俺は生みの母のせいで一日中愚痴を言って過ごさなければならないな」

弘はわざと怒る。

「俺と比べることはない」

「比べるだなんて。兄さんは危険を顧みずにやるべきことをやったじゃないですか。他人のことは忘れなさいよ。親兄弟だって行く道が違えば他人です」

「寛洙兄さんが死んでしまって、頼る所がなくなったような気がしてな」

「それは俺も同じです」

「どうして今まで死なずに悪行を重ねたのか……。他人はそうは思わないだろうが、血のつながりっていうのは恐ろしいもので、時々、可哀想に思えるんだ。人として、何であんなふうに生きなければならなかったのかって」

会話が途切れた。雨の音が小さくなっていく。どこかで鳥が悲しげに鳴いていた。

（悲しげに鳴く鳥と楽しそうにさえずる鳥がいる。どちらも鳥の声なのに、人の耳には悲しく聞こえたり、楽しそうに聞こえたりするのはなぜだろうか）

弘はたばこの煙を吐き出しながら、ふとそんなことを考える。

「それで、イノはどうするつもりですか」

「イノは……」

「ずっとああやって騒動を起こされたら、耐え切れないでしょうに」

「耐えられないなら、出家させるさ」

弘は空笑いする。

「笑いごとじゃないぞ。どうしても駄目なら、そうするしかない」

「こっちからも脅迫してやればいい。奥の手をこんな時に使わなくていつ使うんですか。追い詰められたら電報を打つんです」

二人は黙って雨の音を聞く。

「弔問に行くのか？」

「はい」

「だったら、一緒に行こう。俺もまだ行ってないんだ」

二人は傘を差して家を出た。土砂降りの雨が降ったからか水路の水かさが増え、泥水が勢いよく流れていた。出畑に広がる緑が雨に濡れている。

「生きるって……本当に息が詰まるよな」

漢福が言うのも無理はない。彼が生き残っているということ自体が奇跡だった。大根のしっぽか道端の雑草みたいに何度も踏みつけられながら育った漢福。体は小さいけれど、数十年の月日を経て今ではすっかり落ち着いた大人になり、思慮深い賢者のようなまなざしをしている。

「息苦しいですね」

しばらくしてから弘が答えた。

「俺は子供の頃に随分いじめられたけど、鳳基爺さんもいなくなってしまって、本当に歳月ははかないもんだな。もっと早く死んでもよかったのに何であんなに長生きしたんだろう」

「まだ、怨んでるんですか?」

「い、いや。そんなことはない。もう昔のことだ。怨みなんて残っちゃいないよ」

「月日が経っても忘れられないことがあります」

「忘れられないことは多いさ」

漢福は慎重に水たまりを飛び越える。

「だが俺は、自分に対する恨が多くて人を怨んでいる暇はなかった。怨まれるべきは俺なのに誰を怨むって言うんだ」

「もうそんなことは考えないで下さい。兄さんは何も悪くない」

「俺にも罪はあるさ。前世で犯した罪があるはずだ」

「つまらないことを言って」

漢福はため息をつく。

「俺を育ててくれたのは、風であり、雨であり、村の人たちだ」

「……」

「幼い頃、俺を家に泊めてくれた栄万《ヨンマン》の母ちゃんも思い出すし、今日みたいな土砂降りの中を歩いていると、むしろを切って頭に掛け、かぶっていきなさいと言って結んでくれた知らないおばさんのことも思い出す」

「忘れて下さい」

月日が経っても忘れられないことがあると言ったくせに、弘は漢福に向かって忘れろと言う。

弘が統営で息の詰まる日々を送っていた頃、輝《フィ》がうちの先生に一度会ってみないかと言い出したことがあった。退屈だったせいもあるが、あの時一瞬、弘は不思議な好奇心を抱いた。それはある意味、自虐的なものだった。それまで決して口外しなかった嫦伊《チャンイ》のことを酒に酔った勢いで話してしまった時の心情と似ていた。自分は何者なのかを問いただしたかったのかもしれない。弘は輝の後をついて趙炳秀《チョビョンス》の家を訪ねた。夕飯を食べた後、まだ暗くなって間もない頃だった。

「あそこの部屋にあの年寄りがいる」

輝が指差した部屋からは何の音も聞こえず、明かりだけが漏れていた。それなのに、明かりが漏れてくるその部屋の中に、数百年も生きた巨大なムカデがとぐろを巻いているような幻覚が弘の頭の中をかすめていき、全身が震えた。言いようのない恐怖のせいで弘は、その家から逃げ出してしまいたい衝動にかられた。靄《もや》みたいな毒を吐き出しながらとぐろを巻いている巨大なムカデ。それは趙俊九に関する情報が蓄積される中で無意識のうちに形作られていたイメージで、ムカデは大勢の人に苦痛を与え、害を及ぼす悪の象徴だ。

（父親の悪行によって人生が完全に狂ってしまい、傷ついたのが漢福兄さんと炳秀さんだ。いったい運命とは、血のつながりとは何なのか）

弘も彼らの父親の罪業によって傷つけられたが、自分には大きな山のような父の存在があったことを強く意識する。農民、李龍。命の尊さを体で教えてくれた人。平沙里はその父の生きた場所だ。

（父さん）

さっき、墓で感じたよりもはるかに強い恋しさが弘の胸をぬらす。

「ひょっとして、統営でモンチという青年に会ったことはあるか」

漢福が聞いた。

「え？」

「モンチという、永鎬の女房の弟なんだが、ひょっとして統営で会わなかったかと思って」

「ああ、二度会いました。一度は永鎬の家で、一度は輝の家で会いました」

「ああ、そうか。どう思った？」

「意外でした。姉さんはあんなにきれいなのに、岩みたいにごつごつしていて不細工で」

漢福が笑う。

「何でそんなことを聞くんですか」

弘は傘を持ち上げて漢福を見る。

質問には答えず、

「あの子は、統営に行くと姉さんの家よりも輝の家にいることの方が多いだろう。山で兄弟みたいに育ったから情もあるし、なぜか永鎬とは気が合わないらしいんだ。まあ、永鎬はちょっと度量が狭いからな」

漢福が言った。

「輝も頑固ですけどね」

「モンチは、永鎬に馬鹿にされていると思ってるが、初めて会った時、永鎬が冷たく当たったのは確かだ。自分も女房とうまく行っていない時に山育ちの少年が突然現れたもんだから」

「……」

「あの子を見てると俺の子供の頃が思い出されて他人だとは思えない。あの子も風が育て、雨が育て……ああ、山の神霊に育てられたんだと言う人もいる。とはいえ、急いで誰かいい相手を見つけてやって、土地も少し分けてやってこの近くで暮らしたら寂しくなくていいだろうって思うんだ。そうすれば、淑《スク》もどれだけ安心か。永鎬は女房に恵まれたよ。慎重で礼儀正しくて。だけど、モンチはまだ結婚する気はないって、頑として言うことを聞かないんだ。無理やり引っ張って連れてくるわけにもいかないし、困ったもんだ」

「永鎬もうまくやろうと気を使ってるみたいでしたけど、どうにも捉えどころがないみたいで」

「捉えどころがない？」

「あの子の生きる世界が空と大地ほど広いからでしょう。ははははっ」

弘は少し愉快な気分になった。漢福もつられて笑う。漢福はモンチに格別の情を持っているようだ。

「確かにそうだな。この世に怖いものはないから自分の思うままに生きてる。それでも、山であの子を拾って育てた人が学のある人で、ちゃんと教育したみたいだ。無知なようでいて実はかなり知識があるし、霊感も強い。どこへ行っても自分のことは自分で何とかするだろう。普通に結婚して女房や子供に縛られて生きる人間ではないのかもしれないな」

二人が傘を閉じて喪家に入ると、中庭に敷かれていたむしろは巻かれ、日よけも畳まれていて、弔問客たちの足元はぬかるんでいた。人々は雨を避けて軒下に集まったり、板の間や離れの部屋で酒膳のもてなしを受けたりしていたが、喪家はもの寂しいことこのうえなかった。小降りになった雨の中を行ったり来たりしながら働いている女たちは、雨と汗に濡れた麻の単衣のチョゴリが背中に貼りついて素肌が透けて見えていて、髪の毛には露のような水滴がしたたっていた。弘を見ると人々は皆喜んだ。一つは、彼が龍の息子だからであり、二つ目は呉と禹がけんかした時、弘が勇敢に止めに入ってけがをしたことを覚えているからで、三つ目は満州に行って大成功したといううわさのためだ。

弘と漢福は喪庁《サンチョン*》に入り、棺の前でクンジョルをしてから喪主にも挨拶をして板の間に出た。

「酒膳を一つ持ってきておくれ！」

年配の女が台所に向かって叫び、女たちは弘に向かって口々に言う。

「よその地に行って苦労しただろう？　もうちょっと長生きしてくれたらよかったのに、お前の父さんは早くに逝っちまって」

「鳳基爺さんの葬式のために来たのかい？」

「お前も年を取ったね。こうして見ると父さんそっくりだ」

女たちがそう話しかける合い間に、

「アイゴー、アイゴー」

と喪主の哭《こく*》が聞こえてくる。弘が少なからぬ金額の香典を出したことにも皆が感謝した。

「やっぱりお前は父さんの息子だよ。親に似ない子はいない」

その言葉は漢福には気まずかった。

「ほんとだよ。龍おじさんが生きていた頃は良かった。いなくなってあらためてそう思うよ」

「今も思い出すよ。あたしがまだ子供の頃、チャング〈鼓のような打楽器〉を抱え、ばちを持って歩いていた龍おじさんの姿がありありと浮かぶ。ほんとにきりっとしててね」

「それだけじゃない。顔も男前だった。百姓にしておくにはもったいない人だったよ」

「村の女たちがうっとり眺めてた。だけど、死んでしまったらどうしようもないね」

人々は競い合うようにして龍を褒める。あるいは、龍を褒めるというよりも自分たちの青春時代を回想しているのかもしれない。

「とにかく、龍兄さんがお前を残していってくれてよかったよ」

言外には任《イム》の母の存在があった。その人だけではなく、口には出さなかっただけで誰もが心の中で任の母のことを考えていた。

酒膳が出された。年長者であるバウがきせるをはたいて腰に差し、漢福と弘の向かいに座る。市場で豚を売って祭祀に必要なものを買ってこいと言われたのに、その金でばくちをしてすっからかんになって帰ってきたバウ。父親に殺してやると追いかけられていたのが昨日のことのようなのに、彼もいつの間にか五十代半ばになり、百姓仕事のせいでやつれて見えた。漢福は黙ってバウの酒碗に酒をつぎ、弘にもついでやる。弘はやかんを受け取って漢福の酒碗に酒をつぐ。

「飲もう」

三人はマッコリを飲んで料理をつまむ。

「意地の悪い奴だったが、葬式がこんな雷と大雨の日になるなんて。今頃、あの世に向かいながら後悔してるだろうな」

バウは漢福に目くばせしながら言った。漢福はくすっと笑う。子供の頃、バウはよく漢福の味方になってくれた。

「そうだ、禹の家と親戚になるのか？」

「何てことを言うんですか」

漢福がいやそうに答える。

「何でだ？　イノが面事務所の書記の義姉さんになれば、お前もちょっと偉ぶって歩き回れるようになるだろうに。違うか？」

「本気でそんなこと言ってるんじゃないですよね？」

と言うと弘が漢福に口添えするように、

「会寧《フェリョン》〈咸鏡北道《ハムギョンブクト》にある都市〉で巡査部長までやったお兄さんがいるんだから、偉ぶりたいんなら何も娘の婚家の力を借りる必要なんてありませんよ」

意図的に言った言葉だった。バウが会心の笑みを浮かべる。

「みんな、聞いたか」

と周囲を見回す。

「巡査部長と言ったら警察署で署長の次に偉いんだ。面事務所の書記とは比べものにならない。天と地の差だ。うかうかしてたら手錠をはめられちまうぞ」

バウが大きな声で言った。誰も何も言わなかった。漢福は弘を見つめる。喉に骨でも刺さったみたいな表情だった。

「とにかく、世の中が滅びる兆しなのか、こんな小さな村が二つに分かれて争っている。万事がそうだから口げんかの絶える日はないし、イノのことにしたって他人のことなんだから放っておけばいいものを、嫁にやるべきだ、いや、やめるべきだとやかましいったらありゃしない。いっそのこと、脱穀場で綱引きでもして勝負をつければいい」

バウは声を上げて笑う。

「そうだ！　そうでもしないと収まらない。放っておくとまたしばらく騒がしいぞ」

誰かが言う。弔問客が途絶えると特にすることもなく、軒下に出てきて雨を見つめていた女たちの中から、

「昔からのしきたりどおり、女を負ぶっていけば済むことじゃないのかい？　節操を守るような家柄でもなし、嫁に行かないでどうやって一人で生きていくんだ」

ちょっと意地悪な声が上がった。

「昔のしきたりなんて意味がないよ。時代は変わったんだから」

ほかの女が気に食わなさそうに言った。

「そうだとしても、禹の女房は国に息子を捧げたんだ。まさかあの兄弟に手錠が掛けられることはないだろうよ」

バウが言う。

「見ろ、村はこんな状況だ」

「アイゴー、アイゴー、アイゴー」

喪庁から喪主の哭声が聞こえてくる。弘と漢福は黙っていた。

「田舎の鶏が官庁の鶏の目をつついて食べる[*]と言うが、大した知識だ」

少し間を置いて皮肉るバウの言葉に女がかっとする。

「ここにいるのは、みんな田舎者じゃないか」

バウは聞こえないふりをする。

「世の中は変わっていくんだ。昨日そうだったからといって今日もそうだとは限らないし、今日そうだからといって明日もそうだとは限らない。楊貴妃も項羽も関係ないさ。じたばたしたって始まらない」

適当なことを言いながら雨の中を帰っていく男の背中に向かって別の男が言う。

「お前の言うことは正しいよ。ヒエのかゆでも食ってつましく暮らしながら月日が流れるのを待つのが一番いい」

「何でヒエのかゆなんだ」

「世の中の流れってものを知らないのか。供出だとか何とか言って穀物を持っていかれるんだから、百姓は米を食えないだろう」

「供出しなくてもヒエのかゆを食べてる百姓はいくらでもいるさ。それも昨日今日に始まったことじゃない。喪家に来て酒や飯が出たからって百姓が米を食べてると思うのは、神仙の住む所から来た奴だ」

バウが言った。

「確かになかなかできることじゃないな。物が不足してたわけじゃなかったけど、最近は、葬式を出すにも力がなきゃ麻の喪服もわらも用意できない。この家はどうなのか知らないけど」

「この家は食うのに困ってないし、親孝行の息子がいて娘も裕福に暮らしてるから、前もって用意してあっただろうよ」

「年寄りのいる家なんだから当然だ。人としての道理だ」

「誰でもできることじゃないよ。いくら道理でも腹が減ったらどうにもならない。親が死んでちゃんと葬式をできないと悪口を言われるけど、貧しいのが罪であって人には罪はない。親をちゃんと見送れない子供だってつらいんだ」

「コレラが流行ったあの年なんて、貧乏人も金持ちも関係なかった。死体を片づける人もいなくて、誰も彼もろくな葬式ができなかった。人がたくさん死んだからね」

「そうだ！　弘、お前はまさにコレラでたくさん人が死んで次々遺体を運び出してた時に生まれたんだった。任が、うちの母ちゃんが死んでしまうって泣き叫びながら走ってた姿を今も鮮明に思い出すよ。お前、今年でいくつだ」

バウが聞いた。

「ちょうど四十です。壬寅《みずのえとら》の年〈一九〇二年〉生まれですから」

「いくら他郷を歩き回っていても生まれはここだ」

「はい」

「江清宅が死んですぐに弘が生まれたって聞いたが」

誰かが言った。しかし、やはり弘の実母の話を持ち出す人はいなかった。崔参判家の話に始まり、昔の話が続いた。そして、誰も鳳基老人の死を悲しむ人はいなかった。長生きしたんだから悲しむ理由はないという雰囲気だった。

天気が悪かったので暗くなるのは早かった。柱に提灯が掛けられるのを見て漢福と弘は喪家を出た。

弘が崔参判家の舎廊で延鶴に会って話をしているとまた土砂降りになった。ざあざあ雨が降り注ぐ。

「すごい雨だな。大雨が続くと大変だ」

延鶴が心配そうに外を見ながら言った。川辺に住む人たちにとって洪水はいつも心配の種だ。

「喪家が心配です」

「それもそうだな」

「こんなに降ったら道が浸かって通れなくなるんじゃないでしょうか」

「明日、帰るつもりなのか？」

「用事もありませんから」

「日は決めたのか」

「……」

「満州に行くんだろう？」

「まだ決めてませんが、なるべく早く行こうと思います」

「そうか……栄光が来た時、何も言ってなかったか？」

「いいえ、何も」

「満州から送られた遺産についても聞かれなかったか?」

「はい」

「まあ、まだ山に置いてあるから何も考えてないみたいだな。まだ大人になり切ってないのか、でなければ世を捨てたのか」

「そうは見えませんでしたよ。満州で会った時より元気だったし。それに、山にいるお母さんに会っていくと言ってました」

「本当か? 落ち着いてくれたらいいが」

「何が問題なんですか」

「男がタンタラなんかについて回ってどうするんだ」

「兄さんも古いですね。昔の旅芸人とは違うんだから」

「だが、死んだ父親のことを考えないと。それに、俺たちだって寛洙兄さんのためにも栄光を正しい道に引っ張ってやるべきだ」

「栄光は馬鹿ではありません。心の中に秘めていることも多いし、ちゃんと考えているはずです」

「それは俺も知っているが、田舎で暮らすような奴でもないし、だから、ソウルに家を買って母親を連れていくべきだ。いい年をして結婚もしないでどうする。本人が望むなら仕事もソウルで探してやれる」

「それより、兄さんは家族を置いてきてるんですか?」

「俺はこれまでどおりだ。時々、晋州に帰っている。これからは、少しこういう場所が必要だと思ってな。

お前も家族を置いていくんだろう」

二人は何となく今日の天気みたいなどんよりした気分で夕飯の膳を受け取った。夕飯を食べに帰れと山清宅に言われていたが、話はまだ終わっておらず、それより雨がひどくて帰ることもできなかった。

「お前にはいろいろと感謝している。特に、寛洙兄さんが死んだ後の始末をきちんとやってくれて……。俺ももう以前のような元気はない。それに時局がこんなだし、皆が耐え抜いてくれるかどうか心配だ。連絡はすべて途絶えた。切ってしまったものもある。還国のお父さんが捕まるのも時間の問題だ」

「そんな兆候があるんですか？」

「静かなもんだ。気分が悪くなるほどな。だから、俺たちは静かに待つしかない」

雨は夜通し降り続け、雨脚が弱まったかと思うとまた激しく降った。

崔参判家の舎廊で延鶴とさまざまな話をしながら一晩過ごした弘は、朝早く範錫の家に戻った。

「土砂降りの雨のせいで帰ってこられないんだろうとは思ってた。それでも、もしかしたら帰ってくるかもって待ってたんだけど……。まさか、朝帰ってくるとは思ってなかったから、おかずが少なくて悪いね」

朝食を舎廊に運ぶ嫁についてきた山清宅は、ひどく申し訳なさそうな顔をした。漢経は一人で膳を一つ使い、範錫と弘は二人で一つの膳を囲んだ。ご飯とみそチゲに、おかずは間引き大根のキムチとニンニクの漬物だけだった。

「雨はまだやまないみたいだけど、どうしても今日帰るのか」

範錫がご飯を食べながら聞いた。

「一日延期しようかと思います」

「それがいい」

漢経が言った。実は、雨のせいというよりも、心境の変化や計画の変更があったようだった。

「錫兄さんの息子が晋州で中学に通っているそうですね」

弘が範錫に聞いた。

「ああ、そうだ」

「親がいなくてしょんぼりしてはいませんか？」

「そんなことはない。あの子はとても慎重な性格みたいだ」

「……」

「うちの哉文《ジェムン》と永鎬の一番下の息子と同じ学校に通っている」

哉文は範錫の一人息子だ。

「成煥の祖母さんが高齢だから心配だが、成煥はもう自分のことは自分でできる年だ。南姫は実の母親が連れていって、それで成煥の祖母さんがひどく悲しんだそうだ」

その話は弘も聞いて知っていた。永鎬が教えてくれたのだ。

「心にしこりが残っているんでしょう」

「自分の子供を取って食う親はいないさ。高等女学校にも通わせてるらしいから、もう忘れた方がいい」

「成煥のことも気にかけてやって下さい」

その言葉の中には、錫という存在を意識しろという意味が含まれていた。

「あの子は哉文とも友達で、哉文が休みで平沙里に戻るとうちにも遊びに来る。心配するな。崔参判家でもあの子のことは特に神経を使っているようだし」

「それは俺もよく知ってます。寛洙兄さんが死んでから、何となく俺たちは間違ったことをしているみたいな気がして……いつも気にかかっていたんです」

そう言うと、

「寛洙？　ああ、あの人も父上について山に入ったんだったな。あれは丁未《ひのとひつじ》の年〈一九〇七年〉だったから、朴星煥《パクソンファン》*が自決した年か」

漢経は、金訓長が山に入る前の乙巳《きのとみ》の年〈一九〇五年〉のことを思い出す。国が滅びたと言って帰ってきた金訓長が俊九を訪ねていったまま戻らず、漢経が提灯を手に捜しに行った時、暗闇の中から金訓長の声が聞こえた。

「漢経か」

「はい」

漢経が、闇をかき分けて近寄った。

「こんな所で、何をしておられるのです」

「うむ」

「寒いのに、風邪を召しますよ」

「ああ。帰ろう」

と金訓長が立ち上がった。カマキリみたいにひょろりとした漢経は、金訓長について歩きながら、足元を照らす。

「漢経」

「はい」

「お前は、父が言うことに、何でも従うか」

「はい」

「我らは死ななければならないと言ったら、その時はどうする」

「父上のお言葉に従います」

さまようように歩いていく金訓長の道袍《トポ》〈外出用コート〉の裾が風になびく。山ではミミズクが鳴いていた。大事を成し遂げるために、近隣の村の儒者たちを訪ねて回る金訓長の後をついて歩いたことも思い出した。あの時、金訓長は村の人々を集めて国の状況を説明し、立ち上がって闘わなければならないと叫んでついには泣き出した。

漢経は食膳を脇に押しのけ、手のひらで額をさする。時々、意識がもうろうとすることがあるが、あの時の記憶だけはいつも鮮明だ。

「皆、自分の土地を捨て、よその地に骨を埋めている。これほど胸の痛むことはない」

そう言うと漢経はぼんやりと膝に視線を落とす。

（お父さん、寛洙さんの遺灰は朝鮮に帰ってきて蟾津江にまかれました。お祖父さんの遺骨も取り戻したよね）

範錫は、一途な思いを抱えて生きてきた父を気の毒そうに見つめながら心の中でつぶやいた。

雨がやんだのか、カエルのやかましい鳴き声が聞こえてきた。

「国運が傾いたんだから、人の力ではどうしようもない。だが、必ず戻ってくる。俺たちの山河もあまたの魂も必ず戻ってくるはずだ」

範錫と弘は黙って食事を終えた。

舎廊から出てきた弘は、待っている山清宅のために母屋の板の間の端に腰かけた。そして、山清宅が知りたがっている統営の状況をおおまかに説明してやった。

「宝蓮は、何でそんな大それたことをしたんでしょう。うまく解決したから不幸中の幸いだけど」

「そんなに大変なことだとは思っていなかったようです」

「そうやって大目に見てくれて、ありがたいわ。満州の事業も畳んだって聞いた。本当に面目ないわね」

「どうせやめるつもりだったんです」

話を終えるとすぐに金訓長家を出た弘は、少し歩いたところで天一の母に会った。

「こんなに近くに住んでるのに、どうしてなかなか会えないんだろうね」

天一の母は腰を伸ばしながら恨めしそうに言った。

「今、訪ねていこうと思っていたところです」

「そう」

「お元気でしたか」

弘はお辞儀をしながら挨拶する。

「帰ってきたとは聞いていて、金訓長の家にも漢福の家にも行ってみたけど会えなかったから、成煥の家で夜遅くまで待ってたけど無駄足だった。今朝は今朝で崔参判家に行ったよ」

天一の母は息を切らせながら言った。

「待っていてくれれば訪ねていくのに。雨のせいで身動きが取れなかったんです」

二人は並んで村の道を歩く。

「ほんとにひどい雨だったね。朝ご飯は食べたのかい？」

「はい」

「うちの子たちはみんな元気だろうね」

「心配ありませんよ」

「あたしも一度、統営に行こうと思ってたんだけど、一人ではとても無理だろう。張さんが行くと知っていたら連れていってもらったのに……。富一《プイル》も何だかんだと忙しくてね」

最後のひとことは言い訳に近かった。

二人が天一の母の家に着くと、庭でうろうろしていた富一の女房が弘を見てぎこちない挨拶をした。

「ああ、ソンジャの母ちゃん。李さんのお昼ご飯を用意しておくれ」

機嫌を取るように嫁に言った。

「わかりました」

そう答えたものの、どこか不満げだ。

「いいえ。少し話をしたらすぐに帰りますから」

弘が強く言った。

「でも」

ソンジャの母は困った様子で立っている。

「そんなわけにはいかないよ。ここまで来て何も食べずに帰るつもりかい」

「ちょっと事情があって」

「だったら、部屋に入ろう」

「ここで話します」

ソンジャの母はそっと台所の方に消えていった。

「富一は町に集金に行く用があって、雨がやんだのを見て出かけたんだよ」

やはり、言い訳みたいに言った。よくわからないが、次男夫婦と何かあるらしい。天一の母は気を静めようと一度うつむいてから顔を上げる。

「せっかくお前が来てくれたのに、何のもてなしもできなくて済まないね」

「俺の都合ですから。気にしないで下さい」

「天一はどうするつもりなんだろうか」

「今度、俺が満州に行ったら引き揚げてくると思います」

「本当かい？」

「はい。もちろんです」

「家族を連れてくるんだね？」

「はい。もう心配いりません。天一はこれまでまじめにやってきましたから、朝鮮に帰ってきても十分食べていけます。事業をしてもいいし、技術があるから就職も難しくないはずです」

「本当かい？　晋州に瓦屋根の家を買ったっていうのも、嘘じゃないんだね？」

「はい。本当です。天一が戻ってきたら、天一の母さんも一緒に暮らせるようになるでしょう。それも見越して買った家ですから」

「そうなの……」

天一の母はあふれる涙を抑えられず、チマの裾で涙を拭く。

「子供たちは大きくなっただろうね」

「ええ。今回のことでは天一に随分世話になりました。天一は義理堅くて正直で、それに経験も豊富だから、何をやっても心配ないと思います」

「それもみんなお前のおかげだよ。弘がいなけりゃ、あの子はここで畑を耕してたさ。技術もそうだけど、弘、お前が天一を一人前にしてくれた。お前は、父さんが賢い人だったし、学校も出てるからね。本当に感謝してるよ」

天一の母を安心させておいて弘が成煥の家の前まで来ると、成煥の祖母は弘を待っていたのか、枝折戸の外にうずくまっていた。弘が近づいてくるのを見ると、成煥の祖母は明るく笑った。服も清潔なものに着替えたようだ。

「天一の母ちゃんに会ったかい？」

「今、行ってきたところです」

弘も明るく答える。

「昨日、夜遅くまでうちでお前を待ってたんだよ。さあ入って」

庭に入った二人は板の間に並んで座る。貴男の母は今日も、喪家に手伝いに行っていた。

「今日は出棺だから、雨がやんでよかったよ。滝のような雨が降ってる時は随分心配したけどね。朝ご飯は食べたのかい？」

「食べました」

「金訓長家で？」

「はい」

「あの家は昔からひどくつましい食事をしてたけど、お前にはご馳走を食べさせてくれたのかどうか」

「昨日の夜は俺のために食事を用意してくれてたみたいなんですが、雨のせいで帰れなかったし、まさか朝帰ってくるとは思わなかったみたいで。ああいう質素な暮らし方も見習うべきですよ」

「まあ、そうだね。ぜいたくな暮らしをしてる成金もいるが、あの家は金訓長がいる時から変わらない」

「あの、天一の母さんと富一夫婦の間に何かあったんですか？」

弘が話題を変える。

「あたしは知らないよ」

「ちょっと変だったんです」

「富一夫婦は不満があるんじゃないのかね。母親にじゃなくて、満州にいる天一に対して」

成煥の祖母はなるべく悪く言わないようにしているみたいだったが、さっき見た家の雰囲気からすると深刻な問題があるようだった。

「天一に？　どうしてですか」

「さあ……よくは知らないけど、天一が晋州に家を買ったってうわさがあるから、あの子たちにしてみたら、母親の面倒を見ている弟のことは考えてくれないのかって、まあそんなところじゃないのかね」

「だけど、母親の面倒を見るために土地も財産も富一がもらったじゃないですか」

「人の気持ちっていうのはそういうもんだ。兄弟が金持ちになれば欲も出て、ねたみもする」

「天一は　文も持たずに家を出て、やっと楽に暮らせるようになったんです。これまでせっせと節約してきたからこそ、家を買えたんですよ」

弘はなぜか鬱憤のようなものが込み上げてくる。

「もともと、富一の女房と天一の母ちゃんは気が合わなかった。富一の女房は針仕事もやりくりも下手だし、天一の母ちゃんはお前も知ってのとおりきちんとした人だからね。もったいなくて何も捨てられない。だけど、最近の若い者は違うだろう。だから自然と意見が衝突するんだ。どこの家だって同じだよ」

成煥の祖母は話をその程度に留めておき、弘もそれ以上何も聞かなかった。

「まさか、今日行くんじゃないよね？」

「明日、出発することにしました。昨日の夜、延鶴兄さんと夜通し話をしたばっかりに、ああ、眠くて仕方ない」

弘は両手で顔をこすりながらあくびをかみ殺す。

「だったら、ちょっと休みなさい。布団を敷いてあげるから」

成煥の祖母は急いで部屋に入っていく。昨夜、弘が来ると思って部屋はきれいに片づけてあり、大きな風呂敷に包んでしまってあった新しい布団も出して枕も新しいカバーを掛けてあったので、弘の寝床はすぐに用意された。

「それじゃあ、ひと眠りさせてもらいます」

弘は部屋に入り、戸を閉める。

成煥の祖母はもっと話を聞きたかった。新しい話がなければ、昨日の話を繰り返し聞かせてもらっても、それはまるで夢のように心地良かっただろう。しかし、そんなことをしなくても成煥の祖母は幸せだった。息子の錫がこの世のどこかで生きているという事実がただありがたく、奇跡のように思えた。

「母さん、尚義《サンイ》の父ちゃんから何かいい話でも聞いたの？」

昨日、葬式の手伝いから帰ってきた貴男の母が顔色をうかがいながら聞いた。

「何も聞いちゃいないよ。弘が何を知ってるって言うんだ」

「明るい顔をしてるから、もしかしてと思って聞いたのよ」

「それは、うれしいお客さんが来たからだ。さあ、このぞうきんでも洗いなさい」

弘が泊まる部屋を隅々まできれいに掃除した成煥の祖母は、わざと怒ったように娘にぞうきんを渡した。

「随分浮かれてるみたいだし」

「わからない子だね。弘が来たんだよ。この家は誰の家だと思ってるんだ。あたしたちが受けた恩を返すには気持ちしかないだろう。つまらないことばかり言うのはやめなさい」

娘の言ったこととは関係のないことを言いながら、成煥の祖母は怒る。

「変だね。何も言ってないのにそんなに腹を立てることないでしょう」

「あたしは別に浮かれてなんかいないよ。それが年寄りに向かって言うことかい？　旦那のいない娘がふさぎ込んでいるのに浮かれてるだなんて、親に向かってよくそんなことが言えたもんだ」

「あたしはふさいでなんかいないよ。そんなこと言ってわざと怒らせるつもりなの」

「もう、やめとこう」

今朝も成煥の祖母は、娘に向かって葬式の手伝いに行かないのかと、それとなく急き立てるように言った。娘に自分の気持ちを見透かされるのが怖かったのだ。

成煥の祖母は袖とチマをまくってくくり付け、台所に入っていく。

「かまどの神様、ありがとうございます」

成煥の祖母は、かまどの上に大きな釜がかけられた台所の壁に向かって手を合わせながらお辞儀をした。そして、パガジを持って米をすくい、かめ置き場に行くと、パガジを置いてまた手を合わせながらお辞儀をする。

「地神様、ありがとうございます。どうか、うちの錫が生きて帰ってきて子供たちと会えるようにして下さい。昔を懐かしみながら、家族そろって暮らせるようにして下さい。すべては神様の思し召しです。この年寄りの願いをどうか、どうか聞き入れて下さい」

そう祈るとしゃがみこんで米を洗う。

その時、ヤムの母が入ってきた。

「成煥の祖母ちゃん」

「だ、誰だい」

成煥の祖母は米を洗いながら心の中でずっと祈り続けていたので、人が入ってきたのに気づかなかった。

「ああ、ヤムの母ちゃんかい」

「何してるんですか」

「昼ご飯の準備だよ」

「ご飯を炊こうとしているところを見ると、弘が来てるんですね。貴男の母ちゃんは出かけたんですか」

「葬式の手伝いに行ったんだよ」

「昨日も行ってたみたいだけど」

「昨日も行ったけど、まだやることもあるし」

「まあ、年寄りの家だから助けてあげないとね。一人二人と逝ってしまって、寂しくてたまりませんよ。弘は今、どこにいるんですか？」

「寝てるよ。昨日寝そびれたらしくてね。その手に持ってるのは何だい？」

「満州に行ってしまったら、今度いつ会えるかわからないから、酒を持ってきたんですよ。去年仕込んだ山ブドウ酒がちょっと残ってて」

「ヤムのために仕込んだんだね。ちょうどよかった。酒があったらいいのにと思ってたんだよ」

台所仕事から遠ざかっていた年寄り二人がのろのろと昼ご飯の用意をしていると、天一の母が息を切らして入ってきた。

「ああ、苦しい。急いで走ってきたから息が切れる」

「どうしたんだい」

ネギのト処理をしていたヤムの母がとがめるように言った。

「あたしが来ないと困るでしょう」

「よく言うよ」

「鶏を一羽持ってきたんだけど、年寄り二人には任せられませんからね」

「あんたは若いって言うのかい」

成煥の祖母はもう一度板の間に行き、米を持ってきて洗う。

「どうしてまた米を洗うんですか」

「人が増えたから」

「麦をちょっと足せばいいのに、娘に文句を言われても知りませんよ」

ヤムの母が言うと、

「そのとおりですよ」

と天一の母が調子を合わせる。

「そんなこと言わないでおくれ。たとえ明日食べるものがなくなっても、今日は弘のためにご馳走を作りたいんだ」

三人の老婆は真剣に、

「どう料理したらいいだろう」

きれいにさばいた鶏を囲んで考え始める。

「蒸し物にしよう」

天一の母が言うと、

「そ、そうしよう。それがいい」

意見がまとまった。

天一の母も袖をまくって台所に入り、小さな釜に水を入れてすすいだ後、鶏を入れて火をつける。

「姉さん」

ヤムの母がナムルを作りながら答える。

「何だい」

「ままごとをしてるみたいですね」

「ほんとだよ。家のことをやらなくなって長いからね」

天一の母はニンニクをむき、成煥の祖母は成煥が帰ってきたら食べさせてやろうと大事に取っておいた干物と、串に刺して干したイガイをかめの中から出してきた。そして、裏庭に戻ってショウガも一つ掘ってきた。

「イガイはみそ汁に入れるんですか？」

天一の母が聞いた。

「そうだよ。ヤムの母ちゃん、ゴマ油とゴマをけちらないでおくれ。それが入らないとおいしくないからね」

「わかりましたよ」

老婆三人は上機嫌で心を込めて料理する。久しぶりに生き返ったようで気持ちが華やいだ。家の片隅に追いやられ、まるで部屋の中に置かれたたんすみたいにじっとしているようになったのはいつからだろうか。顔色をうかがう娘も嫁もおらず、まるで自由の天地で友と戯れるように、井戸端でおしゃべりしていた昔に戻ったように、彼女たちはわくわくしながら台所の中を動き回る。成煥の祖母と天一の母にはそれぞれうれしい秘密があったし、ヤムの母は最近ヤムが起きられるようになったので心にゆとりがあった。

「市場に行く時間があったらアサリでも買ってきて、生ワカメかアオノリを入れてフサギンポ〈魚〉のスープが作れたのに」

成煥の祖母はひどく残念がる。

「今、生ワカメなんて売ってませんよ。季節じゃないんだから」

ヤムの母がけちをつける。

「そうかね。しばらく市場に行ってないからわからなくなっちまったよ」

「もう年ですからね。だから、年を取った母親が真冬にタケノコを買ってこいって息子に無理を言ったっていう昔話があるんですよ」

「つまり、もうろくしたって言いたいんだね」

天一の母は笑いながら、

「そんなのは統営でおなかいっぱい食べたでしょうよ。大事な婿さんなんだから、めいっぱいもてなされたはずです」

「それもそうだね。それじゃあ、飯釜はもう少ししてから火をつけて、ご飯が炊けたら魚を焼いておくれ。あたしはちょっと出かけてくるから」

「どこへ行くんですか？」

「酒もあることだし、弘一人で食べるのも気が引けるだろうから、漢福を呼んでくるよ」

「それはいい考えだ。いってらっしゃい」

成煥の祖母が出ていくと、天一の母が、

「姉さん」

と話しかける。

「昨日、永鎬の家が大変だったのを知ってますか?」

「何で? 禹の女房がまたおかしなことを言ってきたのかい?」

「永鎬の母ちゃんが気絶して大騒ぎだったらしいですよ。しかも、永鎬を訪ねてきた弘に向かって、いきなり罵声を浴びせて食ってかかったそうです」

「どうして弘に」

「人でなしですよ」

「あの女を連れていってくれる鬼神はいないもんかね。村が騒がしくてしようがない」

「ひどい雷だったから、やっと恐れをなして帰っていったらしいけど」

「あんな女、雷に打たれちまえばいい。前だったらとっくの昔に殺されてるよ」

「言うまでもないですよ。騒ぎ立てるのは生まれつきだと思えばいいけど、永鎬の母ちゃんはとんだ女に目をつけられちゃいましたね」

「息子が書記だからって偉そうにして」

「ほかに何の取り柄もないくせに」

「わかってないね。あの家の人間に取り入る奴らがいるからだよ。面事務所の書記なんて大したこともないのに。よく考えたら逆賊じゃないか。どうしてこんなに世知辛い世の中になっちまったのかね。若い人たちはすっかりずる賢くなって、人としての道理を立てるよりも時流に乗るのに必死だよ。金訓長が生きてた頃は、道理に合わないことをしたら村から追い出されたもんだけど」

「それは、ヤムの母ちゃんが知らないだけですよ。あたしは、金訓長のことはよくわからないけど、あの頃だって趙の奴が崔参判家を乗っ取ったじゃないですか。結局は、国がなくなったから村がこんなことになるんです。日本人の力を信じてそれを笠に着て、趙の奴も日本人の力を信じてあんなことをしたって聞きました」

「確かに……」

やがて、成煥の祖母が漢福を連れて現れた。弘はもう起きている様子で、漢福は、

「寝足りないんじゃないか」

と言いながら部屋に入る。

台所では飯釜に火をつけ、蒸し鶏を皿に載せると、三人の老婆はせっせとおかずを器に盛りつけた。まず酒膳が用意され、しばらくしてから食膳が運び込まれる。食膳を運び終えた天一の母は得意げだ。蒸し鶏がおいしいと漢福と弘が口をそろえて言ったからだ。

「姉さん、あたしたちはこのまま台所で食べましょう」

「ああ、そうしよう」

三人の老婆は若い時のようにアルミの器にごはんをよそい、残ったおかずを並べてさじを握る。

「何でこんなにご飯がおいしいんだろうね」

ヤムの母が言った。

「畑仕事の後に食べるご飯みたいに、口の中で溶けていきますね」

天一の母が言った。成煥の祖母は、

「おかずがいいからだよ」

天一の母が言うと、

「おかずもいいけど、働いたからものすごくおなかがすきました」

「そのとおりだ」

ヤムの母が同意する。

翌日、弘は出発した。統営の家に行くのかという成煥の祖母の問いに、弘は山で栄光の母に会ってから統営に行くのだと答えた。


（十八巻に続く）

訳注

第五部　第一篇

＊六章

【立正安国論】 日蓮（一二二二～一二八二）が書いた代表的な仏教書。当時、頻繁に起きていた天変地異は法華経にそむいたためであり、法華経をもとに経文や宗派を統一することこそが安寧で平和な世の中がもたらすと主張した。

【ソウル】 一九一〇年の韓国併合以後、首都の名は日本により「漢城府《ハンソン》」から「京城《キョンソン》（日本語読みは「けいじょう」）府」と改められるが、一般的には首都という意味の「ソウル」という呼称もずっと使われた。

【光州《クァンジュ》学生事件】 一九二九年十一月三日、光州の通学列車内で朝鮮人女学生をからかった日本人中学生と朝鮮人男子学生が衝突した際、警察が朝鮮人学生だけを検挙したことに憤った学生たちが起こした反日運動。デモや同盟休校は全国に拡大し、数カ月続いた。

【広大《クァンデ》】 人形劇や仮面劇などの芝居や綱渡り、軽業などをする芸人。

【南江《ナムガン》】 慶尚南道《キョンサンナムド》咸陽郡《ハミャングン》西上面《ソサンミョン》から、山清《サンチョン》、宜寧《ウィリョン》などを経て洛《ナク》東江《トンガン》に流れ込む川。下流には晋州《チンジュ》平野などが広がっている。

【矗石楼《チョクソンヌ》】 晋州城にある雄壮な楼閣。南江を見下ろす崖の上に建てられている。

【舎廊《サラン》】 舎廊房《サランバン》は主人の居室兼応接間を指す。大きな家には独立した建物（舎廊棟《サランチェ》）が設けられた。

【龍井《ヨンジョン》】 現在の中国・吉林省龍井市。豆満江《トゥマンガン》を挟んで朝鮮と接し、多くの朝鮮人が流入していた。

【崔承喜《チェスンヒ》】 一九一一～六九。舞踊家。石井漠に師事。朝鮮の伝統舞踊をもとにした創作舞踊で世界的な人気を博し「世紀の舞姫」と呼ばれた。解放後は朝鮮民主主義人民共和国で活動した。

【両班《ヤンバン》】 高麗および朝鮮時代の文官と武官の総称であるが、後には特に文官の身分とそれを輩出した階級を指すようになった。両班の特権は、法律上は一八九四年に廃止された。

【恨《ハン》】 無念な思い、もどかしく悲しい気持ちなどが心の中にわだかまっている状態。

【書房《ソバン》】 官職のない男性を呼ぶ時、姓の後につける敬称。

【別堂《ピョルタン》】 母屋の横または裏に造られた別棟。

【行廊《ヘンナン》】 表門の内側の両脇にある部屋で、主に使用人の住居として使われた。

【マジギ】田畑の面積の単位。一マジギは一斗（約十八リットル）分の種をまくぐらいの広さを言う。田なら約二百坪、畑なら約三百坪。

【訓長《フンジャン》】朝鮮時代の私塾、書堂《ソダン》で初歩的な漢文を教える先生。

【秋夕《チュソク》】陰暦八月十五日。新米の餅や果物を供えて先祖の祭祀を行い、墓参りなどをする伝統的な祝日。

【都執《トジプ》】東学の下部組織である包《ポ》に置かれた六つの役職のうちの一つ。東学は一八六〇年に創始された新興宗教。

【智異山《チリサン》】全羅道《チョルラド》と慶尚南道にまたがる連山。西姫《ソヒ》たちの故郷である平沙里《ピョンサリ》に程近い所に位置する。

【衡平社《ヒョンピョンサ》運動】一九二三年四月に晋州で始まった、白丁《ペクチョン》（第二篇四章訳注参照）に対する差別撤廃運動。

【三千甲子東方朔】長生きした人の例え。三千甲子は、六十年ごとに巡ってくる甲子年が三千回あるという意味で、十八万年を指す。東方朔は中国・前漢時代の文人。三千年に一度しかならない桃を食べて長生きしたとされている。

第五部　第二篇

＊一章

【九尾狐《クミホ》】中国や日本、韓国の伝説や神話に登場する、九本のしっぽを持つ想像上の生き物で、妖艶な女性に変身して男をだます妖怪や神獣として描かれている。

【常民《サンミン》】両班階級よりも低い身分に属する平民階級。

【クンジョル】目上の人に対して行う丁寧なお辞儀。男性の場合は膝をついて両手を床に当て、頭を下げて額を手の甲に近づける。女性は立ったまま目の高さで両手を重ね、ゆっくり尻をつけて座って深くお辞儀をし、再び立ち上がって軽いお辞儀をする。

＊二章

【豆満江《トゥマンガン》】中国名は図們江《ともんこう》。白頭山《ペクトゥサン》（中国名：長白山）に源を発し、現在の中国東北部、ロシア沿海地方との国境地帯を流れる大河。全長五二一キロメートル。

【「先駆者」】一九三三年に作られた、尹海栄《ユンヘヨン》作詞、趙斗南《チョドゥナム》作曲による歌曲。間島《カンド》（第二篇四章訳注参照）の龍井を背景とした歌詞で、冒頭の「一松亭の青松は年老いていけども」の一松亭は独立闘士の活動拠点だった琵岩山《ピアムサン》にあった一本松を歌ったものであり、抗日運動の象徴とされていたが、近年になってそれを否定する説が出ている。十五巻訳者解説参照。

【煙秋《ヨンチュ》】沿海州地域最大の朝鮮人村で、抗日運動の拠点として知られた。三巻訳者解説参照。

【「蘇州夜曲」】一九四〇年に公開された李香蘭（山口淑子）主演の映画『支那の夜』の劇中歌。作詞は西條八十、作曲は服部良一。

【マジノ線】一九二七年から十年かけて、フランスが対独防衛のために築いた全長四百キロメートルの大要塞。名称は、構築を提案したマジノ陸相に由来する。

＊三章

【昼の化け物】人目をはばからず、好き勝手に行動する人のこと。

【国民総力朝鮮連盟】第二次近衛文麿内閣が挙国一致の戦時体制確立を目指して始めた新体制運動を推進するため、一九四〇年に朝鮮で設立された国民統制組織。内地の大政翼賛会に当たる。

【皇民化政策】現地の人々を戦時動員体制に組み入れることを目的に、朝鮮、台湾などの植民地で日本が行った同化政策。朝鮮では「内鮮一体」のスローガンの下、神社参拝を強制し、日本語教育の徹底や創氏改名などを行った。

【朝鮮思想犯保護観察令】治安維持法に違反した者の再犯防止と転向促進のために一九三六年十二月に施行された法律。同年十一月に内地で施行された思想犯保護観察法に続いて施行され、これにより、独立運動への取り締まりがさらに強化された。

【朝鮮神宮】植民地における同化政策の一環として一九二五年にソウル・南山《ナムサン》に建てられた神社。

【金笠《キムサッカ》】一八〇七～六三。朝鮮時代の詩人。本名金炳淵《ピョンヨン》。網笠《サッカ》をかぶって各地を放浪し、諷刺的な詩を書いた。

【沈清伝《シムチョンジョン》】日本の浪曲に似た伝統芸能のパンソリで語られる有名な物語で、盲目の父に孝行を尽くす沈清という娘の話。

【高麗葬《コリョジャン》】日本の「うば捨て」のように、死の近い老人や病人を山などに置き去りにする伝説のこと。

【関釜連絡船】一九〇五年から第二次世界大戦の終戦直前まで、山口県の下関と朝鮮の釜山《プサン》の間に就航していた船。日露戦争後、日本の朝鮮半島支配と中国進出のために開設され、多くの貨物や旅客を運んだ。

【朝鮮海峡】朝鮮半島と対馬の間にある海峡で、韓国では大韓《テハン》海峡、日本では対馬海峡西水道と呼ぶ。

【王道楽土】 武力ではなく、徳で治める「王道」でみんなが楽しく暮らせる国を築こうという意味の満州国の建国理念。

【ノモンハン事件】 一九三九年五月、満州国とモンゴルの国境であるノモンハンで国境線を巡って起きた日本とソ連の軍事衝突事件。参謀本部の意向を無視した現地の関東軍が、モンゴルと相互援助協定を結んでいたソ連軍と対戦、関東軍は壊滅的打撃を受けた。日本政府は九月にソ連と停戦協定を結んだ。

＊四章

【蟾津江《ソムジンガン》】 平沙里、河東《ハドン》を流れる川の名。全羅北道《ブクト》の八公山《パルゴンサン》に源を発し、慶尚南道と全羅南道の境界を流れて海に注ぐ。

【白丁《ペクチョン》】 牛、豚を解体し、食肉処理や皮革加工などをする人々。朝鮮時代は賤民階級に属し、苛烈な差別の対象だった。

【針母《チンモ》】 針仕事をするために雇われる女。

【三中井《みなかい》百貨店】 日本人が大邱《テグ》で創業した三中井商店を前身とする百貨店。韓国併合後、京城を本店とし、釜山、平壌《ピョンヤン》などに支店を設けた。

【影島《ヨンド》】 釜山沖にある島。一九三七年に日本軍の潜水艇を造る目的で朝鮮初の造船所である「朝鮮重工業（現・ＨＪ重工業）」が設立されたが、それに先立って一九三四年には釜山大橋（現・影島大橋、全長約二一四メートル）が架けられ、釜山市内とつながっていた。

【カフェ】 本来はコーヒーを供する喫茶店の意味だが、日本とその植民地では大正末期から終戦頃にかけて、洋酒や洋食も提供し、客席で女性が接待するキャバレーのような店を指すのが一般的だった。

【「ホンドよ泣くな」】 一九三九年に公開された映画『愛に騙され、金《かね》に泣き』の主題歌。コロムビアレコードから発売された金英椿《キムヨンチュン》のレコードのB面に収録され、A面の「愛に騙され、金に泣き」よりも人気を博した。

【尹《ユン》何とかという歌手……身を投げた】 一九二六年八月、平壌出身のソプラノ歌手、尹心悳《ユンシムドク》（一八九七〜一九二六）と全羅南道出身の劇作家、金祐鎮《キムウジン》（一八九七〜一九二六）が、関釜連絡船から玄界灘に飛び込んで心中した。二人は日本留学中に知り合った仲で、尹心悳は日本での録音を終えて、金祐鎮は文学・演劇の道を親に反対されて朝鮮に戻る途中だった。二人とも朝鮮では名の知られた存在であり、新式の教育を受けた未婚女性と妻子ある男の心中は世間の注目を集めた。

【スンニュン】 ご飯を炊いた後、釜の底に残ったお焦げに水を注いで煮たてた、お茶の代わりの飲み物。

【おくみ】日本の着物や朝鮮の民族服で、襟の下に付いている長い布。

【国民学校】以前の普通学校のこと。一九三八年の朝鮮教育令改正で小学校になり、一九四一年に国民学校となった。

【間島《カンド》】現在の中国・吉林省延辺朝鮮族自治州に当たる地域。「墾島《カンド》」なども書かれる。

【「ハン五百年」】江原道《カンウォンド》民謡をもとに作られた曲で、男に先立たれた女の心情を歌ったもの。「ああそうだよ　そうですとも五百年生きようというのに　何をそんなに急いだの」という歌詞が繰り返される。ハンは「約」五百年という意味にも解釈できるが、「恨」という字を当てる場合も多い。

【ムーダン】民間信仰の神霊に仕え、吉凶を占ったり、クッ（神に供え物をし、歌や踊りを通して祈る儀式）を執り行ったりする巫女。

【忠烈祠《チュンニョルサ》】朝鮮時代の武官で、一五九二年の壬辰倭乱《イムジンウェラン》（文禄・慶長の役）の時に朝鮮水軍を率い、自ら改良した亀甲船で戦って日本水軍を撃破した李舜臣《イスンシン》（一五四五〜九八）を祭った祠。一六〇六年建立。

＊五章

【カラムシ】イラクサ科の多年草。茎の皮から採れる繊維で織物が作られる。

【范彊や張達】『三国志演義』に登場する軍人。将軍の張飛から下された無理な命令に背き、二人で共謀して張飛を殺害した。いずれも生没年不詳。

【鳥打令《セタリョン》】全羅道でパンソリ歌手によって歌われた南道雑歌《チャプカ》。

【名節《ミョンジョル》】正月や秋夕などの祝祭日。

【目の見えないロバが鈴の音だけを聞いて歩いている】無学な人が、他人から聞いた話をうのみにすること。

【崑崙《こんろん》】中国の伝説上の山。黄河の源であり、玉《ぎょく》を産出するとされる。

【民草《たみくさ》】人民を草にたとえた言葉。

【ヨンマルム】わらをへの字形に編んだもので、屋根や土塀の上部を覆う。

【喪庁《サンチョン》】故人の位牌を置く台や、それに付随するすべての物を置いてある所。三巻四五〇ページのイラスト参照。

【哭《こく》】人が亡くなった時や祭祀の時に、死を悼んで泣き叫ぶ儀式。

【田舎の鶏が官庁の鶏の目をつついて食べる】表面上はくみし

やすく見えるが、実は抜け目のないやり手のことを皮肉った表現。

【朴星煥《パクソンファン》】一八六九〜一九〇七。大韓帝国の軍人。一九〇七年七月に締結された第三次日韓協約によって大韓帝国の軍隊が解散させられることになった時、将来を悲観して切腹自殺した。

訳者解説

十七巻で描かれるのは一九四〇年の秋頃から一九四一年の夏までのことだ。日中戦争の泥沼化から、連合国による蔣介石援助ルートを遮断するために日本は仏領インドシナに進駐するが、それは、蔣介石を支援していたアメリカなどとの全面対決を予感させた。一方ではノモンハン事件（一九三九年）以降、ソ連と満州国の国境も緊張状態が続いている。

そんな中、国民総力朝鮮連盟や皇民化政策、朝鮮思想犯保護観察令などによって朝鮮人に対する締め付けはいっそう厳しくなり、さまざまな人々の間で戦況に対する不安や恐怖が語られる。晋州《チンジュ》や平沙里《ピョンサリ》では親日派がますますのさばり、人々の間の溝は深まるばかりだ。独立運動に関係している吉祥《キルサン》は日本の警察に予防拘禁の名目で拘束される日が近いことを悟り、朝鮮に戻っていた弘《ホン》は陰でかかわってきた独立運動に対する責任感に押しつぶされそうになる。

戦況とは関係なく個々人が抱える苦悩も深い。還国《ファングク》は自身の絵の才能に失望し、妻以外の女性に対する自身の意外な気持ちに困惑する。良絃《ヤンヒョン》と栄光《ヨングァン》は出自と自分のいるべき場所について悩み、ソリムと結婚して開業医となった貞潤《ジョンユン》は、安定した人生を手に入れつつも過去に犯した〈罪〉のために苦しんでいる。

物語の中で日本帝国主義の象徴として描かれている関釜連絡船は、日露戦争の勝利によって大陸進出への気運が高まっていた一九〇五年九月、下関と釜山《プサン》を結ぶ旅客船として就航した。これに先立って、日本では東京―下関間に、朝鮮半島では京城―釜山間に鉄道が整備されており、関釜連絡船はそれらをつなぐ大動脈として機能した。当初は山陽鉄道株式会社の子会社である山陽汽船が運営していたが、一九〇六年、山陽鉄道が国有化されて関釜連絡船も国に引き継がれると、釜山港の整備も進んで旅客数は増加した。

日本の植民地政策が拡大するにつれて連絡船の規模も大きくなっていった。一九〇五年九月に就航した壱岐丸と十一月に就航した対馬丸はいずれも千六百トン級で、乗客には朝鮮人留学生や朝鮮での一攫千金を狙う日本人移住者が多かった。韓国併合によって朝鮮人に対する〈外国人適用法令〉が解除されると募集に応じて日本に渡る労働者が急増し、一九一三年に三千トン級の高麗丸と新羅丸が、一九二二年と一九二三年に三千六百トン級の景福丸、徳寿丸、昌慶丸が導入された。

満州国への移民政策が促進され、中国との対立も激しくなっていた一九三六年と一九三七年には七千トン級の金剛丸と興安丸が就航し、大勢の移民や軍人を運んだ。収容人数は千七百四十六人と就航当初の五倍以上になり、航行時間も十一時間半から七時間に短縮された。太平洋戦争が激化した一九四二年と一九四三年には軍艦としての機能も備えた七千九百トン級の天山丸と崑崙丸が導入された。途中、三・一《サミル》運動（一九一九年）や日本の景気悪化などを理由に〈渡航証明書〉の取得が義務付けられるなど朝鮮人の日本への渡航が制限されたものの、最盛期の一九四二年の旅客数は三百五万七千人余りに達し、一九四五年六月に航路が閉鎖されるまでに約三千万人を運んだ。

『関釜連絡船――海峡を渡った朝鮮人』（金賛汀著、朝日選書、一九八八）によると、関釜連絡船の船名には時代性が反映されている。最初に就航した壱岐丸と対馬丸は島の名前であり、それは単なる連絡船に過ぎなかったが、高麗丸と新羅丸は「日韓併合の背景のもと、日本の朝鮮経営を意識したもの」であり、景福丸と徳寿丸、昌慶丸は「ソウルの宮殿や宮廷園の名称で、日本による朝鮮支配の完成化と軌を一にするような船舶名」だった。興安丸については、中国東北の興安嶺から採用したもので、「『満州国』が植民地支配に入ったこととの反映であろう」としている。天山丸は「日本の中国大陸に対する侵略が激化したこの時期、中国奥地のソ連国境から新疆ウイグル自治区に横たわる天山山脈の名称からその名を採って」おり、崑崙丸の「崑崙とは言うまでもなく、中国奥地のチベットから青海省を走る大山脈崑崙山脈から採った名」だったという。

第二篇四章に登場する李某《イ》と崔某《チェ》というのは、〈親日派〉作家の李光洙《グァンス》（一八九二〜一九五〇?）と崔載瑞《ジェソ》（一九〇八〜一九六四）のことだ。李光洙については十二巻の第五篇六章や訳注に詳しく出ているので、そちらを参照いただくとして、李光洙は一九四〇年二月の〈改正朝鮮民事令〉施行と同時に〈香山光郎〉と創氏改名したということだけ付け加えておく。

崔載瑞は京城帝国大学英文科を卒業し、同大大学院を経てロンドン大学に留学した英文学者だ。文芸評論家としても知られる彼は一九三七年に京城府光化門通り（現ソウル市内）で出版社〈人文社〉を設立し、朝鮮語の文芸誌『人文評論』を刊行した。『人文評論』は一九四一年に廃刊され、より親日色の濃い『国民文学』が創刊されたが、編集人と発行人はやはり崔載瑞だった。崔載瑞も〈石田耕造〉と創氏改名しており、『国民文学』の編集人兼発行人としての名も〈石田耕造〉で、小説を書くときは〈石田耕人〉を名乗っていた。『国民文学』は国体観念の明徴、国策への協力、指導的文化理論の樹立、内鮮文化の総合などを目指すとしていた。朝鮮語版と日本語版の両方を出す予定だった同誌はほどなく日本語でのみ発行されるようになり、巻頭には皇国臣民の誓詞が掲載されていて、当時は〈親日文芸誌〉として知られていた。ただし、近年になってさまざまな研究が進み、民族主義的な作品も扱っていることなどから、単なる親日文芸誌ではなかったという見方もある。

第二篇五章に出てくる「出戻りの女を負ぶって連れていく」というのは〈ポッサム〉などと呼ばれた朝鮮時代の風習だ。当時は女性の再婚が禁じられていたために行われていたもので、数人の男が夜に寡婦の家を訪れ、布団でくるんだり袋をかぶせたりして拉致し、強引に相手の男性と関係を持たせて事実上の婚姻関係を結ばせた。その背景には寡婦が一人で生きていくのは厳しいという現実的な問題もあったが、寡婦のまま年老いて死んだ女性は悪霊になる、その怨みのせいで干ばつなどの天災が続くなどといった迷信もあったため、寡婦の親と相手の男性側との合意の上で行われることも多く、役所もそれを黙認していた。夫を亡くし、婚家で疎まれるようになった女性が自ら進んで拉致されるように仕組んだケースもあったという。

甲午改革（一八九四〜一八九六）を機に寡婦の再婚が認められるようになって以降、ポッサムは次第になくなっていったが、一九三〇年代にも一部の地域では残っていた。庶民だけでなく、両班《ヤンバン》家の寡婦もポッサムで再婚をしており、二〇二一年にはＭＢＮ（毎日放送）で両班家の寡婦の連れ去りから始まる『ポッサム――愛と運命を盗んだ男』というドラマが放映されている。

登場人物の呼称や言葉遣いの変化にも少し触れておきたい。弘と範錫《ボムソク》の場合、弘の方が二つ年上で弘は常民《サンミン》、範錫は両班という関係だが、十代の頃は親しかったので、悩んだ末に弘は範錫に対してぞんざいな言葉遣いをしていた（十巻百八十八頁参照）。ところが、弘が宝蓮《ポヨン》と結婚して範錫が弘の義理の従兄となったことで、十七巻では弘は範錫にきちんと敬語を使っている。儒教社会であった朝鮮王朝では身分の違いや〈長幼の序〉が重んじられ、その影響は近代以降も長く尾を引いていたのだ。

戦局はいよいよ切迫し、第二次世界大戦へと突入していく。十七巻で進展のあった仁実《インシル》と緒方の関係はどうなるのか。弘は本格的に独立運動の道に進むのか。吉祥は無事でいられるのか。物語は十八巻に続く。

二〇二二年十一月

清水知佐子

◉監修

金正出（きむ　じょんちゅる）

1946年青森県生まれ。1970年北海道大学医学部卒業。
現在、美野里病院（茨城県小美玉市）院長。医療法人社団「正信会」理事長、社会福祉法人「青丘」理事長、青丘学院つくば中学校・高等学校理事長も務める。著書に『二つの国、二つの文化を生きる』（講談社ビーシー）、訳書に『夢と挑戦』（彩流社）などがある。

◉翻訳

清水知佐子（しみず　ちさこ）

和歌山生まれ。大阪外国語大学朝鮮語学科卒業。在学中に延世大学韓国語学堂に留学。読売新聞記者などを経て翻訳に携わる。訳書にイ・ギホ『原州通信』、イ・ミギョン『クモンカゲ　韓国の小さなよろず屋』、キム・ハナ、ファン・ソヌ『女ふたり、暮らしています。』など。シン・ソンミ『真夜中のちいさなようせい』で第69回産経児童出版文化賞翻訳作品賞受賞。

完全版 土地 十七巻

2023年2月10日 初版第1刷発行

著者……………… 朴景利
監修……………… 金正出
訳者……………… 清水知佐子
編集……………… 藤井久子
ブックデザイン…… 桂川潤
DTP ……………… 有限会社アロンデザイン
印刷……………… 中央精版印刷株式会社

発行人 ………… 永田金司 金承福
発行所 ………… 株式会社 クオン
〒101-0051 東京都千代田区神田神保町1-7-3 三光堂ビル3階
電話 03-5244-5426 ／ FAX 03-5244-5428
URL http://www.cuon.jp/

ISBN 978-4-904855-57-7 C0097
万一、落丁乱丁のある場合はお取替えいたします。小社までご連絡ください。

平沙里周辺の地図
ピョンサリ

絵：キム・ボミン

ハミャン
咸陽

ハマン
咸安

チンジュ
晋州

ジニャンホ
晋陽湖

チョンゴクサ
青谷寺

ヨハンサン
艅航山

プサン
釜山 ⇨

ポンヨン山

ファアムリ
花岩里

ヨナサン
蓮花山

サチョン
泗川

ワリョンサン
臥龍山

コソン
固城

ウヌンサ
雲興寺

トンヨン
統営

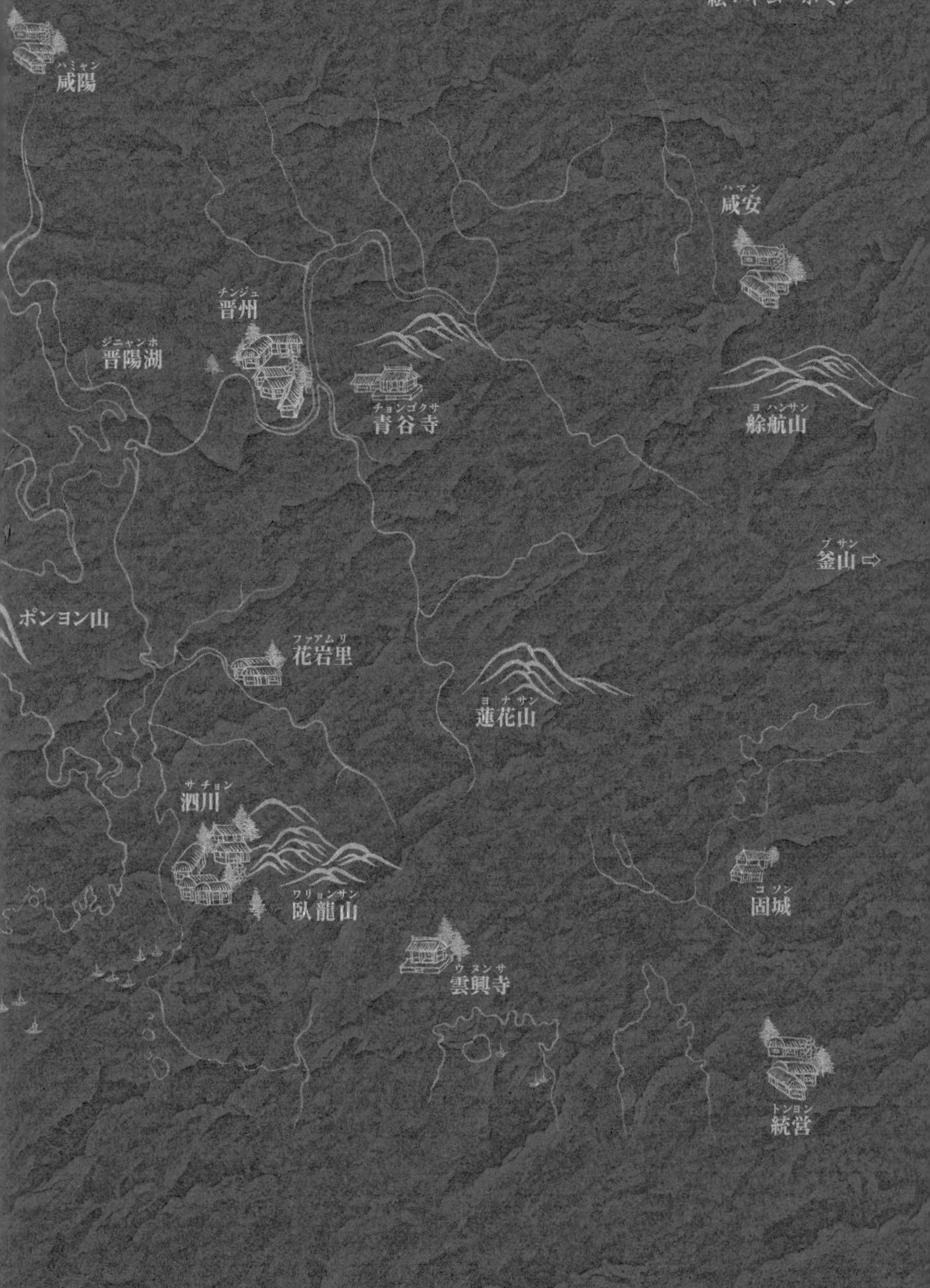